中國近現代日記叢刊

# 北遊搜訪文獻日記

方樹梅 著
戴 群 整理
吳 格 審定

上海人民出版社

臞仙六十八歲肖像

# 目　次

# 《北遊搜訪滇南文獻日記》整理説明

《北遊搜訪滇南文獻日記》(下簡稱《日記》)五卷首一卷,爲近代滇中學人方樹梅先生(1881—1968)之遺著。

先生字臞仙,號師齋、雪禪、盤龍山人等,雲南昆明晉寧縣人。出身古滇池畔農家,祖先本中原人,明代從軍入滇,後卜築晉寧鷂雎村(今地名方家營),家世業農,耕讀傳家。先生自少即親事稼穡,同時隨父兄讀書,不廢進取。清季參加州府院試,已取爲生員。時逢朝廷廢科舉,興新學,轉而肄業雲南高等學堂、優級師範學堂。畢業後投身師範教育,曾受聘任晉寧州教育研究會會長兼教員,爲四鄉初小學教師輔導算學及教授法,編寫鄉土教育課本。民國以還,歷任晉寧勸學員長兼視學,昆明師範學校學監兼國文、修身、博物等科教授,女子初級中學國文教員、省立師範學校國文教員、雲南大學文化史教授等,作育人才,桃李甚盛。先生教學之餘,熱心地方建設,黽勉從公,先後任晉寧縣議員、縣政府協商委員、政協雲南省第一屆委員會委員、省文物保管委員會委員、省文史館館員等。

先生敬恭鄉梓,對地方文獻建設貢獻卓著,爲近代雲南文史研究大家。先生自少至老,關注滇中文獻,自謂"余古滇池縣人也。生有愛滇心,滇之山川物産、氣候風俗,靡一不可愛,而於文獻則愛之尤篤”(《日記》卷首語),因而於歷代滇賢遺著、各府廳州縣志乘、名人書畫墨蹟等,尋訪收集,不遺餘力,借鈔輯録,終身不懈。積數十年之力,購藏圖書逾三萬卷。所藏圖書、字畫等,因均關地方文獻徵存,遂先後捐贈省圖書館、博物館及文史館。先生搜討文獻同時,又注重整理刊佈,所編纂輯集之鄉邦文獻著述,已出版者有《滇南碑傳集》、《明清滇人著述書目》、《滇南書畫集》、《晉寧詩文徵》、《方氏族譜》,及鄉賢楊一清、釋擔當、錢南園、師範年譜等廿餘種。待定稿及未出版者,據先生《學山樓叢書未刊稿》著録,有八十九種之多。以一人之力而成就如此,堪稱近世三迤文獻收集整理之最健者。

先生民國間執教昆明,追隨滇中耆舊趙藩、陳榮昌、周鍾嶽諸前輩,積極參與《雲南叢書》、《雲南通志》、《滇文叢》、《滇詩叢》諸書編纂,先後任《雲南叢書》輯刻處編審員,《雲南通志》館編查幹事、編纂審查員。《叢書》及《通志》編纂延續廿餘年,先生盡心竭力,始終其事,自發凡起例、尋訪史料,至編纂校訂,底事於成,雖非總纂而承擔編纂重責,苦心孤詣,鍥而不捨,實因其對滇中文獻存亡,夙抱休戚與共之精神。此次重新整理之《北遊搜訪滇南文獻日記》,則爲先生躬親雲南地方文獻建設之又一見證。

《日記》爲先生參與《雲南通志》編纂期間,出滇至各地尋訪雲南文獻之實録。此行目的,即爲“訪求鄉先達遺著及《通志》資料”,不僅獲得省政府專門資助①,又受到本省各界前輩

① 《函覆通志館請派方樹梅出外訪求志料一案公函》:“案准貴館公函派輯刻叢書處編纂方樹梅,出外訪求鄉先達遺著及《通志》資料,旅費酌定國幣一千五百元,已由叢書處函請教廳,准由教費項下發給國幣八百元外,其餘國幣七百元,請飭財政廳即予撥發,俾得早日首途等由,准此。”

耆老之積極支持。[①]出行始於民國二十三年(1934)十二月十四日,至二十四年(1935)七月十一日結束,歷時半載有餘。行程由昆明出發,沿滇越鐵路經越南河口出省,復從廣西入國,先後訪問南寧、廣州、上海、蘇州、北平、天津、濟南、開封、西安、鄭州、漢口、南昌、安慶、南京、杭州等地,最後仍由香港轉越南返滇,涉歷華南、華東、華北、華中、華西各地區,足稱壯遊。先生所到之處,必先至圖書館、博物館及通志館訪問,與當地圖書、文物及方志專家交流,隨後訪書閱肆,搜集、摘抄或委託抄録史料,暇則拜晤各地舊雨新朋,賦詩倡和,贈書題卷,極師友切磋之樂。《日記》所載相與過從之封鶴君、蔡寒瓊、談月色、李根源、章太炎、金松岑、袁守和、王豹君、王獻唐、姜亮夫、井偉丞、闞百益、張仲甫、蔣恢吾、宋菊隖、談君訥、余幼泉、陳東原、方國瑜、朱逷先、鄭萼村、柳翼謀、陳訓慈、童振藻、張耀曾諸先生,及流寓各地之雲南同鄉,多爲民國時期著名學人及各地方名流。

先生北遊之時,年近花甲,鬢髮已蒼,萬里跋涉,躑躅長途,所到之處,備承師友熱心接待,文獻搜訪也多有收穫。據《日記》記載,先生遊古書肆,曾購得《二餘堂叢書》、《讀書堂集》、《草堂詩話》、《紅蕉吟館詩餘》等書百數十部,皆在滇尋訪未得者;與各地友人交往,又獲贈《歌麻古韻考》、《嚴秋槎啓事》、《陝西通志》、《關中叢書》等及書目多種,又獲唐池南、段德夫等多位滇人所撰詩文;訪北平圖書館,乃親自鈔得明憲

① 先生出遊前,《雲南叢書》輯刻處於圖書館自在香室設席餞行,陳榮昌、秦光玉、袁嘉穀、蕭瑞麟、周鍾嶽、由雲龍、趙式銘、宋嘉俊、何秉智、繆爾紓、王用予等老輩皆賦詩贈行,詩載《日記》卷首。

宗、孝宗、武宗、世宗四朝實録中所載楊一清事蹟等，訪安徽省圖書館及望江縣，則獲滇賢師範之遺聞逸著等。所獲雲南文獻，返滇後分别採入《雲南通志》及《滇詩文叢録》①。

《日記》爲先生旅途逐日所記，藏篋未刊。1959年，曾經雲南昭通張希魯等增補，録有抄本。②至六十年代，先生又有補記，此後遂有油印本。此次整理新印，即據雲南省圖書館所藏《日記》油印本爲底本，又經與館藏《日記》抄本互校而成。油印本内封署"方臞仙先生著　北遊搜訪滇南文獻日記　李印泉題"，書口題"訪獻記"及頁碼。直行排版，已含句讀，繁簡字混用。半葉十一行，行二十二字，分訂三册，凡一百七十七頁(書高二十六點六厘米、寬十九厘米)。油印本以外，滇圖所藏《日記》抄本有兩種：抄本甲種，無内封書名，書口題"北遊搜訪文獻日記"及頁碼。半葉十行，行二十一字，分訂三册，凡二百零三頁(書高二十七點四厘米，寬十六點四厘米)；抄本乙種，内封署"北遊搜訪滇南文獻日記　方臞仙著　李印泉題"，書口題"訪獻記"及頁碼。半葉十一行，行二十二字，分訂三册，凡一百九十頁(書高二十六點八厘米、寬十九點四厘米)。諸本互校，兩抄本内容相仿，文字可互相勘補，抄本内容較油印本均有缺失③。油印本與抄本孰先孰後，其間關係如何，有

---

① 《臞仙年録》卷三："關於雲南文獻，一一分别收入《詩文叢録》及《通志》。閱時半載，先賢陰相，採獲出諸意外。梅自上年十二月十四日起程，至今年七月十一日返家，逐日皆有日記，得《北遊搜訪文獻日記》四卷，詩一百十首。"

② 《臞仙年録》卷四："一九五九年己亥七十九歲……昭通張希魯、謝飲澗兩君，博雅嗜古，昭通出土古物，考證劇精確，與余交甚契，余《北遊搜訪文獻日記》，各鈔存一份，並爲之序其後。"

③ 如三月三十日日記缺九十一字(卷二)，六月九日日記缺二十四字(卷四)等。

待進一步考查。

《日記》整理包括以下步驟:一、底本簡體、俗體、異體字,統改爲規範繁體字;二、改句讀爲新式標點;三、底本脱字增補加方括號,衍字擬删加圓括號;四、爲便閲覽,爲《日記》内容添加提示語,綴於正文各頁書口;五、爲便讀者利用,爲《日記》涉及之人名、書名、機構名等編製索引,附於書後備檢;六、先生自撰《臞仙年録》四卷[①],内容多關生平學行及滇中掌故,爲便知人論世,兹併加整理,附刊以行。

《日記》整理,歷時多載,承復旦大學吴格教授悉心指導並審定全稿。整理本疏誤之處,謹祈讀者不吝批評指正。庚子仲夏昆明後學戴群記於滇池沿湖東書舍。

---

① 《臞仙年録》四卷,稿本。紅格。半葉八行,行二十一字。版框高十八點四厘米,寬十二點七厘米。書高二十五厘米,寬十五點二厘米。書口題"盤龍山人稿帋""師齋藏"。第一册封面自署:"臞仙年録"。按此稿除方氏自筆外,後半有他手補鈔字蹟。

# 北遊搜訪文獻日記卷首

余古滇池縣人也，生有愛滇心。滇之山川物産、氣候風俗，靡一不可愛，而於文獻則愛之尤篤。辛丑青衿後，肄業優師，教授省垣，古書肆、古書攤，靡日不有余之蹤蹟至。滇先賢之著述，零珠碎玉，見即掇拾。劍川趙介庵，昆明陳虚齋、李厚安，呈貢秦璞安，石屏袁樹圃諸先生倡輯《雲南叢書》，余平昔所搜弆者，盡送歸選刊。民國甲子，介庵先生邀任校對。丁卯，先生歸道山，璞安先生繼任總經理，邀兼編纂審查員。余遊古書肆、古書攤之興趣，雖風雨寒暑無間也。辛未，省府應中樞命修《通志》，劍川周惺庵先生爲之長，以余於滇省掌故夙所究心，委任幹事兼分纂。余嘗謂，滇南文獻，叢書、通志兩館年來公私之搜採，省内已竭盡心力矣。鄉先賢之服官外省，其著述散佚於外者，尚不知凡幾，設能往各省加意搜訪，或可稍彌其缺憾。甲戌秋，璞安、惺庵兩先生爲請於省府及教廳，得補助旅費千二百元，派余爲各省搜訪文獻員。余夙欲遊南北之志得償，而鄉先賢之著述亦得盡力搜訪，庶幾公私兩全。諸師友以余斯遊，異乎今世之所謂調查政治、經濟、實業者，多以詩歌寵行。彙抄旅行日記首，旅途寂寥，恆持誦之，如見諸師友。鄉先賢有靈，俾余多獲歸來，庶可以慰諸師友之望云。

任《雲南叢書》校對

兼任《雲南叢書》編纂審查員

任《雲南通志》幹事兼分纂

任各省搜訪文獻員

日記卷首抄録師友送行詩歌

## 長歌行贈别方臞仙

昆明陳榮昌困叟

陳榮昌贈行詩

吾友方臞仙,本爲滇産知愛滇。生世六十年,一心表襮鄉先賢。摭拾詩文作珍玩,網羅書畫揮金錢。經營越十稔,采訪窮三邊。送歸宏文館,裒輯成叢編。六詔零珠碎玉都搜盡,或者猶有麟毛鳳羽飄零散落天地間。平生足蹟未嘗出閭里,而今老矣翻思一著祖生鞭。問君此行將安往?君爲屈指一一言:發軔先經桂管道,探梅直上羅浮顛。便從珠江之流域,乘輪衝破海中天。東望泰嶽入齊魯,北渡桑乾走幽燕。閒訪故宫弔禾黍,只恐沾襟涕淚難爲湔。回車奔馳向南去,看盡江南江北好山川。一尊夜酹瓜步月,一棹晨泛秣陵煙。京口楊相曾營浣花宅,望江師令曾奏武城弦。不獨錢塘明聖湖,玉峰祠宇孤山前。前輩流風餘韻之所庇,寧無世家舊族收遺篇。惜哉洪楊變後幾兵燹,幾番滄海變桑田。藏楹藏壁之書子孫且不守,誰復守爾萬里邊徼彩雲箋。吾曹癡人作癡夢,安知皇天不假緣。汲冢遺文古固有,敦煌故籍今方傳。古今奇逢往往出意表,况復先哲陰相理或然。安排鄴侯架,料理米家船。待子歸來解裝出瓌寶,定有文章光燄輝星躔。

## 臞仙甲戌之冬壯遊各省吾滇同人以搜訪滇中文獻託之謹贈古詩即題其梅林覓句圖後

石屏袁嘉穀樹圃

袁嘉穀贈行詩

孤山之梅林逋妻,詩香九百餘歲時。賞花我卧西湖西,滇山之梅臞仙師。高視五百里滇池,愛花君有詩人詩。是花是人兩不知，是今是古渾忘之。是詩是畫我能題，題罷送君萬里馳。燕晉秦楚吴魯齊，壓裝五雲手自攜，風塵僕僕勞我思。杭州斗酒荷風吹，水面初平雲脚低（香山句）。暗香疏影籬横枝，知君小醉醉言歸。酒痕解處詩心癡，老我從君梅谷棲。

## 臞仙將赴各省搜求滇賢遺書作此送之

剣川周鍾嶽惺庵

周鍾嶽贈行詩

臞仙敦樸古之儔，廓落世好無所求。獨嗜滇中舊文獻，廿年鍵户窮雕搜。自言方隅囿耳目，欲訪遺書馳九牧。懷鉛握槧向殊方，望子歸來共掌録。

## 甲戌初冬臞仙老友爲搜訪滇志資料將有南北之遊賦此贈行

劍川趙式銘弢父

趙式銘贈行詩

裘馬近聯翩，輕裝覺汝賢。寶書徵百國，滇乘補千年。霜薄麊冷軌（《漢書地理志》，麊冷在交阯郡。應劭曰：麊音彌。孟康曰：冷音螟蛉。《雲南通志》概作泠非），風寒析木船。故人如問訊，爲道亟歸田（謂哲夫、爾雅、鐵上人、松岑、印泉、方國瑜、周杲、李家瑞）。

## 臞仙賢友派赴各省搜訪鄉先達遺著首途有期賦此送别

呈貢秦光玉璞安

秦光玉贈行詩

輯刻叢書已廿年，更從全國訪遺編。網羅文獻千秋事，鞅掌風塵萬里天。先正有知應相汝，後生可畏獨勞賢。零珠碎玉多甄採，滿載歸來莫宕延。

## 臞仙有平滬之遊作詩送行

由雲龍贈行詩

姚安由雲龍夔舉

舊學沉冥日，兹行亦要圖。遺書收散佚，吾道闢榛蕪。鉛槧同揚子，藤纏似賈胡。餘情在山水，得句付奚奴。

## 臞仙同道馳往南北兩地搜訪鄉先輩遺文成行有日詩以送之

宋嘉俊贈行詩

晉寧宋嘉俊鏡澄

搜輯滇雲乘，勞君萬里行。遺文徵故老，遠志快書生。湖海孤帆穩，關山匹馬輕。歸裝歌得寶，端不負長征。

## 臞仙學兄將赴各省搜訪通志資料詩以送之

何秉智贈行詩

昆明何秉智小泉

初冬好天氣，萬里乘長風。河朔人文盛，江南景物豐。快遊酬素願，博采竟全功。醑上抒離緒，爲言相憶衷。

## 臞仙遠遊搜求滇中文獻事至偉也特留飲以詩贈之

蕭瑞麟贈行詩

昭通蕭瑞麟石齋

兵燹中原夕照紅，秦皇烈焰更南東。掇將煨燼求文獻，勝鑿龍門鑽禹功。

搜來奇秘壓歸裝，金碧輝煌繼盛張。再輯南中耆舊傳，儒林文苑寫緗緗。

自添活火煖新醅，有客敲門冒雨來。蜀黍飯香豆羹熟，春田猶記豆花開。

君展輪蹄作勝遊，我愁二豎阻中秋（今歲中秋麟病月餘）。明年明月同聚首，朋酒羔羊醉一樓。

## 耀仙爲滇文獻採訪往遊南北各省瀕行詩以送之

郭之楨贈行詩

晉寧郭之楨巖樵

碧鷄金馬久塵埃,生面誰能令别開。不憚關山勞跋涉,願將心力起沉埋。海珠匿采歸珊網,荆璞韜光荷卞裁。此去燕吳秦魯衛,南中潤色藉宏才。

## 耀仙老伯出遊南北賦長句奉贈

寇敳贈行詩

寇敳

丈人南北兩京遊,正好梅舒到嶺頭。小别龍池應戀戀,高歌燕市任悠悠。名山盛事私心折,先哲遺書著意搜。他日奚囊歸滿載,緑楊深處許開眸。

## 耀仙將赴粤桂蘇滬齊楚燕趙徵訪文獻賦此誌别

繆爾紓贈行詩

宣威繆爾紓季安

蓄志已十年,壯心在萬里。衝寒歷燕趙,不懼逼衰齒。放懷縱遊觀,天涯咫尺耳。長鯨吸百川,如君能有幾。奇書滿載歸,千秋照青史。臨風爲浩歌,束帶候之子。

## 耀仙北上搜訪滇雲文獻宜有贈言勉成七律二首

王用予贈行詩

瀘西王用予孟懷

搜剔叢殘數十年,鄉邦文獻費重編。又攜珊網從雲下,更採遺珠到日邊。卷軸幾端横畫舫,江山萬里壯吟鞭。相期歸後重相晤,蠹簡蟲函載滿軒。

遠從雲嶺下幽燕,薊水滇山路八千。卅載光陰黄卷裏,一生心事彩雲邊。遺文殘缺資搜補,墜緒微茫待仔肩。此去不妨衣被少，滿將行篋貯詩箋。

### 臞仙北上搜訪文獻已贈七律二首餘思未盡續成七古一篇

王用予再贈詩

滇池建國思莊蹻，滇南文獻昌明早。唐蒙宋段雖荒朝，亦以詩書化群獠。文章禮樂儕中州，希蹤齊魯敵燕趙。聲教南及自炎漢，流風遺韻何綿渺。忽失故步效邯鄲，西風到處皆雲擾。斧斤牛羊滿秋山，故國喬木風聲杳。厭故不惜黄鐘毁，國故飄零秋風掃。臞仙老友古之徒，惟與古人敦夙好。古書古畫古殘碣，古人遺蹟皆珍寶。囊中有錢盡買書，留資文獻備徵考。有時逡巡古書肆，蠹簡蟲函常盈抱。有時踽踽翠湖濱，懷抱遺書訪遺老。編摩什襲成癖好，鄉邦文獻賴君保。叢書輯刻待殺青，通志纂編將脱稿。猶恐遺文未全收，又向勝國名都勤搜討。假道古越裳，買舟蒼梧渡嶺表。吳楚東南一帆風，驅車直走長安道。臨水憶石淙，過橋思丁卯。一生低首在鶴峰，荔扉南園皆傾倒。前朝同鄉女才子，關心最是蘗香草。尋墓披蒙密，訪碑穿叢筱。泰華千尋不畏高，鳥道蠶叢不嫌小。圖書萬卷不厭多，行李半肩不妨少。驢背詩成細推敲，新都可有韓京兆。記言度歲客燕市，除夕祭詩思賈島。故宫遊罷理歸裝，零箋碎簡行囊飽。更擬歸後讀君詩，滿目琳瑯看不了。古香古豔古書庫，古拙樸厚不傷巧。有子復能讀父書，誦芬述德攄鴻藻。

### 甲戌冬初臞仙兄出遊南北各省搜訪滇賢遺著喜而賦此

方樹功贈詩

方樹功紀青

節届陽生候，家書報遠行。遨遊初遂志，文獻劇關情。不畏衣裘薄，應逢湖海平。明春歸計早，滇乘待裒成。

曩有乘槎願，前賢往蹟遊。政聲東魯著（謂劉大紳、張溟洲、李復齋諸先生），教澤帝京留（先夢亭公充官學教習，住京三年）。嗜古搜遺著，論心訪舊儔（哲夫、松岑、印泉諸公）。泰山觀日出，放眼看瀛洲。

吳下多流寓，殷勤話故山。因才終被搆（李鶴峰中丞），賣藥不曾還（郝太極將軍）。訪勝搜求外，尋詩自在閒。名流皆會萃，一見喜開顏。

猶子離鄉久（天民姪流落南北各省已七載），無令罹網羅。客途多坎壈，年事易蹉跎。駑馬奔千里，鷦鷯借一柯。還鄉安畎畝，擊壤共高歌。

## 寄矅仙兄時由北平遊西安

方樹功

計程臘底到金臺，是處遨遊霽色開。塞外風煙恣汗漫，關中景物任徘徊。千年勝蹟欣頻訪，萬卷奇書寄幾回。捷徑終南登眺後，華清浴罷早歸來。 方樹功寄詩

## 將出滇北遊搜訪文獻與紀青弟和衲山禮佛見朱鳥飛鳴林端有作

方樹梅

山人出山搜文獻，一瓣心香活佛禱。策杖優遊轉山坳，萬樹松間見朱鳥。和衲朱鳥不易見，今日見之如得寶。朱衣爗然向我鳴，彷彿祝我勤搜討。山人愚忱信有徵，南方文明先示兆。緩步下山遵大路，朱光猶在林間繞。 方樹梅將出滇詩

## 開封蔣恢吾先生爲題《龍池校書圖》

開封蔣恢吾爲題《龍池校書圖》詩

九龍池水碧於天，福地端宜住上仙。二十年來文字樂，人間合有畫圖傳。

墜緒旁搜未有涯，薊南山左早停車。中原文獻今零落，虛負南雲萬里槎。

丹黄梨棗傳薪火，金碧江山見史才。我亦嵩河摩汗簡，媿無椽筆續蘭臺。

萍水雪鴻亦夙因，相逢漫奏伯牙琴。他年風雨懷同調，記取梁園有素心。

# 北遊搜訪文獻日記卷一

## 甲戌

**十二月十四日　舊曆十一月初八日　星期五**

早起，飯罷，攜行李，囑内人勿念，囑兒懷民、兒媳芝馥，聽母教，並善撫小孫女儀昭。内人、兒媳送出門。余與懷兒同乘人力車，至雲津橋外車站。甥蘇二南，同事何君小泉、陳君一得，同鄉段君錫九、王君漸逵，門人馮子夢竹，並女中二十六班諸生、姻侄陳家麟，先後來送。購車票至河内，共滇票二百三十元。偕施君仲言共坐一車，仲言到南京。八時汽笛一聲，諸友、諸弟子情意殷殷，相望久之，瞬出車站。由昆明市，經呈貢、水塘、可保村，宜良狗街、滴水、徐家渡、禄豐村、糯租、西紆、婆兮、熱水塘、西扯邑、巡檢司、小龍潭諸車站，至阿迷。自七凸坡後漸下，車道從萬山峽中劈出。宜良土地肥沃，物産豐富。婆兮以下，甘蔗滿田疇，氣候較省垣熱，山中林木皆青。下午六時許，抵阿迷車站，而電灯已明矣。天然旅館來招待下車，與仲言、大理嚴志超同宿一室。旅館各費，共舊滇票十元。

十二月十四日出發

下午六時抵阿迷

## 别家

别家詩

弱冠誦詩書，遠志在萬里。科停習師範，斯志焉能止。駒隙過知非，詎終守桑梓。教育重觀摩，堪以援例比。况搜滇文獻，當軸聞之喜。助我舟車資，定期收行李。老妻慮我病，祝我保身體。天命知五年，自知慎踐履。侵晨辭家人，離家情難已。登車瞬出滇，一心在文史。

## 抵阿迷寄家書

抵阿迷寄家書詩

甘蔗如林滿四圍，授餐燒鴨嫩而肥。多情燕子滇池去，爲報春歸我亦歸。

### 十五日　初九　星期六

十五日午前離阿迷

同日晚抵越南老街

午前六時起床。開飯後，旅館送登車。八時許開車。天晴，烟霧迷漫，四山不見，未幾霧散。經大塔、大莊、碧色寨、黑龍潭、芷村、落水洞、𦡀姑、婐姑、波度箐、灣塘、白寨、臘哈地、大樹塘、老范寨、馬街、螞蝗堡諸車站，至河口大莊。田垻遼闊，前數年臨安、蒙自、阿迷等屬匪巢也，近年尚清平。碧色寨爲蒙自垻子，多瀦水，名曰碧色，今觀之不然。自芷村下，車路多陡險，半由山峽中出。至臘哈地，路旁芭蕉果累累下垂，山上林木皆青。抵河口已七時，天然旅館來招待，攜行李至督辦署查驗。余得周館長介紹信，施仲言亦同免驗。過老街宿。法關查驗，余行李單簡，未受困難。住定後，到法領事署驗護照，對相片。飯後，同仲言散步。旅館前面有公共娛樂場，廣東人演劇，聽之茫然，樂舞俱無足觀。至南溪橋小立，橋下水聲潺潺。橋北爲雲南界，橋南即異國界矣。街道整齊，經商者多廣東人。旅館各費，共法幣一元八角，合舊滇票三十元零。由省垣至河口，兩日車程，幾二千里。在昔陸行，須二十餘日，今則兩日即達。此路之陡險，在中國可爲第一。兩日共有穿洞百餘處。

### 由滇越鐵道至老街作

縮地長房古所崇，由來人力勝天工。南山橋與北山接，東嶺洞穿西嶺通。遊興飛騰千里外，詩心摇碎萬峰中。辭家兩日離滇境，今夕初嘗異國風。

由滇越鐵道至老街作詩

**十六日　初十　星期**

午前五時半起床。開飯。旅館送登車。六時許開車。行約四五時，皆從山下過。山上林木蔥鬱，斑毛草高丈餘，草樹多滇垣附近所罕見者，溫帶之植物自異於熱帶也。再過一二時，山漸少。再進則平原千里，路旁田畝尚有插秧者，其氣候之熱可知。所見村落稀疏，屋舍低小，農民生活簡單。至安拜，搜檢洋煙甚嚴。余之行李，幾無不被其細檢。至嘉林，仲言搭車抵海防，余抵河内。至紅河，現水已低落，寬三十餘丈，若水漲，則在四五十丈。自此至河内，有火車道、汽車道、人行各道，清潔寬大，汽車往來不絶。投天然旅館，解裝。遇王世兄問國，自南寧來，先余四小時至。見面大喜，詳詢此途經過情形，昔之疑慮者至是盡釋矣。開飯後，寫家書，託帶交懷兒，囑其唸給伊母一聽，以釋懸念。旅館各費，並明日購三等車至騏驢，共法幣四元。是日因車到已七時，未獲遊。俟返，住一二日，再觀覽。

十六日午前離老街

同日下午抵河内

## 河口

河口詩

此地滇疆已盡頭，過橋便是古交州。行人怕聽南溪水，日夜滔滔東海流。

## 安南書所見

安南書所見詩

隆冬金碧已霏霜，極目安南尚插秧。一歲三收應富庶，鄉村何故轉荒凉。

### 十七日　十一　星期一

十七日午前離河内

同日午後抵諒山

參觀淇瀃大王祠

參觀諒山中華會館

午前五時半起床。旅館送登車。六時開行。河内天氣炎熱，夜間一二時後，天氣回陰，熱氣蒸騰降下，若濛濛小雨。行客不知，因熱而解衣，往往感受疾病。行四五時，河内平埧盡，向東沿山峽行，漸入佳境。午後一時，抵諒山，豁然開朗。過淇瀃河，至騏驢車站。華利旅店來招待。洗面後散步。淇瀃河橋東，有淇瀃大王祠，祠有偶像，像前有儀仗，祠前塑二虎伏地。其建築形式中西合璧，扁聯夥不暇記。側門旁有重建碑記，記後有銘，銘後刻捐資人姓名，以阮氏、黎氏、裴氏爲多。碑末署“皇南大保七年壬申”。過橋，往諒山一遊。街道寬整修潔，兩旁樹木蕭疏，舖户半西式，營業多廣東人。車道旁有諒山行宫，聞三年前安南王嘗幸巡至此。名曰行宫，若滇之一小廟然。大門聯曰“十州依漢遵王道，萬叠雲山拱御屏”。上横列“諒山行宫”四字。旁兩門，左曰“左掖門”，右曰“右掖門”。行宫後有撫部堂，堂之大與宫等，旁有聯云“輿圖我有支稜史，生聚前爲陸海邦”。諒山爲安南之一省，不敵吾滇一小縣地。撫部堂東有中華會館，聯曰“南車同軌，東道授餐”，書法松雪，蓋廣東人之會所也。會館再東有延慶寺，閲其碑文，此地寺廟多奉三教關聖。諒山在河西，騏驢在河東。騏驢街道、鋪户、林木，遠不逮諒山。遊覽一時，令人心目一爽。其北石山十餘峰，峭壁嶙峋，使人可望而不可即。

**諒山**

到此傷心地，吾思武愍公。居民愁厚斂，過客弔孤忠。徒羨山河美，難忘草木豐。蝸居憐節署，忍死建行宫。 諒山詩

**十八日　十二　星期二**

午前六時起床。洗面後，結店賬，並購乘小汽車至龍州，共法票五元四角。是日騏驢逢市期。店主人云，五日一集，四方男女黎明即紛紛至，日用薪米，無一不備。蘿葡小如拳，茅芋粗如臂。其他山果野肴，多不識其名。鷄豬鵝鴨，皆以竹籠之。豬有大至百餘斤者，亦畀以竹籠。自河内至兩廣，皆花豬。婦女多赤足。鄉間婦女尤能耐勞，擔柴擔米，屢見不鮮。八時，偕福建少年三人，同乘小汽車往龍州。繞至董當，不半里，車夫持護照，向駐防法員簽字，取法票二角。退入正途，至鎮南關，廣西對汛督辦駐焉。行客至此啓箱檢查後，直開向龍州。車道沿阱邊劈出，不甚寬平，小汽車尚平穩。一路石峰矗矗，千奇百怪，有非筆墨所能形容。抵至江邊，江水碧緑可愛。轉數山坳，至龍州垻。行數里，至龍州車站，有廣西全邊對汛處，一一呈護照待驗。在鎮南關檢查後，貼以封條者，至此不再過目。入華利車公司，歇樓上。洗面，飲水，出散步。約數百步有中山公園，周圍三二里許，就山之高下以爲高下。園中

乘汽車至龍州

廣西全邊對汛處

多天然小石峰，東南一峰，矗立十餘丈。軍官韋雲淞、李濟桓，謂似桂林之獨秀峰，捐廉置鐵梯。登之，峰半建一亭，曰“仁智亭”，聯曰“拾級登高，麗水青山開眼界；憑闌望遠，雄關故壘觸心頭”。園中花木新培，動物畜有梅花鹿一、鶴一、食火鷄二、球鷄十餘隻、玉虎一。此虎大若吾滇之狐狸，其形似貓，頭圓眼大，此外皆尋常。出園，過鐵橋，長十餘丈，龍州縣署及縣屬下之各機關在焉。街道狹而污，豬多放養，男女衣服樸素。有雙溪龍吟詩社，時已午後五時，未探訪。折回旅店。開飯後，今晚向利威電船買票，明早開往南寧，遂收拾行李。購餐樓票，毫洋五元五角。龍州四面，遠山如削，黛色參天，望之可愛。

龍州中山公園

雙溪龍吟詩社

## 鎮南關

鎮南關詩

左右山如削，巖關此最雄。咽喉惟桂扼，唇齒與滇通。恃險防邊患，親鄰泯內訌。自强謀保障，當路慎和戎。

## 龍州

龍州詩

高踞江潙上，南來水碧流。人聲喧渡口，石影壓歸舟。靈囿孤峰峙，危崖野店浮。龍吟欣有社，日落思悠悠。

### 十九日　十三　星期三

午前六時開船。過枋木灘，水淺船難行，舟子下水盡力撐撥，約半時灘過。十二時，至上金縣屬之響水，距龍州九十里。有水自石巖流下，其聲甚響，故名。船泊岸，有小市，上岸往遊。見賣砂糖者，糖皆作方形，寬五寸，約厚五分。薪柴鋸長尺許，劈成規則小块。午後五時，至馱棉，昏黑，船又泊。問其故，因近日水淺，恐誤觸灘中礁石也。

**二十日　十四　星期四**

天明船開。至舊太平府之崇善縣，約八時許，船泊岸，行客有上下者。登岸一遊，街道雖窄，然尚清潔。有縣立小學校、圖書館、公醫局、公共演説臺。人民共八百餘户。高踞江邊，昔日比龍州繁盛，今汽車路通，龍州爲水陸碼頭，此遂冷落矣。出太平，約三里許，曰鷄籠灘。灘心有寶塔，遠望若倒於江中，及近乃矗立。相傳龍州有鷄鬼，從安南傳來，屬於女性，代傳一代，如蠱然。能入人腹中，食人肺臟至死。識者以鷄飼之，否則此鬼即食人，甚厲害。鬼經過此灘，則跳下自亡，若罩於鷄籠中，故名，過灘即無鷄鬼害。然乎否乎。午後五時許，至馱盧。太平在江之左，此在江之右，較太平繁盛，有商會，並廣西龍州銀行分兑處。以下江水較深，六時許，船夜開。

龍州鷄鬼

**二十一日　十五　星期五**

午前八時，船抵南寧東關外。由龍州至此，經響水、馱柏、太平、馱盧、摩窑、新寧、龍頭、揚尾數鎮，約五百餘里。此江龍州以上，有稱鎮南江者，龍州以下稱左江，其實皆左江也，源發自雲南。南寧踞左右兩江之交，舊治雖狹隘，今大加擴充。昔日街市如巷，近闢馬路十。省政府及所屬行政各機關，俱在南關外桃源路，合署辦公，建築頗偉大。總司令部在民生路，舊左江鎮衙署改爲之。統計人民約八萬餘户。各馬路舖户生意較繁盛，少蘇杭綢緞舖。自省府主席，下迄平民，衣服灰色短窄。每日各機關人員上午七時到公，舖户亦一律啓肆，男女各

至南寧

有生業，鮮坐食者。各路有酒店，而無茶館，而吸煙、賭博、娼妓，皆驅之西關外特查里，然而數亦寥寥。李、白兩總司令，黄省府主席，皆同心協力，潔身自好，以故風行草偃，全省官民朝氣勃勃。年來全力注重軍事，省會各公務人員、學校各管教員，年在四十五以下者，無不受軍事訓練，各縣亦然，而民團亦大著成效。全省九十餘縣，分五等，一二三等縣，俱有播音臺，朝有要務，夕即各縣皆知之。近且實行徵兵，當軸期於五年内，達到全省皆兵之目的，人民負擔因亦不輕。廣西本貧瘠之省，政府勵精圖治，不能不增加人民負擔，然取於民而用於民，以故人民皆樂輸。人民亦知其貧困，而努力於各種生産事業，力求儉樸，日用各物多悦本省出品，舶來物除取作原料外，罕購用者。以余觀之，官民此番精神，西南各省中當首屈一指。近尤重視教育，改善成人及兒童之教育，稱爲國民基礎教育，分爲數區。立一研究院於距南寧十里許之津頭村，爲中心區。積極进行，最可樂觀。

左江舟中詩

**左江舟中**

船頭月東岡，船尾上西嶺。轉身樹葱蘢，不見姮娥影。
前山如蹲獅，後山如卧虎。異獸排江邊，迎眸不計數。

**二十二日　十六　星期六**

遊廣西省立第二圖書館

午前六時起床。十時開飯後，遊省立第二圖書館。第一在桂林。此在南關外中山公園中，三年前甫成立，藏書三萬餘卷，新出版者占半數。廣西著名之作，如鄭小谷、龍翰臣、王定甫、朱伯韓、吕月滄諸先生詩文集，皆未曾搜弆。緣廣西舊文化皆在桂林,此間新建設,無足怪耳。園中有商品陳列所,觀各種商品,進步甚猛。略覽一周,折訪修志局,在共和路,附省教育會内。總纂馬君武,長梧州大學,未在局。訪協纂封鶴君先生(名祝祁,容縣人,庚子辛丑孝廉),一見如故,云其母乃太和張澐卿端卿之女昆弟,其妻又鄧川湯秉堃之女,與滇最有緣。談次介紹其同事蒼梧區伯翹先生(名家偉,前清進士,官禮部郎中),談甚契。舊友黄雲生先生,在局任分纂,適從寓所入局,封先生介紹,不知吾二人乃在滇文字交也,見面喜出望外。談一時許。向封先生索修志綱目,共分十編:第一地理,第二社會,第三政治上下,第四經濟,第五前事,第六文化,第七官績,坿謫宦、流寓,第八列傳,第九古蹟,坿名勝,第十雜記。封先生云,將來或不免有出入處,自二十年成立,期於二十五年成書,成否尚未敢必。分纂八人,月薪由省府各送二百五十元,總、協纂多三十元。此外各縣設采輯員,皆有給職。雲生分纂地理,封先生任列傳。午後一時,雲生導遊各處。約聽戲,余以不通方音謝之,雲生云到此不可不領略,情不可却,寓意而已。五時,雲生約飲酒樓,盡歡而歸。

**柬廣西通志館長封鶴君先生**

桂林教澤徧滇疆,威楚還教桂林鄉。司業佳話在人口,我來徵獻心徬徨。投刺得見古良史,謂母洱海曰湯氏(依前文擬當作張氏)。曩有湘皋蔣尚書,母乃杞湖陳家里。左江源遠發自滇,明清孕毓兩名賢。潤色鴻業仗班馬,輝映西南半壁天。

柬廣西通志館長封鶴君先生詩

二十三日　十七　星期

午前十時，訪雲生於西江旅館。坐片晌，同出訪古。民生路消防隊，舊府城隍廟改爲之。此地爲宋蘇忠勇公闔家三十餘口殉難之所，其骨亦合葬於此。後相傳南寧府城隍即忠勇公也。廟改而路旁立有“蘇公成仁處”石。共和路北女子中學校中，有王陽明先生石像。先生平思田之亂，嘗至南寧，後人祠祀之，祠改而像倖存。新西門外有鎮北橋，爲往武緣孔道，相傳此橋爲狄武襄所造。德鄰路有宋天寧寺，今改爲商會。徐霞客偕静聞來遊桂滇，曾止寺中。後静聞病歿，霞客攜其骨瘞於鷄山，以答死友未盡之志。北門外鎮北炮臺，舊爲六公祠。有蒙化某，從永明王至此，見事不可爲，遂披薙祠中，號水月和尚。雲生云，前和尚塔尚在，因修改炮臺，遂毁去。又遊博物館，有漢永淳六蛙銅鼓，爲滇省所未見。寬約二尺五，高約一尺八寸，六蛙高蹲於上。小銅鼓數面，類似吾滇所有者。又梧州鳳皇山掘得之莫侯墓石磚三，側面字體隸古。一刻“莫侯墓晉太興元年立”，一刻“莫侯墓十一月立”，一刻“莫侯墓太歲戊寅十一月”。又宋代興安古塔所藏之蓮花石盒礦石銀龍銀童相、銀壽相，銀製“千秋萬歲”錢，銀製開元錢、政和錢。又南寧明代鐘鼓樓頂瓷葫蘆，高約四尺，下寬約二尺五。皆館中珍貴古物。

遊南寧

王陽明先生石像

二十四日　十八　星期一

午前六時，雲生遣伻送其所編之《起鳳黄氏家乘》來，託帶贈李印泉先生，索印泉《吴郡西山訪古記》。後與友人談南寧禮俗，婚嫁近亦改良。結婚儀式分新、舊二種，舊式仍用彩轎鼓吹，新式用汽車接新郎新婦，於酒店中行儀式，宴客筵席簡

《起鳳黄氏家乘》

南寧禮俗

單。喪禮開弔,賻儀以毫洋二元爲率,用輓聯者甚少,無售奠圖輓幛之舖。出殯在夜間,不許俟天明。出殯時惟間燃小火炮,概無竹編紙製之物。至於祈禱,南寧寺廟半改爲學校或公所,以故齋醮之風頓衰,而求佛求仙者,尤希若星鳳矣。午後三時,遇前昆師學生景東李德和,偕其同鄉徐敬五,在廣西普及國民基礎教育研究院服務,一見依依不舍,約往酒店歡飲。

**南寧書所見**

銅鼓爭傳馬伏波,滇雲諸葛亦何多。六蛙高踞殊精巧,惹得吾儕一再摩。

陽明威德服思田,遺像留傳五百年。黔桂兩邦緣不淺,未邀芳躅到南滇。

南寧書所見詩

**二十五日　十九　星期二**

午前十一時,訪封鶴君先生。賜其兄《味腴軒詩稿》一册、王定甫《龍壁山房文集》一部。談一時許,至海關。今晚桂豐電輪開梧州。購餐樓票,毫洋十四元。午後六時,在旅店開飯後,即乘船。李德和來送,先至船中,話一時許始歸。十時開船。

封氏《味腴軒詩稿》王定甫《龍壁山房文集》

**二十六日　二十　星期三**

午前八時,船抵蒲廟。午後二時,抵永淳。五時,抵南鄉。泊一夕。

**二十七日　二十一　星期四**

午前六時開船。午前十一時,抵横州。午後三時,抵貴縣。此二日所見多童山，皆小而孤立。

**二十八日　二十二　星期五**

午前一時，抵潯州。小泊。八時抵江口。午後五時，抵梧州。明日，雄强汽船開三水。三水者，一通廣州，一通香港，一通梧州，置縣屬廣東。與貴州盤縣某君，搭小撥船，上雄强撥船，洋二角。購尾樓，洋一元八角。上岸覓飯店不得，食元宵餃子而已，洋一角。

二十八日午後抵梧州

**二十九日　二十三　星期六**

早起赴市。飯後冒雨遊北山。有兒童娱樂場在山麓，布置清雅。再上，左旁爲蒼梧縣政府，後即中山公園大門。山上樹木葱蘢，馬路兩旁翠竹黄花，山坡上下，構小亭四五，頗饒幽趣。北上，盡處爲自來水廠大門。自左再進，有兒童苗圃，墜入深阱中。折下小徑斜上，有球場二。再上，爲中山紀念堂，北山之正中高處也，迎面大江横繞，江上諸峰，秀色欲滴。堂旁有閲書報室。紀念堂除作講演外，新式結婚者尚可租賃，惟須納租金。北上而左，至廣西大學校址，後倚蝴蝶山，山形如開畫屏。館院各室，就山之高下，次第建設。高樓傑閣，掩映於蒼峰翠靄間，而路旁花木暢茂，前有清池，水色山光，撲人眉宇，洵藏修遊息之佳所。校長馬君武。校中軍事訓練，每週占十二小時。工業、農業學院注重實習，養成到田間去、到工廠去、並可以到戰場上去之大學生。其寒苦學生，暑假工作所得之獎金，足一學期各費。該校之真精神，於斯可見一斑。又圖書館於民十七年與大學同時成立，僅就所藏善本書言，有二萬四千餘册，南寧省立第二圖書館遠不逮也。遊約一時許，下山。略覽各舖户，其繁荣在南寧上。此地商務歷史本久，又往廣州、南寧、柳州之間，所以如此興盛。山水雖不如桂林陽朔，然蜿蜒青葱可愛。午後一時開船，行客甚擁擠。

**蒼梧縣**

蒼梧縣詩

西風醒客夢，落日照蒼梧。江上詩誰覓，船頭酒自沽。鴛鴦（江名）青到枕，蝴蝶翠成圖。園囿民同樂，獨遊興未枯（北山即公園）。

**三十日　二十四　星期**

三十日午後抵三水

午後五時許，船抵三水，昏黑不辨東西。下小撥船，普通洋二角。余與盤縣某君，因言語不同，彼遂勒索三角，撥約一里之遥上岸。挑脚普通二角，吾輩被勒索三角，挑約一里許，抵車站。六點三十分車已開，俟搭九點三十分車往廣州，車費洋九角。三水鐵路爲粤漢西南路，經過小車站五，至佛山站。車距江邊不遠，車停行客下，撥船過渡，再登車。余因情形不熟，船户與挑夫勾串，出挑脚洋二角、撥船費三角，始登長堤，投泰安棧。是日小雨濛濛，終日不息，殊疲瘁。

**三十一日　二十五　星期一**

訪蔡哲夫伉儷

午前十時飯後，乘人力車，冒雨訪蔡哲夫先生於東華西路舊文明里藝彀社。一見歡若平生，其夫人月色女史，相與爲禮。數年來以文字相往還，而尚未謀面，今得一室晤言，欣慰無似。暢叙三小時，留飯極眷眷。月色夫人親手烹韶關蘑菇，並廣東特産數味，極精。中有蠔者，東坡酷嗜，謂不可使北人知之。余非北人，匪惟知之，且親嘗之，可謂口福。而哲夫與

訪李千里、羅傳本

月色夫人之視余，亦非泛泛者比。飯後，導訪嶺南圖書流通處李千里，亦數年來神交友，在座有羅傳本，嗜古士也，一見如故。千里贈《荔村吟草》、《宋臺秋唱》二書，傳本贈粵東金石拓本數種。哲夫邀訪鄧爾疋於博雅齋，不遇。偕余至棧中，談至午後十一時始歸。

廣州訪蔡寒瓊詩

### 廣州訪蔡寒瓊

神交粵海蔡寒叟，心契滇山方老臞。今日粵王臺畔訪，一江明月一江珠（寒瓊嗜古，富收藏。夫人談月色，工書畫篆刻）。

### 廿四年

### 元月　二十六　星期二

昨日新除夕，不聞爆竹聲。今日新元旦，户户舊營生。此廣州市之國曆新年景象也。午前十時，飯後冒雨乘人力車，訪小泉從兄旭初先生於老城内之大石街。見面極親洽，坐談一小時辭别。遊中山紀念堂，在宣德西路。地勢遼闊，建築偉大，四周多隙地。堂西北即粵秀山，在廣州北，山雖不高，廣州市可一覽無遺，惜陰雨濛濛，未得盡覽耳。舊建築剩石坊二，一曰“佛山”，一曰“粵秀奇峰”。此舊道所經，今在新道旁。上多合抱木棉。山頂有中山紀念碑，南向矗立，若塔而中空，高約四五丈。内有梯，四面斜轉而上，登最高處，玻窗可遠眺。下層四壁，嵌各省主席、各省党部之題贊，多四句，或八句。龍雲題曰“河山並壽”。由東下，不半里有伍廷芳銅像，坐椅中，右腿舉左腿上，頭戴瓜皮小帽，容顔如生。再北，有鎮海樓，樓

訪何旭初先生

訪中山紀念堂

高五層，頗壯偉，額爲同治間督粵使者瑞麟書。博物館設其中，由一層至三層，陳列自然科學各種標本。四層有海山仙館法帖、及吳樵《華山碑》殘石。五層有自漢至唐宋間之男女十餘俑，並六朝時之骨灰瓦棺，長約尺許，前寬後窄，略有花紋。覽畢，盤桓久之，仍冒雨而歸。

參觀博物館

**二日　二十七　星期三**

昨夕哲夫來訪，不晤。午前八時，冒雨訪哲夫，約同訪六榕寺方丈鐵禪。寺在花塔街，牓"六榕"二大字，東坡書。後人有聯曰"一塔有碑留博士，六榕無樹記東坡"。塔建始於唐，燬於宋，旋修復之，遞修於元明清。今又重修，工未竣。塔後即鐵禪淨業社。鐵禪工六法，喜藏金石書畫，見面甚款洽，並留午飯。出石禪師所與手札，並贈其詩，裝潢手卷五，共覽。並云石禪師歸道山之九月某日，夢由滇至寺，迎坐，云病已愈。驚醒。是月下旬聞訃。魂魄依戀，事有必然。石禪師代表總裁蒞此，因東坡手種六榕地，而寺又雅潔，恆至寺休憩，贊鐵禪建東坡精舍，並補種六榕，構一亭，曰"補榕亭"。精舍有樓，曰"東坡樓"，刻東坡笠屐像於壁。樓下有東坡手書"六榕"二大字，下嵌石禪師《東坡精舍記》，並撰書牓聯盈四壁。迎面一聯云"請看兩字大書，鴻飛去後痕留雪；想見六榕當日，鶯亂啼時葉滿亭"。旁有定香水榭，聯云"如遊花之寺，亦愛水哉軒"。粵人至今寶之。水榭迎面六祖廟，有宋時銅造像。哲夫云，極肖南華肉身，此稍大耳。六祖廟前，林木森森，補種之榕今亦挺然矣。精舍樓上下及水榭，租人售酒茶，真絕好消閒地。盤桓三小時，辭出。哲夫介紹參觀陳大年之藏玉展覽會，中分玉部、琉璃部，多古代精絶品。各件有標簽説明，聞陳君不久將

訪六榕寺方丈鐵禪

有專書出。余門外漢，但欣賞而已。歸棧房，何旭初先生來訪，邀飲，辭不獲，飲幾醉。鐵禪藏滇僧性寬和尚《遊溫泉詩》，抄備入《滇詩叢録》："連然直北十餘里，山迴溪轉路嶮巇。虎丘花溪相間出，一漚聖水叠逢之。松竹陰森禽魚樂，含煙翠柳囀黄鸝。隔岸青山巧若畫，千奇万狀布如棋。或懸紫翠羅松柏，或乘薜荔壓疏籬。白雲千丈流水聲，明月皎皎天一犂。復有山川銜靈異，烝雲煮石作湯池。何事煩囂都洗盡，不留塵垢落於斯。"

滇僧性寬遊溫泉詩

### 偕蔡寒瓊冒雨遊六榕寺

偕蔡寒瓊冒雨遊六榕寺詩

榕亭低似艇，花塔刺於天。舊雨迎新雨，時賢慕古賢。禪堂詩滿壁，客檻水生煙。憩息塵心静，蘇龕半日閒。

### 三日　二十八　星期四

訪南華六祖廟

南華謁六祖，十載有虔心。昨日哲夫友人吳種石，爲介紹帖二，一致馬垻站長羅粤疇，一致南華明觀上人。是日午前八時，由黄沙站購二等車票，廣洋五元二角。至馬垻下車（距韶州不遠）。約午後三時半，羅站長爲雇小竹兜，來回三元四角。由馬垻向東南，繞田塍，約里許，至山麓。沿山行，不半里，有光華亭。亭前古榕一樹，蔭半畝，再行里許，過木橋，曰曹溪水口橋。由左山行六七里，溪水潺潺有聲。曹溪水發源於狗耳嶺，西流二十里，經曹侯村，魏武帝玄孫曹叔良避兵所也。抵山門，再進爲大門，有梁天監三年敕賜南華禪院直額。聯曰"塵緣空寶鏡，嶺表一袈裟"。進門有古木數株。行百五十武，爲二門，上有"寶林"二大字，聯曰"東粤第一寶剎，南宗不二法門”。近人吳川李漢魂題。又百餘武，至金剛殿，有樓曰“羅漢樓”。供北宋木造像五百羅漢，身軀約一尺，爲海内木造像之最古者。殿左古榕大十圍。約數十武，至大雄寶殿，有石禪師代岑春煊題聯曰“祖庭開象鼻山前，是莊嚴初地；法輪轉龍漢刦後，有欣慨滿懷”。後爲五祖殿，額曰“一花五葉”。殿偏東爲憨山大師塔，肉身坐化其間。後即六祖殿，殿高大，六祖肉身，高坐龕中。焚香瞻拜，儼然如生，其衣鉢至今尚存。六祖俗姓盧氏。其父行瑫，范陽人，唐武德三年左遷新州，即爲新州人。母李氏，初夢庭前白花競發，白鶴雙飛，異香滿室，覺而有妊，妊懷六年而生，貞觀十二年戊戌二月初八日子時。先天二年八月三日，在新州國恩寺坐化，世壽七十有六。有額曰“本來面目”，又曰“南禪一老”。龕前有“敕封南宗六祖大鑑真空普覺圓明禪師”牌位，宋神宗熙寧元年加謚。殿東廂有心田法師肉身。殿後有“蘇程庵”。蘇乃東坡，程名正輔，東坡母舅程璿之子，以提刑至惠州。石禪師題聯曰“笠屐愜山心，恰逢東粤休兵日；旗槍試泉味，重到南華選佛場”。明觀上人導遊畢，已上灯，飯我伊蒲，即下榻蘇程庵。孤身來遊，睹石禪師四壁遺墨如新，隱隱有師精靈在。南華各殿碑記詩碣林立，已收之山志。師來遊，極一時之盛，佳章名句，遊人嘖嘖稱之，可爲南華增輝也。南華原係子孫叢林，廣東某某當路，延虚雲法師主持，已更爲十方。虚老前月返鼓山，聞明春再來云。

南華後倚象鼻，自寶山演迤而來，勢正形昂，坡陀蹲伏，若白象馱經負寶之狀。梁天監三年，此山始開創。自元年至唐高宗儀鳳元年丙子，一百七十年。應智藥三藏之讖，因隋末寺罹兵火，至唐龍朔元年，六祖自黄梅得法，南歸曹溪，證果於此。

南華寺謁六祖詩

## 南華寺謁六祖

不遠來千里，償余拜祖心。樹隨青嶂合，路入白雲深。象教懸明鏡，禪門樹寶林。曹溪流不斷，日夜吐清音。

**四日　二十九　星期五**

午前六時起床。洗面後，六祖殿焚香，拜辭。明觀備早餐。捐香貲五元。仍乘小竹兜，至馬壩趕車。車由樂昌開來，已十時，二三等車，人擁擠。羅站長送伴郵車，坐藤几，尚覺舒適。午後五時抵黄沙。

**五日　舊曆十二月初一　星期六**

遊文明路古書店

午前十時飯後，到文明路遊古書店，購得張九鉞（湘潭人）之《陶園全集》，顧炎武之《音學五書》，陳振孫之《書録解題》，王先謙之《虚受堂文集》，大板《字類標韻》五種，而《陶園全集》中，有《滇遊草》可收入《歷代滇遊詩鈔》者甚夥。鄧爾疋返香港，留贈篆文一聯曰“茶於草木爲最靈，月與梅花竟不分”。下午七時，哲夫邀李繡子先生文孫桐庵來訪。

東蔡寒瓊詩

## 東蔡寒瓊

嶺南花好木棉紅，火德光天燭半空。粵秀山前風景麗，重來相賞醉春風。

羊城風味極佳日，荔子灣中荔子肥。準擬明年三月裏，畫船飽食醉而歸。

**六日　初二　星期**

午後一時，偕哲夫遊古書店，無所得。赴中山圖書館。午後始開放，而保管古籍員未至。欲取《化州志》，查楊文襄父景。取《清遠》、《博羅志》，查李鶴峰父治民有無詩文，並兩公政蹟，而不可得。惟有託哲夫日後代查。是日託李千里郵回所得書籍十六種。哲夫贈聯，集白香山、龔定庵句："專管圖書無忌地，狂臚文獻耗中年"。月色刻贈"梅居士"、"盤龍山人"、"晉寧方樹梅萬里搜訪雲南文獻所得之印記"三印。

訪中山圖書館

**順德蔡寒瓊談月色伉儷聯句爲題《龍池校書圖》**

收拾殘叢氣味同(寒)，精神却遜盤龍翁。夫妻慣作鄉嬛犬(月。昔黄子壽建蘇州藏書樓，刻其象壁間，曰"鄉嬛之犬")，僅讓君爲柱下龍(寒)。

狂臚文獻走萬里(寒)，敢謂斯人古所無。金石妄能爲刻劃(月。爲刻萬里搜訪文獻印記)，龍池留伴校書圖(寒)。

順德蔡寒瓊談月色伉儷聯句爲題《龍池校書圖》詩

**七日　初三　星期一**

午前三時，夢天民姪，似在蘇皖，見余大哭，祈帶伊回滇。顏色憔悴，面稍浮。余慰以即來帶伊矣。忽醒，不復再寐。六時半，收拾行李，乘人力車，趕廣九車站。購三等票，一元六角。八時十五分開車，十一時三十分到九龍。海邊有厓門，即陸秀夫負宋帝昺投海處。改革後，東莞陳子礪先生隱於此，號九龍真逸，與邦人之作者，築"宋王臺"弔古，有《宋臺秋唱集》。九龍迎面即香港。喚力夫負箱檢查後，下船。費港洋一角。到香港，投鴻安棧。力夫索港洋六角五，殊可惡。洗面後，到富滇新銀行取款。蕭壽民不遇，見陳印泉叔親家，談約半時。

輪舟過九龍詩

## 輪舟過九龍

征帆遥見宋王臺，駭浪掀天萬馬來。塊肉趙家魚腹葬，千秋騷客有餘哀（陳子礪先生有《宋臺秋唱集》）。

**八日　初四　星期二**

昨夜已睡，蕭壽民遣人來問，然後再會。余因困憊，約今日在旅店候，竟日不至。午後七時，送柬來，邀飲廣東酒店。余夕飡已過，將欲眠，書函辭謝。壽民接函，親身來訪，使余心殊不安。

**九日　初五　星期三**

由廣州開船

買海口輪票往上海，港票七元。此輪到福州泊，動余遊鼓山之心。同旅店有李君，通官話，且誠篤，余意决遊鼓山。輪由廣州開，午後五時至旅店。給送登輪小費一元。壽民送荔枝二盒。

**十日　初六　星期四**

午前七時，檢查後開船。食早飡。至大海，波浪洶湧，船簸盪。余静卧。晚飡食半碗，幾嘔而止。

**十一日　初七　星期五**

早飡頭眩未食，晚飡食一碗，但常食荔枝水果。夜間天變霧作，船停。

**十二日　初八　星期六**

船抵馬江

午後七時，船抵馬江。余本擬遊福州，覽鼓山之勝，因頭昏不果。

舟泊馬江欲遊閩省不果詩

## 舟泊馬江欲遊閩省不果

馬尾咽喉扼，心驚竟掉頭。鼓山憑夢到，閩本待還搜。仙佛鐫工巧(舟泊時工人攜仙佛來售,甚精巧),樓船貽我羞。茫茫煙水外,濁浪接天浮。

十三日　初九　星期

正午十二時,船由馬江開。思茅后君晉修(長德),省府特派調查熱帶病專員,彼此相遇於船脣,天涯得見同鄉,快甚。　由馬江開船

十四日　初十　星期一

終日海風大作,船簸盪。頭暈,朝夕飯未食,卧食餅果而已。

十五日　十一　星期二

終日風不息。朝夕仍未食,即餅果亦不思下咽。

十六日　十二　星期三

上午七時,船入吳淞,抵浦東碼頭。迎客者擁擠,稍一不慎,鮮不爲其所騙。余幸遇后君,約同投一旅店。后君前留學滬上,各情熟悉,同到雲南路口揚子飯店宿。余在船數日,眠食未安,精神困憊。投店安頓畢,赴市早飡,不思食。訪商務書館黄警頑,不遇。折返店,食牛乳二杯。晚食粥二碗。夜熟眠。　船抵浦東　訪黄警頑

十七日　十三　星期四

午前十時,黄警頑來訪,爲介紹到四馬路口大新街安東旅館宿,費每日九角,飡隨意。飯後,警頑嚮導,到法租界大自鳴鐘中匯銀行三樓慶正裕,及寧波路北山東路廿六號富滇新銀行取匯款,並請又匯到北平、山東、浙江等處,以便遊時取用。　宿大新街安東旅館

上海詩

## 上海

蜃樓一瞬繁華夢，桑海連年影戲場。渺渺神山黑洋黑，滔滔禍水黄浦黄。笙歌入耳皆淫亂，燧燧驚心孰短長。卧榻他人鼾睡飽，百年租借等淪亡。

### 十八日　十四　星期五

訪孫踽庵承贈《文廟續通攷》

午前十一時早飡後，到四摩路慈惠里廿　號，訪餘杭孫踽庵（樹禮）老先生，卧雪先生所介紹也。投函後入見。年逾九旬，須髮如霜，而神智清明，正伏案著書。停筆傾談，娓娓不倦，和顔怡色，粹然儒者。贈送普茶一盒，滇書數種。贈余其兄樹義《文廟續通攷》一册，余以《龍池校書圖》乞題。辭歸，到三馬路千頃堂購古書七種，中國書店購古書五種。目列黄元治《蕩山志》，已爲人購去。午後七時，富滇新銀行經理張庸僧（至寶），招飲於四馬路一枝香。

### 十九日　十五　星期六

中國書店鈔得《山東提學院題名記》

抄張滇洲、劉寄庵兩先生傳

受古堂購《巖泉山人詞》二種

午前十一時，到中國書店、中國通藝館、來青閣、千頃堂、受古書店，搜購關於雲南文獻書籍。於中國書店，道光《濟南府志》中得李鶴峰先生《山東提學院題名記》一篇，並於“官績志”中抄張滇洲、劉寄庵兩先生傳。在受古堂，得宜良嚴秋槎之《巖泉山人詞》二種。午後六時，沙武曾邀飲。轉天津任振采函，謂余到天津，當一見。八時，黄警頑介紹綏遠省民衆教育館館長樊庫來見。一在天之南，一在地之北，其緣豈僅千里哉。警頑謂余贈樊先生一詩，擬到北平再見，或寄綏遠省歸綏縣轉。

### 餘杭孫踽庵先生爲題《龍池校書圖》

餘杭孫踽庵先生爲題《龍池校書圖》詩

兵火焚書歷有年，累朝典籍鮮流傳。今君采訪徧寰宇，當有遺珠載返滇。

我昔西湖典閣書，琳瑯四庫慎分儲。惜今老弱艱趨步，未得從君返故居。

斯文未喪荷天慈，劫後昆明二老遺（袁公與君）。一幅丹青共欣賞，恍扶笻杖到龍池。

南邦文運喜重興，百尺高樓日夕登。日夜然藜勤校勘，漫云文獻苦無徵。

**二十日　十六　星期**

書店購保山范廉泉先生詩鈔四卷

午前十一時飯後，仍到各古書店，搜訪關於文獻之書。得保山范廉泉先生之詩鈔四卷。廉泉清官，又極厚鄉情。關心錢南園先生後嗣，爲其子嘉棗置妾。嘉棗故留其妾一年，無妊，乃嫁之，真古之人哉。負詩名，謝甘泉（堃）亟稱之。

**二十一日　十七　星期一**

訪太和張鎔西先生

早起寄家報。到慶正裕、富滇新銀行，辦畢匯款事。到西摩路慈惠里九號，訪太和張鎔西（耀曽），坐談一時許。其先德之詩文，欣然清理，俟余返滬面交。

**二十二日　十八　星期二**

訪李印泉先生

上午八時，由滬到北火車站。京浦路車，十二時到蘇州。乘人力車，入平門，到葑門十全街五十四號，李印泉先生已掃榻以待矣，見面握手言歡。廿年闊別，一旦相見，其樂不可言狀。昨日金鑄九來視，印泉留飲，並邀章太炎先生在座，介紹通姓名。詢余由滇到蘇途程略情，一一詳答，並述北遊搜訪文獻任務。謬蒙嘉獎。金松岑先生聞余至,來訪。午後五時,邀飲。先生特仿烹福建菜六味,並邀鶴峰先生六世孫李繼鶴(嘉穀)來陪。嘉穀高中畢業,已任高小學教授。氣清而純,見面以鄉長稱余。數年關心,得印泉栽植,今則釋然矣。在座有王君佩諍,博雅能文,先生囑爲開一關於滇省文獻書目,可按圖索驥。先生之用心良厚矣。七時歸,與印泉談文獻,時許而寐。

葑谿訪李印泉先生即寓其景邃堂詩

### 葑谿訪李印泉先生即寓其景邃堂

廿年頻夢見,今日到蘇州。榻下傾離緒,爐邊話舊遊。親賢遐邇契,景邃後先侔。昕夕論文獻,還資鼎力搜。

呈金松岑先生詩

### 呈金松岑先生

別來三載又,相見在蘇州。滇傳開懷讀,吳山把臂遊。名賢親五百,盛會足千秋。天放狂瀾挽,深談萬卷樓(時松岑倡設國學社,海内文士入會者甚多)。

### 二十三日　十九　星期三

閱印泉藏書目

上午七時起。寫家報,並何小泉、施仲言二函。閱印泉藏書目録。有彭尚書《芝庭集》、趙文哲《娵隅集》、王蘭泉《春融堂詩集》、潘星齋《小鷗波館詩鈔》、嚴伯雅《餐花室詩稿》、子石子華陽王芝《海客日譚》,中多到滇所作詩,可選入《歷代滇遊詩鈔》中。午飯後,印泉五公子希泌,太炎先生弟子也,導往謁。略道寒暄,詢余永明王歷史。余將平昔所知者,如梳粧臺乃永曆帝陵,李定國無攻破緬甸事,先生甚以爲然。談約一時,始辭歸。希泌年十七,治經史小學,已入太炎之室。印公

謁章太炎先生

聘國學、英文兩師教授,暇常到太炎處講學。太炎每講一題,原原本本,希泌筆録,文詞斐然。午後五時,太和馬程遠先生招飲,有同鄉昆明張子貞、安寧吕子珍,均流寓於蘇,程遠與印泉比鄰。

### 謁章太炎先生

謁章太炎先生詩

舉國推山斗,當今一導師。制言端士習,妙論解人頤。感憤殘明局(先生與梅談永曆在滇歷史甚詳),殷憂浩劫時。皋比吳會主,講學濟艱危。

**二十四日　二十　星期四**

訪王佩諍、朱祖耿、徐澐秋

偕李繼鶴世兄,訪王佩諍(謇)、朱祖耿(介夫)、徐澐秋(澐)。祈澐秋爲畫《龍池校書圖》。佩諍精攷據,介夫擅經學,皆今日蘇州文學之表表者。

**二十五日　二十一　星期五**

上午八時,偕李繼鶴乘人力車,出胥門。渡河上岸,行未遠,乘小輪,經横塘,至西跨塘上岸,往村中。繼鶴覓爲李氏守墳人。雇肩輿二,至村後訪其祖彭墓。折出,行約三里許,至七子山下九龍塢,謁李鶴峰先生墓。墓地周圍約二丈,背西面東,墓中銜"皇清誥授光禄大夫顯考鶴峰府君、誥授一品夫人顯妣施太君之墓。孝男翊、翃、翽。乾隆四十三年嘉平(月)"。前有吳縣封山碑。焚香瞻拜。仍乘肩輿,至木瀆。所經村落,桑樹秩秩,植於墻下。孟子云"樹墻下以桑",信然。村中房屋皆磚墻瓦屋,其景况蕭條。婦人女子,貌清秀。當門刺繡,生動精工,日獲代價,多至小洋兩角。衣服大半百衲,鄉村之貧

謁李鶴峰先生墓

苦可知。婦女兼有任輿夫者，挑柴擔糞，無所不爲。木瀆鎮繁盛，在此午飯。繼鶴遇其同學徐君，介紹相見，出其家藏《木瀆小志》假觀。吳縣鎮多有志，可見人文之盛。鎮北靈巖，有韓世忠墓。午後三時，乘輪舟至善人橋上岸。喚村人導至小王山，印泉先生母闕太夫人葬此。印泉函守墓人招待余與繼鶴，謁闕太夫人墓，並李希白先生墓。希白，印泉從兄也，工詩文，有《治平吟草》、《羅生山館詩集》行世。墓後石崖，海内名人題勒殆徧。度嶺一大平坳，萬松茂密，陳石遺先生題"松海"二字。遊幾徧，折至風木堂晚飯。

小王山謁李印泉先生母闕太夫人墓

九龍塢謁李鶴峰先生墓詩

### 九龍塢謁李鶴峰先生墓

鶴峰萬里鶴能化，龍塢千年龍自眠。三代才名高北斗，一門風雅冠南滇。賡歌竊恐燕泥落，教澤猶聞吳越傳。滿目霜楓紅似染，好將心事告黄泉(梅爲先生立傳申冤，未知得實情否)。

小王山謁李希白(學詩)墓詩

### 小王山謁李希白(學詩)墓

曾約姑蘇會，君今成古賢。吟魂依曲石，過客弔遺阡。詩著三千首，勛垂五十年。一杯吳市酒，親奠意拳拳。

**二十六日　二十二　星期六**

午前七時早飯後，守墓人以馬一、驢一，送余二人遊鄧尉。由村西折而北，經李經羲墓道，行約三里，至穹窿山。寺後山高，左右雄峻。入大門，上石階，至"月駕軒"，金之俊書。有樓曰"北哉軒"，印泉書，取吳文定《遊穹窿山詩》中字以名之。穹

遊鄧尉山

窿，一名茅峰，明姚少師廣孝出家處也。章太炎先生聯云“燕飛來竟啄王孫，後嗣休隨和尚誤；龍角葬當致天子，此中唯許法王居”。北哉軒下，張仲仁先生題曰“霄漢茅廬”，取吳匏庵《穹窿寺詩》，“合結茅廬傍霄漢”之句以名其堂，並有聯云“從歷史論人，最離奇建文遜國，道衍登朝，聞一棒當頭，和尚誤矣；爲名山壯色，更慨想少穆興農，潛庵講學，正萬方多難，蒼生奈何”。跋云：“穹窿爲姚廣孝披剃之地，永樂賜名顯忠寺。南下迆西積翠寺，亦名皇駕庵。建文帝曾税駕於此，故名。直南至藏書廟，旁即雙堰，中有湯、林二公祠。因文正、文忠撫蘇時，皆興水利，今五閘是也。今新農村設於善人橋，以藏書廟爲根據地，從教育實業著手，即師湯、林遺意，作此聯爲道堅老法師補壁”云云。大雄寶殿出，向東南越嶺，至上真觀。在穹窿山頂，重閣複殿，多至數百間。向北，行至寧拜寺。寺後有五色山茶一，高五六尺，含苞未放。老僧云，外人出大洋五百，不售。又折東南，向下行，約七八里，入鄧尉山口。鄧尉者，漢鄧太尉禹隱居處也。梅花樹樹，有迎人意。至玄墓山，因晉青州刺史郁泰玄葬此而名。墓前聖恩寺五層，極壯偉。墓旁梅樹十餘株，已半開。有石壁高丈餘。康有爲題“壽洞”二字。寺旁有樓三楹，徐俟齋先生額曰“還元閣”，隸書古厚。閣前太湖波光瀲灩，撲人眉宇，山寺以此爲最勝，紅梅三株，尤令人愛。寺僧智谷，李希白詩弟子也，在葑谿草堂先會面，余曾贈蒼雪、擔當二集，今至此，招待極殷，並贈余《鄧尉聖恩寺志》。午飯後，騎驢訪香雪海。向北行八九里，桑田桂圃中，老梅、瘦梅、紅梅、白梅，山陰道上，應接不暇。至司徒廟，又曰柏因社，前殿天井中有柏四株，東漢時物也。第一株直聳青霄，枝葉蒼翠。第二株幹老中空,上分爲二,形頗突傲。第三株幹紐如龍形,望之宛如生龍,聳身欲騰。第四乃由右一株,傳爲雷所劈,飛於左,横卧無根,而枝葉常青,人稱“清奇古怪”。再北,登半山小亭,前望山坳,寬數里,梅花盡放,遠望如銀波玉浪,宋商邱所題“香雪海”也。賞玩久之,余身已爲花所侵矣。日西偏,向西行四五里,經銅井銅坑,至“石壁彂”,又曰“湖東精舍”,憨山大師結茅處。“石壁彂”三字,王穉登爲光如上人書,“湖東精舍”,乃繆彤所書。寺前平臺,太湖在一覽中。由此東南行,至石樓。樓前多大竹,左有石臺看太湖,與石壁無異。由此下山,經太湖邊,行五六里,返至聖恩寺,已昏黑矣。飯後,與智谷談甚久,出《萬梅花裏一蒲團》卷子示觀。欣賞之餘,矢願他生爲寺僧。十時寐。

偕李繼鶴(嘉穀)鄧尉賞梅宿還元閣得詩四首呈印老詩

### 偕李繼鶴(嘉穀)鄧尉賞梅宿還元閣得詩四首呈印老

滇雲萬里訪梅來,花爲遊人特早開。銅井銅坑都賞徧,崦嵫日薄未曾回。

平生最愛是梅花,安得山中共一家。小築吟窠香雪海,塵緣謝卻老煙霞。

萬樹花中度幾回,還元閣上夢徘徊。微風午夜鐘催醒,覺有寒香到枕來。

梅主梅賓兩盡歡,因緣萬里結來難。匆匆别去頻回首,驢背明年許再看。

### 二十七日　二十三　星期

上午七時飯罷,辭智谷。騎驢至光福鎮,上輪舟,返蘇州。

一路梅花,依依不舍,梅花恋我,我恋梅花。半生來賞梅之快心事,無有逾於此者。八時到光福登舟,仍經善人橋、木瀆、西跨塘、横塘,抵蘇州城,約十二時。午飯後,偕繼鶴遊滄浪亭,水木清華,五百名賢,令人深景仰之思。今建美术學校於東畔,地極清雅。南面尤有野趣。北即蘇州圖書館,清蘇藩黄子壽彭年倡建之存古學堂也,藏書宏富,房室雅潔。子壽刻小像壁間,題曰"願作嫏嬛犬"。子壽之癖於典籍可見矣。

遊蘇州

蘇州圖書館

**二十八日　二十四　星期一**

上午十時,偕李繼鶴遊貝氏獅子林後,到觀前街,遊古書店,於文學山房得鶴峰先生之《唐詩觀瀾集》一部。訪金松岑先生,滇傳爲排定次第。

文學山房購《唐詩觀瀾集》

**獅子林**

遊獅子林詩

堆山選石雲林畫,石墨還增聽雨樓(壁間嵌吾滇周亦園先生聽雨樓法帖)。小憩此間佳趣得,欣看雙美足千秋。

**二十九日　二十五　星期二**

上午十時,偕李繼鶴出閶門,到石灰衖,謁鄉賢郝將軍太極墓。進衖約百武,背南面北,印泉新立豐碑,周惺庵夫子所書。下拜之餘,令人慨慕其高風。折西約半里許,至上津橋,有吳縣知縣合江李超瓊所樹之《明郝將軍賣藥處碑》。跋云:"將軍雲南晉寧州人。安奢之亂,守霑益有功。國變後,逃隱蘇州之上津橋賣藥。顧亭林先生贈以詩曰:'曾提一旅制黔中,水藺諸酋指顧空。入楚廉頗猶未老,過秦扁鵲更能工。風高劍氣蛉川外,水沸茶聲鶴鼎中(一作澗東)。橋畔相逢不相

謁郝將軍太極墓

識,漫將方技試英雄。'蘇州郡邑志皆不之載,余於叙功疏識其姓名,異日恐遂無此人,碑以存之,聊以識其遺蹟而已。光緒三十四年,知吳縣事合江李超瓊紫璈立。"紫璈能詩,博雅,其高誼可佩。

上津橋弔郝將軍用顧亭林先生韻詩

**上津橋弔郝將軍用顧亭林先生韻**

將軍生長彩雲中,國破家亡萬事空。殺賊滇疆人服勇,懸壺吳市衆言工。獨逃兇燄來遊北,難挽狂瀾不倒東。一自亭林詩贈後,爭傳醫隱老英雄。

**三十日　二十六　星期三**

至馬程遠先生處辭行承贈《馬雨農先生年譜》

李印泉先生爲送行

離蘇州赴北平

料理行裝,乘車到北平。午飡後,到馬程遠先生處辭行。其公子崇六團長,以《馬雨農先生年譜》囑攜歸叢書處備采。贈余軍佐乘車半票券五張、工一團証一,購車票減半。並令其自用車夫,送余登車。情意殷殷,感謝無已。下午五時,印泉先生爲余行,應酬早歸,飭厨役供饌,差人送登車。臨行,一家送出門。猶戀戀。六時到車站,車由滬剛至。余先一日在蘇州中國旅行社購定二等車並卧床,共五十五元。六時十分開車,經無錫、鎮江,至南京,用輪渡過浦口。經蚌埠、徐州,天明。

**三十一日　二十七　星期四**

上午七時至徐州。過此便入山東界,經鄒縣、曲阜,過大汶口。約午後六時,見紅日將落。其色鮮豔如繪。生平看日落,未有美於此者,過泰安,已初更矣。隱約間瞻望泰山,遊心已先到焉。因趕北平厰甸,泰山之遊,俟諸南旋。

## 二月一日　二十八　星期五

上午六時到天津。九時抵北平。遇山東朱桂山,年六十一,到北平視子。因余人地生疏,雇汽車送至宣外教場頭條雲南學會。給車費,亦堅辭。學會,昔之雲南會館也,在珠巢街館北,故稱北館。坐北面南,大門東向,懸張月槎"博學鴻詞",朱瀛山"傳臚",袁樹圃、蕭紹侯"經濟特科"四扁。中、後層各三楹,周圍書房三十餘椽。後層爲閲書報室,廂房爲藏書室。中層爲客堂,月槎先生舊題牓聯,牓曰"金碧長春",任澍南補書。聯曰"吾道其南,求經籍六十九家,勝字學右軍,賦傳司馬;賢人至寶,毓山川萬千餘里,同金生麗水,玉出崑岡",陳履和補書。昭通張希魯考查史地,去年九月到此。余先函請代覓住房,因無空,即與希魯同住。洗面開飯後,約同訪霸縣高閬仙先生,袁屏山先生至好也。投屏山介紹函,接見甚殷。談半時許,贈《文選義疏》、《唐宋詩舉要》各數册。後到國立圖書館,訪館長袁守和,不遇。館員李翰章(文裿)接見,介紹參觀。館新建,爲宫殿式,全館似工字形。最前一排,分東西二大間,東爲雜志室,西爲陳列室。登樓爲中西文普通閲覽室。正中過道,兩旁爲研究室。過道後爲藏書樓,凡四層,第一層爲滿蒙回藏各種文字及西夏經典,第二層爲西文書,第三層爲中文書,第四層爲公報雜志。至四庫全書、善本書籍、唐人寫經,皆别闢樓室以收藏之。館之左右,復有二小樓。西有梁任公紀念室。館旁有包午、晚飡處,每飡每人洋二角。以爲好學者節省光陰,用意尤善。各部分覽畢,余捐贈《夢亭遺集》、《茶花小志》、《錢氏族譜》三種。

抵北平

訪高閬仙先生

承贈《文選義疏》《唐宋詩舉要》

贈北平圖書館《夢亭遺集》《茶花小志》《錢氏族譜》

二日　二十九　星期六

正午十二時，到保安寺街二號，訪倪則堯(惟欽)先生。折珠巢街新館，覓長帮梁文富，詢吴子和(煦)先生住址，得知居按院胡同。遇雲龍楊崇峰先生後裔楊敬樓，坐談半晌。館坐東面西，共四進。又南北二院，共八十間。第二院正堂，袁屏山先生補書“彩雲别墅”額，聯曰“二十三省，惟故鄉名以天文，試南望雲邊，勿負漢帝賜封，武侯卜筮；八十餘程，幸我輩權爲地主，願北來月下，更有尹珍遊學，張叔傳經”。再進耳房，有聯曰“世味但嘗燕市酒，鄉情惟飲普山茶”。許瞻魯先生舊題，屏山補書。午後二時，同希魯訪子和先生，見面談甚暢。先生年七旬有四，精神矍鑠。詢鼎堂未刻四種，云宣統三年，其兄子清赴甘涼道任，在潼關逆旅中被匪，並行李劫去。不勝太息，鼎堂先生遺著，自此不能問矣。先生生於道光庚辰八月十三日，卒於同治癸酉十二月十二日。

訪倪則堯先生

訪吴子和先生

三日　三十　除夕　星期

上午十一時飯後，偕張希魯遊中山公園，園乃舊社稷壇也。園中古柏數百株，有大至四五抱者，而高不過二丈。朔方严寒，因而不高，枝能横長，或因北風太勁，不能抵抗故也。觀其蒼古之狀，大都元代建都時所植。間有古松白皮，如老龍鱗，葉粗勁，與南方微有不同。中有溫室養花，四時之花同放於一室中。最妙者，一假山，高約三尺許，青苔布滿，尤其緑之可愛。園西即昔之御河，冰厚尺許。少年三五滑冰，遊戲各花様，亦燕京最有歷史之一事。後到天壇遊，門票三角。祈年殿之建築，美麗奇偉，爲西人所稱。距約數百武，天壇一大圜形，範以欄，頂平，其石層層縮小，而中圓，昔日皇帝祀天之所也。

遊中山公園

天壇

壇中樹木森然，但不及社稷壇之古。下午五時，永定門外鐵路車站長唐子衡，希魯同鄉也，約食飯，情意殷殷。七時歸。

### 舊曆除夕

舊歷除夕詩

萬里孤身卧鳳城，三更入夢到昆明。家人守歲松毛坐，念我殷於我念情。

北遊搜訪文獻日記卷一終

# 北遊搜訪文獻日記卷二

## 乙亥

### 二月四日　舊曆二十四年元日　星期一

上午九時，旅平學子組織參觀團，參觀名勝古蹟並學校報館。余與希魯加入，到北海前團城參觀玉佛。高約四尺許，潔白玉石，雕成趺坐如來，清光緒間緬甸進貢物也。前面天井，有玉甕亭，中置緑玉大甕一，寬三尺許，高約二尺。門旁有古白皮松一，大合抱。距此不半里，景山，即所謂煤山也。前面紫禁城，由神武門入遊故宮。因團體參觀，又新年門票減半，人各收小洋二角。遊覽分三路，是日僅遊中路及内東路，計所遊者爲順貞門、御花園、堆秀山、摛藻堂、萬春亭、絳雪軒、鍾粹宮、景陽宮、御書房、永和宮、延禧宮、承乾宮、景仁宮、齋宮、毓慶宮、玄穹寶殿等處。宮内古物珍貴者已南下，所陳列者書多御筆，物品多外國所進貢者。各宮殿建築形式大略相同，天井置有大銅缸，階前有銅製龍、鳳、鹿、鶴、孔雀等。古松柏、假山不可勝數。遊畢，折會所。飯後遊廠甸，古書攤數百，是日購得師荔扉先生《二餘堂文稿》三册，不負萬里遠來也。

參觀故宮

購師範《二餘堂文稿》

遊故宫過摛藻堂詩

### 遊故宫過摛藻堂

四庫别珍本,深藏摛藻堂。御花含冷豔,宸翰有餘香。禾黍生悲易,滄桑惹恨長。黄英開滿徑,猶自戀殘陽。

**五日　初二　星期二**

參觀戲曲學校

上午九時,偕參觀團到崇文門外,參觀戲曲學校。男女生招收,大者十七八歲,小者十二三歲。排有定時課程,所習學者,皆舊戲加以改良,嫻熟者即派往各戲院演唱。參觀後,折會所。飯後遊廠甸,購古書數種。

**六日　初三　星期三**

遊古物陳列所

上午九時,偕希魯遊古物陳列所,門票一元五角。共分三部,曰"歷史博物館",在天安門内,午門樓上,藏漢唐以來陶瓷磚甓、金石銅玉、竹木兵器、衣冠、奏章詔諭等物,爲數寥寥。曰"三大殿",即太和、中和、保和也,紫禁城各殿以此爲最大,舊日寶物重器已南下。曰"文華殿",在三大殿之左。後爲文淵閣,舊藏《四庫全書》處,現封鎖。曰"武英殿",在三殿之右,略陳書畫寶物,復有浴德堂,爲乾隆時所建。西式浴室内,有回部歷史上美人香妃畫像。曰"傳心殿",在文華殿東,書畫古物陳列者亦罕。飯後折遊廠甸,得《明湖四客詞鈔》一册。宜良嚴秋槎先生居四客之一,有詞一卷,曰《麝塵詞》。並購古書數種而歸。

購《明湖四客詞鈔》

**七日　初四　星期四**

上午十一時,遊廠甸,購得周亦園先生七言聯一。文曰"至樂無聲惟孝第,太羹有味是詩書"。硃砂絹本,法襄陽,極經意之作。又介庵和尚楷書斗方一,寫漁洋山人題王石谷山水詩。寫信三封，一寄家報，二寄蚌埠，交同鄉李厚臣、余襄臣，託探訪姪子天民行蹤。

**八日　初五　星期五**

承吳子和贈《歌麻古韻攷》

正午十二時，訪吳子和先生。贈余鼎堂先生之《歌麻古韻攷》一部，此書《畿輔叢書》刻爲苗仙麓補注。子和先生家現有副本一種，與刻本大同小異，此或係未定本。借回，擬到圖書館，與《畿輔叢書》本互校。

**九日　初六　星期六**

上午十時，寫致袁樹圃前輩、周惺庵夫子函，爲希魯向教廳請補助旅費。十二時，同希魯到宣外上斜街頭路，訪同鄉朱伯勛（崇蔭），通海朱撖堂先生孫也，年七十有三，精神矍鑠，髮辮尚留，憤世嫉俗。自書門聯曰"犬吠鷄鳴聞境外，獸蹄鳥蹟交國中"。詢撖堂先生遺著，云詩古文少作，現存《奏請嚴禁鴉片煙稿》一篇、《秀麗山房試帖》，奏稿另抄交。

**十日　初七　星期**

《歌麻古韻攷》著者

正午十二時，高閬仙先生招同希魯、麗江周杲，飲於西長安街新陸春。談及吳鼎堂先生之《歌麻古韻攷》與苗仙麓嫌疑案，均謂《畿輔》本仙麓名下有"補注"二字，明明非仙麓所著。曰"補注"，補誰人之注，編者殊欠斟酌。又攷仙麓卒於咸豐間，曾國藩爲作墓誌，於仙麓著作亦未叙及此種。鼎堂卒於同治間，其書乃及身所刻。《畿輔叢書》刻於光緒間，或者鼎堂以一鈔本質於仙麓，仙麓身後未還，後人搜其遺著，即誤爲仙麓所著歟？僉以此爲然。高閬仙先生云，仙麓《說文》中讀音，有數字與吳氏不同，不能自相矛盾，亦可証明非仙麓之作。子和先生家藏本前有一序，末云"惜苗君遠在京師，不獲與共讀之也”。後無名,安陸程家穎跋,謂係馮展雲文。

呈高閬仙(步瀛)先生

呈高閬仙(步瀛)先生詩

卧雪知交高達夫(先生與袁樹五先生相交契),滄桑變後老醇儒。熟精《文選》空前後,端正師資辨主奴(時教授師範大學)。浮白邀傾人日酒,垂青題贈校書圖。海王邨畔臯比擁,桃李森森滿故都。

十一日　初八　星期一

訪梁書農

正午十二時,同希魯到東四北門倉二十號,訪建水梁書農(之相)。書農收藏極富,現有書八萬卷,而明本有七十餘種,宋元本各數種,吾滇藏書家以書農首屈一指。書農不辭辛苦,一一出而觀之,半生來看古本書,此爲第一次飽眼福。午後四時,三人同遊隆福寺街古書肆,於修綆堂購古書數種,並借《畿輔叢書》内之《歌麻古韻攷》,與吴氏藏本校之。

遊隆福寺古書肆

十二日　初九　星期二

上午九時書農來訪,同遊剪髮胡同小書店。十一時,約至新陸春小飲。後到廠甸財神廟遊,購到趙文恪公楹聯一,文曰“喜見異書如得友,爲酬明月更開尊”。文恪最經意之作。

高閬仙先生爲題《龍池校書圖》

高閬仙先生爲題《龍池校書圖》詩

昆明山川天下奇,翠湖潢潒華山陲。山樓一角俯龍池,樓中有叟方屬思。嘿嘿華玄從鳳嬉,入懷有夢皆蛟螭。謏聞震駭溝瞀疑,後有子雲當自知。爰徵文獻搜佚遺,簡得汲郡鼎出郑。鴻篇鉅製光陸離,碎金片玉堆累累。瓌寶不蹬走四夷，幸今桑梓同護持。先哲精爽實憑之，匆匆歲月二十稘。青鐙白首圖可披，波斯購實嬰甘飴。索之不盡余心悲，東走閩粵北青淄。舊京文物雲逶迤，中歷豫雒西澧岐。荆湘吴越恣騰馳，捆載寶典盈舟樏。山行光氣驚魈魑，水行時有蛟龍窺。南轅遵陸履坦徯，北遊萬里神不疲。山成九仞功無虧，會樵勝蹟命畫師。我當爲子題新詩。

### 十三日　初十　星期三

購《楊升庵外集》、《讀書堂全集》

正午十二時，與希魯同訪吴子和先生。出其家藏《歌麻古韻攷》副本，與《畿輔叢書》本互校，完全相同，其爲編者王灝誤收無疑。午後一時，同遊隆福寺街古書店，購得《楊升庵外集》一部、河陽趙玉峰先生康熙間刻本《讀書堂全集》一部，價二十元，其他古書數種。遊東安市場，食涮羊肉而歸。

### 十四日　十一　星期四

閱《國立圖書館善本書目》

正午十二時，到廠甸，得古書數種，福建龍溪李畏吾先生楹聯一，文曰"自珍人品同全璧，爲力書田得穫畬"。畏吾小學家，書法頗清健。閱《國立圖書館善本書目》，有楊文襄公之《宸翰録》、《吏部獻納稿》、《明倫大典》、《密諭録》、《閣諭録》、《邃庵集》、《續集》、升庵選禺山七言律《禺山戊己吟》諸書。狂喜彌日。

琉璃廠雜詩詩

### 琉璃廠雜詩

琉璃廠肆富文房，杜庫曹倉發古香。半月書攤循舊例，黄塵風起滿琳瑯（自新正一日起至十五止）。

人文薈萃溯京華，古籍搜尋眼界花。我重鄉邦舊文獻，按圖索驥徧家家(得師荔扉先生《二餘堂文集》、吴鼎堂先生《詩小學》，最快心事)。

京宦清貧半淪落，鄉書叢刻歎遺珠。街頭街尾留將待，不負艱辛到故都(得周亦園、朱檖堂諸先生詩集)。

鳳城金碧有園林，今日荒涼何處尋。大集初鐫陰相得，古香古色值千金(趙玉峰先生《讀書堂集》、浙局以蘇櫟生刺史所藏鈔本付刊，中多訛字，而此康熙刻本未得見)。

**十五日　十二　星期五**

上午八時，同希魯遊萬壽山。先食早點，乘第一路電車至西直門，换人力車，約十一時到山麓。早飡後，購門票，各一元。入東宫門，有假山一，高七八尺。再進爲仁壽殿，其中略陳古物。向東北至諧趣園，園中有涵遠堂、知春堂、矚新樓、知魚橋、涵光洞、清琴峽、赤城霞起關。清琴峽，水聲琮琮悦耳。折西登山，至樂農亭、益壽亭、景福閣、如意莊。其下爲含新亭，亭下松柏間有劍石二，高約二丈，乃木化石也，其紋理甚明。由雙亭至智慧海，向山後往船塢、澄懷閣、小有天、斜門殿、轉山正面畫中遊、听鸝館、山色湖光共一樓等處。赴魚藻軒，觀王静安先生投水處，太息久之。循長廊，至排雲殿，門票五角，陳列古物甚夥。後爲轉輪藏，極陡險。與希魯啜茗，憩半晌。左有銅殿，精工較吾滇金殿遠甚。右有萬壽山昆明湖碑，高丈餘，寬厚約五尺，當年選伐運樹，不知費幾許心力。折雲錦殿，購風景照片廿四頁。經樂壽堂，昔年慈禧太后燕寢所也。日之夕矣，到南湖龍王廟匆匆一遊。嘉慶間，吾伯曾祖夢 遊萬壽山亭公與師荔扉先生，同遊昆明湖，有長歌一篇，所描寫景物，今日一一觀之，彌覺其真。萬壽山與昆明湖，非二三日遊不能盡湖山之勝。清季移海軍費大修以悦慈禧，致有甲午之辱，林畏廬方之艮嶽，至可惆也。午後五時，乘汽車歸，宣武門内食烤羊肉。

昆明湖泛舟詩

### 昆明湖泛舟

昆明客泛昆明湖，湖中有鳥懽相呼。沿隄緑柳千萬株，桃花杏花飛滿途。紫花地丁織氍毹，萬壽宫殿排雲衢。即起伯駒圖難圖，徽宗艮嶽殊無殊。滄桑變後今荒蕪，狐耶兔耶交相娱。杞憂非智亦非愚，扁舟獨白醉菰蒲。

### 十六日　十三　星期六

參觀燕京大學

赴旅平懇親會

上午八時，麗江周光宇（杲）約參觀燕京大學。乘電車至西直門，改乘汽車，至校約十時。光宇約訪教授廣東聞在宥先生，同參觀圖書館，收藏新舊書甚宏富。康有爲得其師朱九江清内府所印之《圖書集成》，歸校所藏，最爲寶貴。校址爲昔之海淀，地宏靜，花木池塘，饒有風景，且距故京較遠，距萬壽山、昆明湖甚近，改爲藏修遊息之所，最爲相宜。正午十二時，乘校中汽車入城，遊廠甸。午後五時，旅平同學會假騾馬市寶晏春，開懇親會並歡迓余。旅平學子及同鄉會職員俱蒞會，萬里外相聚一堂，敦桑梓，話寒温，樂不可言。同學少年，邀票友演京滇國劇，至宵中四鼓，盡歡而歸。得余襄臣復，探悉姪子天民行蹤，函云在九江三十六旅第七連充當士兵。喜而不寐。

**十七日　十四　星期**

上午八時光宇來訪，交來方國瑜所得明刻本蘭止庵先生《韻略易通》，可謂滇中至寶，光宇有《校勘記》二卷。十一時，坐馬車訪吳子和先生。時先生寫花卉，因晚景不佳，藉以謀生，其苦可知。今夕程硯秋演《金鎖記》，偕希魯一消遣之，醉翁之意也。

得明刻本《韻略易通》

**柬吳子和(煦)太史**

廉吏兒孫例負薪，已身宦達亦清貧。多情抱歉邀同飲，寫贈長安富貴春。

柬吳子和(煦)太史詩

**十八日　十五　星期一**

上午十一時，遊廠甸，贈古書數種。下午五時，旅平同鄉邀同希魯，飲於西長安街大陸春。是日主人有朱丈伯勛，師宗何文貞公曾孫何槐青，石屏許燕公後裔許雲亭，雲龍楊崇峰曾孫楊曉樓，昆明簡南坪後裔簡燦奎，皆鄉之前輩，餘則同輩十數人，如家人父子，情話殷殷，並力爲搜訪滇南文獻，可敬亦復可感。

**十九日　十六　星期二**

上午十一時，到國立北平圖書館訪館員李翰章，辦特別閱覽券，到善本書室内，編楊文襄公《石淙彙稿》及保山張禺山之《升庵選七言律》、《戊己吟》諸集提要。李館員通融辦理，午後六時送券至。灯明時，將出省以來各處搜獲梗概，致一函於《國民日報》登載，以代報告政府諸公並滇中諸師友。

國立北平圖書館閱書

**二十日　十七　星期三**

上午十一時，偕希魯到圖書館，閱師荔扉先生《二餘堂叢書》，嘉慶甲子秋刻於望江小停雲館，十二種，裝十册。摘録叙跋，備編提要。自正午十二時始，至午後四時止，共抄紙五篇，而手已痛矣。乘車而歸，風寒刺面。夜草一書，寄九江，訪姪子天民。

**二十一日　十八　星期四**

閱楊一清《關中奏題稿》《吏部獻納稿》《密諭録》《閣論録》

上午十一時，到圖書館善本書閱覽室，閱楊文襄公《關中奏題稿》，明嘉靖刻本。全書共六册，無序跋，卷之一馬政類，卷之二茶馬類，卷之三四五六巡撫類，卷之七八九總制類，卷之十後總制類。各摘録數行，攜歸校對，與《關中奏議》相同否。閱《吏部獻納稿》，嘉靖刻本，文襄官吏部時所獻納之稿也。全書一册，共八十八篇，嘉靖乙酉孟冬蘭陵唐龍爲之序，收入《滇藝文攷》。又閱《密諭録》，閣論録兩種，明抄本，無序跋。《密諭録》七卷，共六册，卷之一學論，卷之二禮論上，卷之三禮論中，卷之四禮論下，卷之五政論上，卷之六政論中，卷之七政論下。《閣論録》四卷，共四册，卷之一二三奏對，卷之四奏議，皆嘉靖五年至八年之奏對奏議也。

**二十二日　十九　星期五**

閱楊一清《邃菴集》抄序并摘要

上午九時到圖書館，閱楊文襄公《邃菴集》一卷。費宏爲之序，公門生吕柟序其後。《續集》一卷，宋應昌書其後。公官中書舍人時，卜居長安石門之右，爲藏修之室，以邃菴名之。李西涯倡爲之解，繼而吳寬、謝鐸、林俊、靳貴、李夢陽、張鳳翔、楊廉、陳玉、顧清、吕鏜、馮清、劉麟、王雲鳳、杜旻、陳策、邵寶爲銘，爲説，爲記，爲跋，爲賦，爲辭，爲古今體詩，成書一卷。而慕其名者，有費宏、傅珪、劉春、宋應昌、毛紀、李遜學、石瑶、湛若水、何塘、溫仁和、楊慎、王廷相、陳霽、李時、趙永、董玘，爲辭，爲詩，爲答問，爲操，爲頌，又成一卷。抄序並摘要收《滇藝文攷》。時午前十一時，館中休息，偕希魯到館中包飯處，食早飡後，遊北海。入門有“积翠”、“堆雲”、“龍光”三坊，坊後爲“永安”、“法輪”、“普安”三殿。再後有高塔，在山之巔，山曰“塔山”。山北石山纍纍，複閣曲廊，頗費匠心，名曰“瓊華島”，東有乾隆御書“瓊島春陰”碑。由北度橋，向東岸繞而北，有花山、濠濮間、大慈殿、松坡圖書館、闡福寺、五龍亭、九龍壁、靜心齋，四圍多古柳，大四五抱，傳爲金代所植。匆匆一遊。午後一時仍到圖書館閱文襄奉敕所編之《明倫大典》，抄文襄等進呈表及其後序兩文。

遊北海

### 北海泛舟登瓊島

北海泛舟登瓊島詩

家住五華西，客來三海上。三海北最麗，海色浮青嶂。三月春光好，來泛桃花浪。畫船摇緑槳，微波輕盪漾。海鷗知客心，兩兩機相忘。萬里來何易，偷閒時過訪。舍舟登瓊島，聊把詩懷放。遊心愛春晴，詩心倩花釀。小憩般若船，肅肅聽鳥唱。

### 二十三日　二十　星期六

閱楊升菴選《保山張禺山七言律詩》、《禺山戊己吟》等

上午九時到圖書館，閱升庵選《保山張禺山七言律詩》一卷、並《禺山戊己吟坿作詩》一卷、《續作》一卷，抄升庵題辭，摘要抄録，返滇與叢書處刻禺山詩互校。早飡後休息，閱陝西明吏部郎中王九思《渼陂正續集》，得《晉寧唐氏二賢墓碑》一篇。二賢者，唐池南之祖慎菴（名以敬）、父翼齋（名佐）兩先生也，文即池南所祈撰者。《晉寧州志・塚墓》，池南下注“吏部王九思有

碑”。余以爲池南之碑，今始知爲其祖若父作也，州志注欠明晰。

**二十四日　二十一　星期**

謁趙忠愍公祠

上午十一時飯後，偕希魯謁趙忠愍公祠。祠在爛面胡同法源寺西，祠墻迎面有神道碑，中衡刻“皇清賜謚忠愍前明御史趙公之神道”，上旁刻公諱譔，雲南昆明人，天啓丁卯科舉人，官御史，巡視中城，甲申殉難。墓在祠後。下旁刻“乾隆四年賜謚敕祀賢良祠”，大門額旁署曰“乾隆己酉雲南閤省公建”。門堂左右，有張月槎記會館條規小引。中層三楹，曰“神醫祠”，道光三十年汾陽韓之鍵立，跋云“趙忠愍公因病默禱華真君而病愈，回滇請真君，供奉於京師。而京師之男婦老少因病祈禱者，無不如願”云云，因知京師華佗廟之來歷。東廂廊有順治十三年歲次己亥《重修雲南會館記》，九隆王弘祚撰文，嵵峩楊祖科篆額，昆明虞世瓔書丹。真君祠後有戲臺，額曰“鄉人觀瞻”。迎面後層三楹，即趙公祠，中供神牌，有額曰“是謂不朽”，神龕有額二，曰“凜然有生氣”。傅巖溪（為訖）先生舊題，道光壬辰羅士菁重書，曰“萬里孤忠”，無款。四壁嵌周於禮祠記並傅公等詩。祠後趙公墓在焉，周範短垣、方約丈許，墓外寬十餘畝。滇人旅京師，病卒無能歸骨者，男婦老幼，纍纍數百家。而繆姑太亦葬於其間，碑中衡曰“旌表節孝特賞三品補服内廷供奉繆素筠女士之墓”。女士昆明人，適同邑陳氏，夫亡守節，善畫，供奉内廷，名滿天下。後人得其片絹尺幅，珍若拱璧。老死未能歸骨故鄉，可哀也已。然與大節凜凜之忠愍公同葬於謝疊山祠前，吾知九原亦目瞑矣。忠愍公南

遊陶然亭

都已追謚“忠節”，乾隆初建水傅巖溪特疏請得謚“忠節”，傅公並徵詩當代名流，彙刻《景忠集》二卷。今刻《雲南叢書》中，敬

謹致禮,瞻望太息,詳記以告邦人。午後二時,遊陶然亭,在南下窪窑臺之前。清康熙時,漢陽江藻因遼之慈悲院隙地而建,爲有清名士觴詠之地,距外城垣甚近。四面窪下,夏秋水深葦緑,風景亦佳。慈悲殿三間,有額曰"大自在"、聯曰"蓮宇岧嶢,去天五尺臨葦曲;蘆塘淼漫,在水中央認蒲陀"。西面道光間吳鳳藻有篆書"江亭"二字額,四壁楹聯,順德盧福普曰"爽氣抱城來,拄笏看山宜此地;緑陰生晝静,憑欄覓句幾閒人"。常熟翁同龢曰"煙藏古寺無人到,榻倚深堂有月來"。道光間昆明黄文潔公以侍郎請終養,同鄉京朝官十餘人餞於亭,吾邑何賡卿少農作《江亭餞别圖》,各有詩題其上。昔在昆明黄氏見之,看圖中風景,謂安得他日一遊,今到此愈覺少農寫景之真。亭東北隅有鸚鵡冢、香冢。鸚鵡冢係粵人某攜一鸚鵡至京師,頗慧,爲貍奴所害,而瘞之於此。香冢,無姓氏,有碑題曰"浩浩愁,茫茫劫。短歌終,明月缺。鬱鬱佳城,中有碧血。碧亦有時盡,血亦有時滅。一縷煙痕無斷絶,是耶非耶,化爲胡蝶"。李蓴客日記謂係陳春陔侍御盛藻所題。

陶然亭詩

### 陶然亭

水鳥雙雙避客飛,茭蘆深處女墻圍。天光雲影波相盪,小坐陶然悟化機。

閱雍正《富民縣志》、康熙《嵩明州志》、《黑鹽井志》、嘉慶《阿迷州志》

### 二十五日　二十二　星期一

上午九時,到圖書館閱雍正《富民縣志》、康熙《嵩明州志》、《黑鹽井志》、嘉慶《阿迷州志》、道光《開化府志》。於《富民志》得明季遺民陳昌裔小傳,可補《明季遺民録》。《黑井志》

得《萬春山真覺禪寺碑》，元至元六年李源道撰文，提舉完者禿書丹，廉訪司杜敏篆蓋；《獅子山啓明殿碑記》，至正六年真覺禪寺君山上師撰文，提舉李慎齋篆蓋，副提舉公孫□書丹二碑。《開化府志》得宋元豐八年誌刻，在開化西山老君崖下關聖廟座石，刻"有宋元豐八年建"七字，摘記，返滇後，請政府令兩縣拓送，收入《通志·金石》中。

**二十六日　二十三　星期二**

閱李元陽《大理府志》

上午九時，到圖書館閱李元陽《大理府志》，精博詳核，惜殘缺，衹存卷一二，抄元段光《克蕃兵凱奏詩》一首，李京《點蒼臨眺》、《元日大理》、《天鏡閣詩》三首。閱《鄧川州志》，艾自修輯。艾氏講道學，無史才，此書分目瑣屑，内容亦淺薄。抄元文璋甫《火節》詩一首、楊廷晒《瓶酒詩》一首。閱升庵《南中集鈔》，行草書刻本最精，得《阿迷王廷表》一文。

**二十七日　二十四　星期三**

閱楊一清《宸翰録》、徐栻《滇臺行稿》

上午九時到圖書館，閱楊文襄公《宸翰録》，共三卷，世宗賜公詩歌、敕諭及御書批答，而公之表疏亦附之。卷四乃公與大學士賈詠、翰林學士翟鑾所上講聖學一疏，後有侍讀學士經筵講官兼修國史徐縉序，摘要抄録，備收年譜。又閱萬曆間雲南等處提刑按察司徐栻《滇臺行稿》四卷，中有"申嚴明禁以裨鄉約以敦風教"一呈，計禁令八條：一、婚嫁不許爭尚奢侈，一、喪事不許酒肉待客，一、女喪不許爭孝搬奩，一、有喪不許停棺日久，一、親亡不許輕用火化，一、寺廟不許婦女遊覽，一、光棍不許哄誘子弟，一、鄰居不許縱容賭博。上列八項，犯者並連坐十甲，徐公之政蹟可知。公治滇三年，後官江西巡撫，此書即其時所刻。

## 二十八日　二十五　星期四

上午九時到圖書館，閲楊升庵《丹鉛總録》，得大理梁佐序。佐稱"滇南門人"，升庵在滇所得弟子，知有太和吴懋、劍川李東儒，而不知佐亦弟子也。佐此序並稱升庵在滇所著書，有《轉注古音略》、《古音餘》、《篆韻索隱》、《奇字韻》、《古雋語》、《六書博證》、《詩林振秀》、《談苑醍醐》、《古今詩選》、《皇明詩抄》、《四書表傳》、《風雅逸編》、《選詩外編拾遺》、《墨池録》、《古文韻語》、《五言律祖》、《唐詩爭奇》、《赤牘清裁》、《詞林萬選》、《水經碑考》、《異魚圖贊》、《禪藻集》、《滇載記》、《滇程記》等二十五種，此二十五種至今不盡傳於世。本日訪得昆明張衡如（橋）明萬曆間官山東南旺都水分司時所撰之《泉河志》，共六卷，後有殘缺，前有衡如自序。抄收《滇文叢録》。查題名中吾邑段德夫（承恩）先生嘉靖十一年亦任此官，先生有《三巡疏要》，搜未得。寄姪天民函打轉，云查無此人，不禁老淚横流也。

閲楊升庵《丹鉛總録》

訪得昆明張衡如《泉河志》

## 三月一日　二十六　星期五

上午九時到圖書館閲明平顯《松雨軒詩集》。顯字仲微，浙江錢塘人，爲令簿於廣西之藤縣、永淳，因事謫滇。永樂間滇有平、居、陳、郭四詩人之目。忠遠敬王時爲西平侯總兵滇南，禮賢不苟，特請於朝，延於西塾。王之西塾圖書山積，仲微安之。卒於京邸。此集乃嘉靖間重刻本，前有宣德五年翰林院修撰東吴張宗海（洪）、景泰元年雲南按察使池陽柯暹序，後有嘉靖十九年山西按察司僉事兼提督學政同邑陳霆重刻序。集共三卷，上卷五七古五律，下卷七律五七絶，附文數篇。沐願《滄海遺珠》收其詩若干首。今抄十七首入余《歷代滇遊詩抄》中。

閲明平顯《松雨軒詩集》録詩入《歷代滇遊詩抄》

**二日　二十七　星期六**

閲《呈貢縣志》、《平彝縣志》

上午九時，到圖書館閲各縣康熙志。《呈貢縣志》中得吾邑段德夫先生詩三首，蕭景時先生詩八首，唐五龍先生詩三首，擔當上人詩一首，呈貢文獻詩二首，文理詩八首，歸化明張伯舜詩一首。閲《平彝縣志》，知縣任中宜修，新興管灝、海寧陳奕禧鑒定，體例一照舊通志，簡淨有法，得管灝詩二首。

**三日　二十八　星期**

訪吕耘藝

上午十一時，偕希魯到北溝沿訪吕耘藝。到正陽門外天橋，欲買一舊狐皮袍，不成。折大栅欄，爲内人買口外羔裘一襲。余出門時，内人云囊中有餘，爲購一袍料。到上海、蘇州、北平三處，余購書數十種，用數不少。若不爲之購此二十餘元之物，返家後質問余購書則不吝，購物則太慳，將何辭以答。

**四日　二十九　星期一**

訪熊慶來

早起寫函到蚌埠同鄉余襄臣處，請力爲探訪姪子天民行蹤，不禁淚墮濕箋。十時同希魯乘汽車到清華學校，訪彌勒熊迪之（慶來）先生。迪之任清華教授，滿五年照例到歐美遊歷一年，仍支原薪。先生原留學法國，受學於數學專家古薩，仍到法國遊歷一年而回原校。於數學研究頗多獨得，法國數學專刊恒有登載，商務印書館先生所著之《高等數學分析》（熊氏定理）風行於世，在吾國爲有數人材。現任算學系主任。留飯後，參觀圖書館。北平圖書館於國立外，要以此爲最富，公共圖書館外各系又有專門圖書室。北平各大學辦理之善，以清華爲首稱。清華者乃清文宗賜其第五子之清華園也，改辦學校即沿是名。校中風景佳麗，尤擅水木清華之勝。圓明園在其北，現亦劃歸管理。咸豐庚申英法聯軍焚燬，文宗幸熱河。前清最富麗之名園，至今一片荒涼，爲狐兔穴居之所，可慨也夫。

**五日　二月初一　星期二**

遊琉璃廠，購金梁之《光宣列傳》一部，與《清史稿》之《光宣列傳》有出入之處。《清史稿》關内本與關外本又不同，關外本有張勛、康有爲傳，而關内本抽去。金氏此本，即照關外本而又有所增改者，如滇中咸同間武將夏毓秀、蔡標、何秀林、楊發啓、張保和等，《清史稿》無而此本有。清史有修正之必要，俟諸何日。

遊琉璃廠購《光宣列傳》

**六日　初二　星期三**

上午十一時，與希魯到西直門北草廠，訪王晉卿先生，不遇。出城，到中法大學孔德學院訪劍川蘇民生，亦不遇。到萬牲園一遊。園距西直門半里許，昔之三貝子花園也，清季改爲萬牲園，畜各種異獸以供衆覽。今改爲農事試驗場，仍照舊開放。進門東往爲動物園，虎豹獅象俱畜之。由此園往西北，度橋三，曰"眠橋"，曰"古泉橋"，曰"磊橋"。經蘿月松風、豳風亭、停雲軒、花室、來遠樓，至暢觀樓、鬯春堂，清慈禧太后與德宗駐蹕之所，爲園中最勝處。由此而西，而西南，而東南，至動物標本室，昔之福善寺所改也，園寬四五里，中間田畝連阡累陌，林木繁茂。農事試驗並供衆覽，兩得其益矣。

訪王晉卿不遇

訪劍川蘇民生不遇

遊萬牲園

**七日　初三　星期四**

清理所購書物發郵後，同希魯遊護國寺廟市。寺在西四牌樓附近，元拓克托之故宅改爲之，明成化間易其名，現已傾圮過半。逢七逢八有廟市，趕市者雲集。自書籍以至狗鳥皆有之，民間生活狀況可見其梗概。最奇者書畫攤有以廢郵票作字之楹聯二，一文曰"彩筆端書丹鳳詔，新詩遥寄碧鷄坊"。

遊護國寺廟市

吾邑何子縵先生句也。

八日　初四　星期五

訪鶴慶丁衡三

上午十一時,鶴慶丁衡三(槐)將軍招飲。將軍年八十有七,精神矍鑠,每日早起臨池,目不需鏡,閒畫梅,頗自珍重。談咸同兵事,意氣甚豪。朱庭珍、羅壽衡有《將軍武功記》,令其孫抄示。此書與咸同兵事有關,不僅將軍一人也。夜遊琉璃廠松筠閣書店,閱蜀州何希顏(明禮)《浣花草堂志》,得周亦園先生《途次寄酬高白雲同年暨及門諸子浣花草堂送別之作》七律六首。

抄《將軍武功記》

保山吳子和先生爲題《龍池校書圖》詩

保山吳子和先生爲題《龍池校書圖》

莫言地僻罕藏書,卜築龍池儼石渠。已得異聞窺閣秘,況逢佳境好樓居。堤垂碧柳穿輕燕,沼植香荷躍巨魚。身在畫圖心在筆,丹鉛何事待三餘。

旁搜散佚幾回經,矻矻窮年筆未停。詳校定無三豕誤,朗唫疑有老龍聽。曉迴蓮炬生花赤,夜徹藜光照眼青。一事平生深感佩,表揚先集切心銘。

九日　初五　星期六

夜大風,夢中驚醒。午前十一時,劍川蘇民生約同希魯到西長安街口喫飯。飯後同遊國立北平中央藝術研究院展覽會。在中海西,清代之懷仁堂,民國時之總統府。陳列品物以陝西寶鷄縣朱家莊出土之陶器破片爲最多,其次北平清代之碑拓,外此無甚可觀。午後三時,到頭髮胡同古書店遊覽。

十日　初六　星期

與昆明倪堯則同遊太廟

上午十時,訪昆明倪堯則先生。午後一時,趕隆福寺廟市，期逢九逢十，其繁盛情况與護國寺無異。三時遊太廟，在天安門左，建築之雄偉不亞太和、中和、保和三殿。共分三層，最大一殿爲正殿，祀清代自太祖至德宗及其皇后，皇后有一至三四者，皆依次按數列位，寢殿亦如之，外設有黄帳。後殿祀太祖前五代，正殿兩廡祀功臣，祭器照當時祭祀狀况陳列。大門旁有皇帝更衣亭，每歲孟春、孟夏、孟秋、孟冬，皇帝親往祭祀，典禮至爲隆重。大門外古柏與先農壇相類，大都元明時物。今年天氣特溫，鶴已歸林，而龍已遠徙矣。

**十一日　初七　星期一**

上午十一時，由正陽門外乘第二路電車，至北新橋下車，往東北遊雍和宫。每年正月三十、二月初一兩日有跳布扎之舉，喇嘛戴面具遊跳，名曰“打鬼”，最爲熱鬧。宫共五層，第一層四金剛殿，第二層大雄殿，第三層長壽殿，第四層觀音殿，第五層接引殿。接引佛高約三丈，柱香雕成，傳爲雲南所貢。廟房多有歡喜佛。距此不遠曰成賢街，孔廟在其北。元世祖改金之樞密院爲之。正門未開，由西之持敬門入，歷科進士題名碑林立，大成門旁前庋周宣王時之石鼓。因遼寧失守後，熱河戰事劇烈時，鼓遂南下，現置後來新鼓。大成門内古柏甚多，乾隆御製詩文碑亭六，大成殿御製扁無一存者，只黎元洪題“道洽大同”一額。前無泮池，櫺星門後無崇聖殿。西爲國子監，進大門，天井正中曰“辟雍”，四周泮池繞之，聯曰“金元明宅於兹，天邑萬年今大備；虞夏殷闕有間，周京四學古堪循”。後爲彝倫堂，額曰“文行忠信”，兩廡乾隆時蔣衡所書之《十三經》碑樹焉。遊畢，折大街，乘人力車至府學胡同，即元之柴市也，謁文信國公祠。祠狹隘，公像凛凛有生氣，龕左有遺像碑，上刻絶命詞“孔曰成

遊雍和宫、國子監

仁,孟曰取義。惟其義盡,所以仁至。讀聖賢書,所學何事。而今而後,庶幾無愧”。額曰“古誼忠肝,有宋存焉”。聯曰“南宋狀元宰相,西江孝子忠臣”。瞻仰久之。購祠旁小學校長李梓材所編《文丞相祠之紀録》一册。至地安門路參觀通俗教育館,館乃舊鼓樓所改,陳列泥工所製之種人圖、種人風俗圖,婦女乳兒圖、抱兒圖,極有興味。遊畢,繞由十刹海北堤而歸。海在地安門外,爲玉泉所注,因附近有十刹而名,以高柳風荷爲美,現在柳未舒葉,荷在泥中,風景不逮吾滇翠湖遠甚。

購李梓材所編《文丞相祠之紀録》

參觀通俗教育館

十二日　初八　星期二

上午九時,到圖書館閱楊升庵先生《詩話補遺》,得禺同山人序一篇,先生收蘭止庵詩一則,升庵門人大理楊達之後序一篇。閱《陶情樂府》,得禺同山人鄧川楊兩依序一篇。並抄清江引留别安寧諸友劉建之、李文瑞、張子定、董宗衮、劉用晦、施應民、段必明、李天禄,可想見安寧人材之盛。閱《玲瓏七犯》,得大理半谿李丙和韻四闋。十二時飯後,遊景山,山東麓,民國十九年故宫博物院管理處立“明思宗殉國處”一石,睹之令人淒然。由此漸上漸高,山有亭五,正中曰萬壽亭,中奉釋迦,東西各二亭,原有碑,已毁。故宫五排,作此五亭相對。景山一名煤山,山乃人工所成,以爲宫後之屏障。午後一點半,仍到館閱《升庵長短句》,得吾邑唐池南先生序。池南之文,向所未見,今得此可云大快心事。

閲楊升庵《詩話補遺》、《升庵長短句》

景山詩

景山

山下千年樹,思宗自縊處。枝頭鴉亂啼,彷彿淒涼訴。

## 十三日　初九　星期三

上午九時，到圖書館閲楊升庵《風雅逸篇》、《五言律祖》、《絶句辨體》三種。《五言律祖》有連然張應臺序，向所未見。此書前、後集共十卷，前集卷一李世爵，卷二王畿，卷三董難、王大義，卷四毛沂，後集卷一金□、張貫、李恆敷、万俊，卷二梁鎮、丘文舉、段可立、沈尚儒、劉金、傅以智，卷三蘇時、左楨，卷四梁佐，卷五李瀹等校正，皆署門人。升庵在滇門人吴懋、董難、李東儒，人多知之，餘皆未悉，詳録之，備他日載入年譜中。

閲楊升庵《風雅逸篇》、《五言律祖》、《絶句辨體》。

## 十四日　初十　星期四

上午九時，到圖書館閲《明嘉靖十年雲貴鄉試録》。考官主事焦維章、主事胡經，同考官明代及清初由考官奏調，不拘資格，由貢生至進士，由校官至州縣，皆可充任。是科同考多校官，共取中五十五名。雲南二十七名，貴州二十三名。解元劍川李東儒，楊升庵門人；亞元晉寧段承恩，楊升庵之友。試題首場《四書》文，二場專習經文，並論判表，三場策問。抄李、段兩先生論策各二篇，備選入《滇文叢録》。論題"大舜善與人同"，策題長，不具録。又萬曆年雲南鄉試録雲、貴已分闈，考官皆校官也。

閲《明嘉靖十年雲貴鄉試録》

## 十五日　十一　星期五

上午九時，到圖書館閲《皇明疏鈔》，楊文襄公收《獻愚忠以答聖眷》、《急修大本》、《圖治安以盡修省》、《憫人窮卹人言以昭聖德》、《陝西馬政》、《再議陝西馬政》、《請復金牌舊制以舉茶馬相易》、《預處兵機經理要害邊防》、《分佈邊兵預防虜患》、《陳言處置地方緊急賊情》、《議處江西緊急賊情》十一疏，摘要抄録，收入年譜。是日同希魯先買遊雲岡石佛寺來回車

閲《皇明疏鈔》

包票，各十七元。

**十六日　十二　星期六**

遊長城

午後二時，同希魯乘人力車由西河沿到正陽門外上平綏路車，二時半開，經崇文、朝陽、東直、永定、得胜五門，到西直門外車站。三時稍停，開往南口，此乃北平平原盡頭處，山下車站，遠見内長城，約半里許，斜跨山嶺。由此入山，亂石滿阱，群峰險惡。居庸關附近所見長城，忽在山之東，忽在山之西，因車所經過，多截斷。穿山洞三，至青龍橋車站，站西二里，即所謂八達嶺。此處長城蜿蜒數里，山勢尤陡險。沿山之高下以爲高下，兩面用磚築成，而上有垛口，高約二丈，寬約一丈，中如梯，人可上下。距一二里，或四五里不等，有城門洞一間，數里有碉堡一。實中國古來絶大工程，不知當日力役而死之小民，埋骨於城下者若干，令人驚歎不已。車至此山峽中，倒轉向西南，曰康莊，又大平原。往西北至張家口，約夜中九時，察哈爾省會在此，遠望電灯長十餘里，可想其繁盛，此處商務，皮貨爲其大宗。

南口詩

**南口**

勢欲吞燕趙，群山北幹旋。長城圍萬里，峻嶺控三邊。亂後人丁少，秋深柿子鮮。昔年征戰處，慘淡舊烽煙。

**十七日　十三　星期**

抵大同遊雲岡石佛寺

午前六時，抵大同車站，站長備人力車，派役攜餉午導遊雲岡石佛寺。偕希魯乘車，入大同北門，出西門，一路沙深没踝，而又崎嶇不平。一車兩夫，前曳後推，沿武周川行。川中冰結如石巖，其下水潺潺流。遇車難行處，必須下車，車乃得度。約九時十分，抵雲岡，岡在武周川上，童童無一木。岡皆砂石，遠望如土山。自東至西約二十餘窟，東十餘窟較小，西十餘窟較大。每窟俱有門，門上若樓，有窗。門外有佛，門兩旁有佛，門以内四壁有佛。其左右有二層，或三層，皆相配對。有坐者，有立者，手執物者，狀至不一。每窟中間，有如佛龕而中立者，四面有佛，佛高七八尺至丈餘，又中間一大佛倚後壁者，佛高坐者三四丈，立者六七丈。門内外大佛外，小佛小至尺餘，或四五寸。佛無論大小，皆靜觀自在。每窟大小約數百尊，總計數不下萬。窟頂如後世天花板，刻有花鳥飛仙，間亦有佛，其經營頗費匠心。攷《翔平志》，稱始神端，終正光，歷百十餘年而始竣。據《魏書》則始於興安，迄於太和。中窟有“太和七年，士女爲魏主祈禱”字。雲岡距大同三十里，在左雲縣界。北魏都大同，時酷佞佛圖，詔行州郡，此距魏都近，爲車駕遊幸屢經之地，故就此分鑿石窟，如來滿山，震駭耳目。歷隋唐至今千餘百年，風蝕雨剥，石質粗松，向外多崩潰。昔在窟唇者，今突露於外，又曩日無人保護，乞丐窮民寄宿其間，因之四壁下層多被毁損。現在西去十餘窟，其地居民尚依窟下，牛溲馬勃，狼藉滿目。只居中一窟，清代以前沿壁建有樓閣。順治八年，總督佟養量重修。康熙三十五年，輦轂西征駐此，書有“法相莊嚴”額，較爲清潔，遊人多止此。自平綏鐵道通，中外遊人，四時不絶。中國造像有金、石、土、木，金最先，石次之，土、木又次之。中國石造像之多且精，或當以此爲首稱。伊闕雖未見，想不逮遠甚。惜石質不堅，是其遺憾，風景全無，又其次也。聞吾滇劍川石寶山之唐造像，約數百軀，數雖無此多，而其精工殆不相下，兼之石質堅潤，山景清美。俟汽車道通，當裹糧往觀，以定誰爲伯仲。流連二時。午飡後，仍乘人力車沿故道歸。抵大同城，約午後三時，城内華嚴寺創始於北魏，最爲壯闊。十字街下九龍壁，不及北海之靈活。仍至車站休息。六時三十分，乘夜車返北平。

出塞吟詩

### 出塞吟

浩浩平沙草樹荒，尖風如刺月如霜。駱駝背上胡笳曲，夜半淒涼斷客腸。

大同雲岡觀石窟造像詩

### 大同雲岡觀石窟造像

大同城西古雲岡，岡巒造像破天荒。廿有餘窟長數里，東西羅列雲爲房。大者踰丈小弱尺，前後左右分成行。無人相亦無我相，現諸種種何堂皇。釋迦佛化千萬億，名山勝境選佛場。佛法東漢入中土，舉國崇奉教愈昌。自後法身重雕刻，規摹印度首敦煌。沙州危山相繼起，犍陀羅式劇精良。魏拓拔時愈恢廓，先後百年題識詳。乙亥二月日十七，張子（昭通張希魯）偕來興飛揚。停車一一窮搜秘，詫爲瓌寶邊塞藏。屈指千五百餘載，幾經兵亂幾摧傷。低眉無語者菩薩，怒目欲起者金剛。王霸興蹶者譽毁，河山遷變者滄桑。流連半日不思返，具大功德情難忘。世界遊客競稱頌，偉哉造像神州光。

### 十八日　十四　星期一

訪吳子和

遊雲岡稍疲，夜寐頗熟。六時半，抵南口。回首望長城，瞬即經過。九時三十分，抵正陽門外車站。乘人力車返學會稍息。早飯後，訪吴子和先生。先生贈畫一幅，又檢交保山盛明經霽亭（雯）所著之《適所性齋詩鈔》一册，詩一百三十七首。明經乃鼎堂先生業師，此册即鼎堂先生所編次者，前有何裕承序，並其子毓華跋。

承贈保山盛明經《適所性齋詩鈔》

十九日　十五　星期二

午前九時，到圖書館閲《明武宗毅皇帝實録》。嘉靖間費宏等纂，前清收藏於宫内者，近移圖書館保存。有此秘寶，余編《楊文襄公年譜》，關於文襄事蹟並孝宗、世宗兩朝閲抄訖，將來收入年譜較爲詳確，亦一大快事。

閲《明武宗毅皇帝實録》

二十日　十六　星期三

午前九時，到圖書館閲《明武宗實録》，抄楊文襄公事蹟。飯後休息間，乘第一路電車，到西直門大街北草場，訪王晉卿（樹枏）先生。先生直隸新城人，前清進士，由知縣官至新疆布政使，嘗充清史館總纂。談及清史對於南京政府將稿奪没事，憤慨形於詞色。又言秦幼衡先生所擔任之地理稿，用《水經注》體裁，並多援引前代，於體例不合。現所刊行之稿全經易過，幼衡稿作私人撰著可也。晉老於史地素有研究，其著述甚多，老而嗜學，嘗入蘇州國學社，年八十有五，爲社中第一老人。

閲《明武宗實録》

訪王晉卿

### 呈王晉卿先生

陶廬高隱鳳城旁，三徑猶存晚節香。人海滄桑秦博士，斗山矍鑠魯靈光。遺民綣綣勤搜采（先生編《遜清遺民録》，託余搜滇遺民），故友殷殷重表章（先生示所爲新疆督軍

呈王晉卿先生詩

楊鼎臣傳)。椽筆題圖慚過獎,叢書深喜彩雲鄉。

二十一日　十七　星期四

午前九時,到圖書館閲《明武宗實録》,抄文襄宦績訖。復閲徐階等纂之《世宗肅皇帝實録》前二十卷,關於議大禮事,所載綦詳,張璁《大禮或問》一文,匪惟説理精當,而文筆亦復高雅,無惑乎文襄云"張生此議,雖聖人復起,不易也"。

二十二日　十八　星期五

翠微之遊蓄久矣,今日始償其願。晨八時,同希魯雇人力車,往還各一元。汽車道兩旁,垂楊微含春意。十一時,抵山麓,野店啜茗,買小驢遊最著之八大處。首靈光寺,重葺如新,崖下有歸來庵。端陶齋宣統己酉罷歸所作,跋稱"家靖節",然則陶齋姓陶,不知因何而改歟?王壬秋寄以聯云"田園松菊豈無意,魏闕江湖同此心"。庵前小池半畝,中多金魚,有大至尺許者。崖石嵯峨,松柏葱鬱,動余歸故鄉之心。二,三山庵在靈光寺後,相距匪遥。天井中古松四,後殿額曰"是大世界"。三,大悲寺,中殿石堦兩旁,有金竹千竿,色黄可愛,竹前壽灯花二株,色黄未放者,似金雀而小,樹無刺。後殿天井,白果樹二,大數圍,百年前物也。四,龍泉寺,由關聖殿旁入,崖下祀龍王,前面平臺下一小池,其上有石如龍首,水由口流下,琤琤有聲。步石梯,下平臺,又一小池,大前四五倍,有魚數十尾,色鮮紅,大二三寸。左有龍泉小榭,夢餘生鄭箎題聯云"當户老松生夕籟,滿山紅葉入新詩"。登小榭,可眺遠。五,香界寺,金剛殿前一松如老龍,蔭數畝。中殿前有康熙御製碑。又一刻"敬佛"二大字,背鐫大士像。大雄殿天井中桫欏樹二,葉

遊八大處

落尚未發。殿中奉釋迦,兩旁十八應真,古心古貌,塑工佳絶。後殿祀大士。天井中玉蘭一,樹高不盈丈,花怒放,山僧以爲奇,在滇則最通常也。旁有康熙行宫,坐几陳列如舊。聖祖以柔道治天下,即此可見一端。六,寶珠崖,道旁有坊,正曰"歡喜地",背曰"堅固林"。入坊數十武,巖上刻乾隆帝詩三絶句。再進百餘武,即寶珠崖。崖下鑿空,高五尺許,寬如之。崖乃印石結成,山僧云,天將雨,石珠先潤若滴,故名。康熙十七年桂芳岫翁老和尚坐化洞中,今肉身猶在,其貌如生。洞前有廊,眼界最闊。七,秘魔崖,由阿耨達流數百武,抵證果寺,大門高聳,其下如城門,繞而上,達寺正殿。旁進幽曲,漸入漸深,有小亭二,盡頭處即秘魔崖也。崖唇突露,其下空,可容數十人。後祀開山盧祖,再後爲真武洞。崖中遊人題句無隙地,有曰"碧摩巖"。傅增湘題"霜紅晚翠"。巖前阱深二三丈,林木茂密,面壁十年不厭也。八,長安寺,踞山麓,周範短垣,寬十餘畝。寺居中,中殿天井中,白松二株,大合抱。八處歷三小時,每遊一寺,小驢自知行止,可不勞人喚,彼代遊人步,不能計其數也。山下多桃杏,桃正放,杏初開,相間於蒼松白石間,趙千里、仇石父不能描寫於萬一,不可謂非眼福。三時小飡,仍乘車歸。抵會所,電灯已明矣。

### 遊翠微山六首(山在京師西又名西山)

遊翠微山六首詩

春光初絢爛,遊心翠微促。隄邊柳青青,山前杏馥馥。驅車一炊頃,啜茗倚修竹。静觀古招提,隱隱藏深緑。山靈笑迎人,心先到山腹。買驢縱遊觀,從頭飽眼福。

小驢迎客多,途熟從容步。靈光崖下池,金鱗躍無數。濠梁知我心，悠然化機悟。三山距匪遥，古松夢丁固。是真大世界，悲憫衆生度。竹前壽燈花，金黄劇堪慕。

龍泉清我心，小榭飲山翠。池魚歡客至，洋洋知我意。松風清籟鳴，香界詩心醉。杪欏與玉茗，皈依應真侍。山僧詫爲奇，禪悦茲焉寄。萬緑襯紅葉，步步添詩思。

寶珠歡喜地，礎潤雨將兆。桂芳老闍黎，坐化洞深杳。長廊養天機，放眼燕臺小。行行轉山坳，祕魔更奇巧。翠嶂碧摩天，林木愈窈窱。安得來面壁，十年頭不掉。

長安兩白松，撐天大合抱。問僧不計年，祇云千歲老。八刹愛流連，所至恣幽討。古石性酷嗜，斷爛摩杪考。墻陰半模糊，舉袖蒼苔掃。得一快於心，歡然歌得寶。

驢小脚力强，越嶺碧雲碧。念彼金剛力，群魔皆辟易。雙清隱深林，山翠林梢滴。杏花初破萼，花光映水赤。小憩老松下，淡然忘心蹟。日夕隨鳥歸，神猶恋山澤。

**二十三日　十九　星期六**

閱《明世宗實録》抄文襄公事蹟

上午九時，到圖書館閱《明世宗實録》，抄文襄公事蹟。飯後散步，見北海桃花正放，乘興往遊。由東渡橋而北，小阜三五，桃花數百樹，灼灼夭夭，與波光相掩映，彳亍一周，不知身之在塵世間也。濠濮間小坐半晌，仍到圖書館閱抄。

**二十四日　二十　星期**

上午九時，到圖書館閱《明世宗實録》，抄楊文襄公宦績。日暖風和，飯後到北海寧靜軒啜茗，約半晌，仍返館續前閱抄。午後五時，善本書室停覽，到普通閱覽室訪希魯，尚未肯歸。閱閔爾昌《碑傳集補》，忠節王懿榮傳載其先雲南大理府人,明洪武間有官福山者,遂占籍焉,清初爲東牟望族。亦滇之掌故也。女生昆明全振寰同閲書於一席,距稍遠,館規禁談話,余老眼昏花,又相别數年,一時弗能認識。全生書一紙遞余,始知之。約同到取書處過道談數分鐘,情意纏綿,萬里之外師生相遇於嫏嬛福地,不可謂非厚幸。六時,同希魯歸。

**二十五日　二十一　星期一**

上午十時,同希魯遊松筠庵,庵距會館近,椒山先生故宅也。中祀先生像,凜凜有生氣。四壁楹聯滿目。武進趙懷玉撰,曲阜桂馥書曰"燕市宅依然,兩疏共傳公有膽;鈐山堂在否,十年不出彼何心"。南皮張權曰"枷鎖發奇香,十辠五姦,一疏森嚴留浩氣;松筠仍故宅,千秋萬禩,四時芬苾報丹心"。宛平惲寶惠曰"浩氣還太虚,廟貌常留燕市宅;精忠表鄉里,烝嘗早繼保陽祠"。吉林德保曰"經云殺身以成仁,奕奕丹心,早褫權奸之魄;公曰浩氣還太虚,巍巍廟貌,常留忠烈之魂"。其他刻石詩文不備録。後爲公諫草堂,旁有客室,軒爽雅潔。前清中朝官參劾權貴,多集議庵中,景仰椒山,亦藉以壯其胆也。飯後,同希魯訪王晉卿先生,問《清史列傳》出誰氏手筆,先生云馬其昶、姚永概等,《中興名臣傳》多己所撰者,現所印行之稿不知何人改竄。"儒林"一門,先生不大滿意,"藝文"亦云遺漏太多。蒙自楊鼎臣與先生相契,鼎臣被害後,爲作家傳、神道碑、墓誌銘三篇。檢稿示余,選抄一二,可據以作《通志》列傳。午後三時,同希魯遊畿輔先哲祠。在下斜街長椿寺對面,由會館南行,折西而北,復折西,經老墻根,轉南即至。内住軍隊,投刺導觀。正中祀歷代聖賢、忠義、孝友、名臣、循吏,左右

遊松筠庵

再訪王晉卿

祀儒林、文苑、獨行、隱逸,其前俱有歷代某某之位神牌一,後面按時代先後列舉其名。吾滇景賢祠,堪以爲範。周惺庵夫子囑先擬從祀人名,然後集衆决定。因事冗,尚未擬,回滇後當不可緩。

王晉卿先生爲題《龍池校書圖》詩

### 王晉卿先生爲題《龍池校書圖》

書樓高峙翠湖隈,夜夜然藜手自裁。秘籍流傳徵漢略,殘篇零落出秦灰。東都疏録皆搜徧,南鄙文明已大開。試展龍池圖上望,長波一碧接天來。

### 二十六日　二十二　星期二

抄王晉卿撰楊鼎臣神道碑及墓誌銘

抄王晉老撰楊鼎臣神道碑、墓誌銘二篇,璧還原稿。北平大學女子文理學院肄業滇生徐克嫻、李含貞、袁芷芬、王浩蘭、全振寰、趙淑貞、趙寶珠、張靜華、趙寶玉、王家瓊,邀余與徐夢麟攝影以爲紀念,並飲於東安酒店。情詞纏綿,不可卻。

### 二十七日　二十三　星期三

上午九時,到圖書館閲抄《明世宗實録》。下午六時,與徐夢麟宴徐克嫻諸女士。念小孫女儀昭,在東安市場購一景泰藍小飯碗,歸家作紀念。

### 二十八日　二十四　星期四

閲抄《明孝宗實録》

上午九時,到圖書館閲抄《明孝宗實録》。飯後遊北海公園,於古玩店中得劉景韓大條幅一幀,爲景韓極精意之作。

### 二十九日　二十五　星期五

閲《碑傳集》

上午八時,寫寄懷兒函。九時到圖書館,本日黄花岡七十二烈士紀念,善本室停閲覽。到普通室閲錢衎石、閔爾昌《碑傳集》。飯後,遊中山公園。歸寫致袁樹圃、秦璞安、周惺庵三函,請籌商匯款,託圖書館代抄楊文襄、師荔扉各種遺著。希魯續請補助旅費,教廳諉卸批至。

致函袁嘉穀等,請籌商匯款抄書

三十日　二十六　星期六

上午九時,到圖書館閱抄《明憲宗實録》,關於楊文襄公事蹟、文襄在憲宗朝事蹟。實録二十九册,一日閲抄訖,自此告一結束,四朝實録共抄得七十篇。苦則苦矣,然亦最大快心事,將來文襄年譜成,庶幾缺憾較少云。

三十一日　二十七　星期

上午九時,到圖書館閱李夢陽、何大復、羅整庵諸集。於《整庵集》中,得毛用成封翁士能先生墓表,收入《滇南碑傳集》,卷帙有光矣。

四月一日　二十八　星期一

上午九時,到珠巢街雲南會館,與師宗何紹先、昆明簡燦奎、會澤何敬之、雲龍楊小峰諸君話别。十一時,到南横街五號,辭别丁衡三將軍。折會館,寫郵蚌埠與吕厚臣、余襄臣兩同鄉函,託訪姪子天民。購陳寶琛、羅振玉兩聯。

二日　二十九　星期二

午後一時,到圖書館訪股長李翰章,託抄楊文襄公之《宸翰録》、《密諭録》、《閣諭録》、《吏部獻納稿》、《邃庵集》,師荔扉先生之《課餘隨筆》,其抄費業函秦璞安、袁樹圃、周惺庵三先生籌商匯兑,一俟匯到,即雇書手代抄。余將與希魯南下。向翰章辭行,翰章出紙索書,書《遊鄧尉賞梅》詩,以爲紀念。

訪李翰章託抄書事宜

三日　三月初一　星期三

前遊頤和園,景色蕭條,今日春光明媚,動重遊心,並探玉

再遊頤和園

泉香山之勝。乘電車至西直門，换人力車，來回費一元。早九時，抵園門。由後山繞前山，後山靜而幽，前山華以麗。後山桃杏怒放，落英繽紛，與地上紫花相間，如鋪鮮美地氈。前山僅樂壽堂玉蘭兩株盛開，然昆明湖畔之柳色青青，此又後山所不逮。前後各有佳妙處，自分此生難再到，因之一步一流連，登高眺望，飽吸湖光山色。十一時，往遊玉泉山，山北曰試墨泉，曰寶珠泉，山下林木蕭疎，不若山南之葱鬱，而山南入口曰裂帛湖，又不若第一泉爲最佳。第一泉之佳，巖石玲瓏，一也；樹木蓊蔚，二也；泉塘如半月，四面風景饒畫意，三也；塘底泥緑如翡翠，四也。清高宗題曰“玉泉趵突”。流連半晌，飲泉釀汽水一瓶，而肺肝俱涼矣。至山上之華嚴寺、玉峰塔，則無足觀也。午後二時，遊香山，西行七八里，抵山麓。買小驢乘之，如遊翠微情事。山形亦仿佛翠微，而石徑寬坦則遠過之。廟宇多被人强佔，是其缺憾。熊希齡之雙清别墅，改保安寺旁殿而爲之，内有假山，有泉池，有杏園，香山之絶佳處也。寺規模宏大，惜無人復興耳。沿途桃杏盛放，流覽一周，俗慮頓消。折北遊碧雲寺，明代之金剛寶塔及石坊，雕刻精工，罕與倫比，羅漢堂參五百羅漢像，全山林木可愛，中外醫院櫛比，洵絶好之療養所。午後三時，乘人力車歸。抵西直門，五鐘尚未鳴。

**四日　初二　星期四**

閱《懷麓堂集》得張太安人墓誌銘

上午九時，到圖書館辭别館長袁守和、館員李翰章。嫏嬛福地，令人依依不舍。復到善本書室，閱《懷麓堂集》，得楊文襄公母張太安人墓誌銘，吾滇碑傳集中添一增色之作矣。午後二時許，與希魯往西直門北草廠，辭别王晉卿先生，談次，於清史多抱缺，總纂王壬秋後，繆小山、趙次珊均未終其事，最後晉老書成。晉老又謂，嘗與徐世昌言，願贊助改修重刊，成一不朽之盛事，而徐首不肯，殆别有所見耶。

**五日　初三　星期五**

正午十二時，到故宫圖書館閲善本、普通兩種目録。所載滇人著述，皆滇中近年所刊佈者。返會所，袁守和先生亦送此二種目録來，其關切至可感也。女生李如琚來訪，不遇。

袁守和贈故宫圖書館善本、普通兩種目録

**六日　初四　星期六**

正午十二時，孔德學院院長安徽當塗黎子鶴（世蘅）招飲。午後二時，到萬牲園，赴雲南旅平學生春季大會。到會八十餘人，余與希魯將南下，藉此與同鄉諸君作别。春光明媚，桃紅李白中，萬里相聚，洩洩融融，不知有將離之感。七時宴會。八時歸。王晉老寫翠湖二詩贈希魯，詩曰"九秋煙景滿邊城，水木迴環若畫屏。正是市稀人散後，一聲漁笛萬峰青。山上白雲山下泉，一湖秋翠遠黏天。孤亭寂寂無人蹟，夜雨涼燈自草玄"。

王晉卿《翠湖》詩

**七日　初五　星期**

早起，書《遊鄧尉賞梅》四詩贈熊迪之。十二時，收拾行李，與希魯辭别學會各友。離北平，到正陽門外登車。女生劉盛仙、楊瓊華來送。一時十分開車，出永定門外，柳緑桃紅，心目一快。四時許，抵天津老東站，投中華棧。

書《遊鄧尉賞梅》詩贈熊慶來

午後四時許抵天津

北遊搜訪文獻日記卷二終

# 北遊搜訪文獻日記卷三

## 四月八日　舊曆三月初六　星期一

訪方若，贈滇碑、滇書數種，得方若著《古泉别録》

午前十時飯後，同希魯乘電車到日租界福島街，訪方藥雨。藥雨名若，浙江定海人。富藏金石書畫碑版，工書善畫，藏漢熹平石經九石，又收歷代錢幣皆備。著有《校碑隨筆》、《古泉别録》。余贈滇碑、滇書數種，祈題《龍池校書圖》並書聯一，藥雨以《古泉别録》報之。詢其宗系，即正學公後。因正學公遭慘殺，子孫遵先訓，不讀書，惟安分爲農工商，逮清季始漸送子弟入塾。民國以來，亦開辦學校矣。午後一時，到英租界福順里，訪大理王采老。年七旬有三，而精神矍鑠，贈余所著《遯隱集》。並檢護川督時代旅蜀滇官爲英兵佔據片馬會議應付方法，及爲鐵路借款合同喪失國权請治簽字大臣盛宣懷誤國之罪並提出修改兩奏稿。交余擕歸圖書館存弆。余與希魯各祈寫楹聯一。折法租界，訪任振采，因往上海不遇。

訪任振采不遇

振采藏明季中溪《雲南通志》，余代購雲南各府廳州縣志，曾曬印藍本李修《通志》酬余。今來訪不遇，殊悵悵也。到《大公報》社，購傅增湘《藏園群書題記》四册、《采風録》三册而歸。

購《藏園群書題記》、《采風録》

**九日　初七　星期二**

正午十二時，王采老招飲於法租界之蜀通酒店，同席有周善培昆季，昭通謝太史履莊之子謝仲奇名珍，其令公子王眉午恕，方由南京請假來，眉午爲寫山東、陝西介紹函。午後二時，同仲奇到雲貴會館小憩。會館直督貴陽陳小石夔龍、天津道謝履莊所倡建，前二層爲人借辦中學，後層出租工廠。三時，遊寧園，在新車站北。園寬數百畝，中有池三，青年士女划舟者紛紛。五時，仲奇留飯。七時歸。

王采老招飲於蜀通酒店

遊寧園

**十日　初八　星期三**

午前十一時，訪方藥雨。昨祈撰書之圖聯交付，並別寫“龍池校書圖”立幀以贈，用筆大方，雅近石濤。午後四時，往辭王采老。書贈聯一，並詩二，書法得《廟堂碑》筆意。又爲書紹介函與秦中宋菊隝。老輩之篤於鄉誼，至爲可感。六時謝仲奇來訪，攜示履莊太史《兩漢雙魚洗齋詩文集》來，皆手稿。囑其別抄副本寄滇，手稿仍珍存，其遺像余藏之行篋。履莊先生改革後不仕，僑寓天津，與嚴範孫爲詩友，範孫贈聯云“希賢洛社兼蓮社，述祖西臺與釣臺”。其品學可見矣。

謝履莊攜示《兩漢雙魚洗齋詩文集》

### 方藥雨(若)先生爲題《龍池校書圖》

方藥雨(若)先生爲題《龍池校書圖》詩

館闢龍池擁百城，群書校罷畫圖成。不嫌惡札勞徵及，辜負先生萬里行。

### 王采老贈詩二首

王采老贈詩二首

寒暑書叢二十年，石禪而後有臞仙。河山萬里勤搜訪，不負前賢畏後賢。

舊京古物今無地，邊徼奇才大有人。夢境鄉嬛池館日，何時歸醉翠湖春。

王采老（人文）前輩招飲賦呈詩

### 王采老（人文）前輩招飲賦呈

桑海難歸遯析津，消愁書卷日相親。蒼山洱水孤棲客，地老天荒一散人。嗜酒幾能陪雅量，工詩夙仰愛清貧。客中邀客敦情話，話到鄉邦共愴神。

### 十一日　初九　星期四

抵濟南

上午八時，收拾行李，登車往濟南。馬團長贈軍中優待券，三等半價三元零五仙。八時半開車，中間至山東德州，最繁盛。下午七時許，過黄河。現水落，尚寬二十餘丈，橋長四五十丈。八時抵濟南車站，秩序嚴肅，投連陞棧，警察盤詰甚嚴。

### 十二日　初十　星期五

訪王獻唐

上午八時，偕希魯訪山東省立圖書館長王獻唐先生，不遇。先流覽各部，館中有石山，有荷池，地絶幽勝。明漪舫爲兒童閱覽室，王懿荣聯“在地竹陰清若水，向人山色古於天”。前面石山有亭，曰“蒼碧”，吴汝楫書“碧琳瑯館”，中藏漢魏石刻造像。張百城聯“與石訂忘年交，追尋漢魏唐宋以上；此壁留古人體，如聞琴瑟鐘鼓之聲”。博物中分漢畫堂，陳小圃師聯“羲聖將大造智民，畫出屯蒙二卦；宋儒不空談性理，補成格致一章”。樓曰“羅泉樓”，保釐東聯“鳥獸草木，多識其名，勝讀書三十車，作志四百卷；天地山川，群分以物，彙别國洞冥記，大荒神異經”。藏收買玉函山房，歷城馬國翰古錢一千零四十六品，上起三代，下迄明末，每錢各爲攷證，嵌刻於上。迎面曰“博藝堂”，中藏名人書畫。九時，與王館長晤面，談一時許，贈書數種，余以《校書圖》乞題。正午一時，訪省府秘書石屏張蔚堂，不遇。遊古書肆，無所得。午後三時，買舟遊大明湖。緑柳碧葦，夾襯於鏡波中，遊最著之五處。首歷下亭，門聯曰“海右此亭古，濟南名士多”。何紹基書。亭在中而形圓，亭額乾隆御書。張英麟聯“船在畫中行，喜柳垂青綫，荷吸碧筒，憶當年海右亭閣，千古競傳名士句；地從塵外賞，歎雲冷華泉，樓荒白雪，看無數濟南山好，七襄誰賦大東詩”。後廳三椽，無名氏聯“秋色碧無際，夕陽紅半城”。福潤聯“宛在水中央，垂柳當門花四壁；坐看雲起處，好山繞郭佛千尊”。朱治聯“船容三人，垂釣北渚岸前，南豐祠畔；亭開四面，共賞明湖月滿，千佛雲深”。二，匯泉寺，在湖之東，寺旁有文昌閣。三，張公祠，祀張勤果公曜。公官山東巡撫，救民水火，民德之。旁門賀宗章有聯“志業與河嶽日星並壽，精神在芙蕖楊柳之間”。四，北極閣，在湖東北，上石磴三十六級，抵大門。劉曾騄聯“作湖山一日主人，看萬派爭流，諸峰羅列；數唐宋百年過客，有杜陵詩句，曾鞏文章”。後倚城根，由天橋度城墻馬路，向東北數百武，有會波樓，千佛山在一覽中。五，鐵公祠，在湖西北，初入小滄浪亭，楊慶琛聯“晴雨皆宜，詩愛賡吟蘇學士；湖山絶勝，天教供養鐵尚書”。後有池，池上有樓，下有鐵楳庵聯“四面荷花三面柳，一城山色半城湖”。又楊慶琛聯“花裏樓臺花外舫，隔林鐘磬隔城山”。旁即鐵祠門，有昆明蕭質齋先生聯“風月雙清，湖山一覽；綱常萬古，節義千秋”。朱慶元聯“勝兵抗南北要衝，熱血濺燕藩，與蹈白刃六賢，同完大節；使者亦

遊大明湖

忠貞末裔，崇祠祀湖上，薦以紅蓮萬柄，如見丹心”。小滄浪亭有阮元分書記，鐵公祠有翁方綱楷書記，可稱雙璧。五處遊徧，歷三小時，每各流連半小時許，近吸湖光，遠飡山色，塵襟滌淨矣。夕陽映於波面，與葦柳影相盪漾，緬想杜老當年，其樂何如。不才萬里來此，泛舸一週，於湖緣不淺矣。夜九時，張蔚堂來訪，談甚快。

張蔚堂來訪

大明湖詩

**大明湖**

西湖如美人，明湖似名士。杜老褒其實，蘇髯揚其美。此是聖人鄉，淵源良有以。湖匯七二泉，四時深而泚。柳陰緑半城，荷花香十里。歷亭海右占，宛在水晶裏。千佛列如屏，伯駒畫難比。鷗鷺狎煙波，物我兩忘矣。古來名士多，玆焉首屈指。湖畔宏文館，緊纜稽諸史。金碧文獻徵，攜歸耀桑梓。

（山東省立圖書館在湖北岸）

**十三日　十一　星期六**

上午九時，遊趵突泉，在濟南西城内呂祖殿中。池形方寬約八丈，泉湧最急，大者六七穴，水花騰高尺許者，其下覆以圓筒，而湧出如沸者，乃天然也。池北有碑，曰“趵突泉”，曰“第一泉”，皆尺許大書。名人題詠滿殿壁。濟南七十二泉，玆可攷者寥寥，然以此爲最著云。距趵突泉不半里，曰“金綫泉”，相傳爲易安居士故宅，丁文成公建尚志堂以課士，二門額曰“金泉精舍”。泉在精舍西北，寬不盈丈，深四五尺。泉清如玉，其底巨石可數，泉湧如金綫，累累不絶。趵突以洶湧勝，金綫泉以和緩勝,皆各有佳妙處。十時,同希魯乘人力車遊千佛山。山在濟南西南三里許,山下有坊,曰"齊煙九點"。再上爲彌勒殿,又坊曰"雲經禪關"。步至興國禪寺,寺旁石壁有佛廿餘尊,旁爲聖宗殿。乾隆間方觀承聯"地湧泉巒譚子國,氣冥海嶽少陵詩"。再進爲觀音殿、關聖殿、碧霞元君殿、文殊院、公輸子殿,至舜帝廟止,皆後有石壁,山以此爲最勝,亦以此多林木。與希魯啜茗於關聖殿前,濟南在一覽中,遠望華不注,如朝冠高聳於雲際。下山入城,遊廣智院,在齊魯大學旁,教會所辦也。其中陳列品物,除實物標本外,以人工模型爲最美,凡世界種人,關於人生之衣食住行,以及醫院、學校、農田、水利、疆埸、戰鬥,無不一一活現。又遊進德會,小公園也。新建設,花木鳥獸略具。午後三時,訪昆明倪欲先,現充市府財政局秘書,昔在滇同事於教育。其夫人徐葆貞,余教授初中時門人,爲余所最賞識者,别來十餘年,不能不訪而一見也。欲先約至其家見面,喜出望外。任建國中學國文教授,爲余談國文教法約時許。留飯,極眷眷。七時,雇車送余與希魯返棧。

遊趵突泉、千佛山

遊廣智院、進德會

訪昆明倪欲先

### 柳絮泉懷易安居士

柳絮泉懷易安居士詩

柳絮昔年宅易安,晶瑩漱玉樂盤桓。新詞格創聲聲慢,高唱入雲後世難。

### 十四日 十二 星期

上午十一時,張蔚棠邀食飯。蔚堂先約定與昆明蕭馨庵相會,飯後到蕃安巷訪馨庵。話寒暄畢,索其叔紹庭遺著、遺像。馨庵云其弟媳僑居天津,俟後抄副本並遺像寄滇。午後

訪蕭馨庵詢蕭紹庭遺著

一時,蔚棠導觀珍珠泉。泉在省公署客廳前,寬數畝,水深而潔,東南隅如珍珠累累,由水底湧水面而散,有一杪而湧出數十者,有一分而湧出數百者,狀與天然無異。觀之至可愛玩,憑欄凝視者久。蔚棠云,視者衆而湧出益多。此乃視者心理欣感也,安有水泡媚人乎。泉中有魚,大者長尺許,小亦六七寸,余見一二尺者十餘尾,洋洋圉圉,令人有濠濮間想,泉水最佳。蔚棠約至秘書處圖書室茗飲,其佳不讓玉泉,而飲白沸水其味尤妙。二時,買小舟重遊明湖歷下亭。到圖書館,訪王獻唐館長,獻唐出館藏周樂清抄嚴秋槎《紅蕉吟館未刊本》十二卷見示,余摘要記録,返滇與刻本一校,如不複,當請代抄,可選刊爲專集。又刻本《秋聲譜傳奇》,爲向所未見,託代抄,其費以滇叢書相抵補。獻唐賜《秋槎啓事》一册,中多可入《滇文叢録》。商辦訖,即辭行,明日到泰安,遊太山。出遊古玩鋪,購趙蓉舫一楹聯而歸。晚飡後,到倪欲仙、徐靜芳所。遇王松華女士,二南甥表妹也,在南京任事,余託攜書物十餘件寄南京,免一路煩重之苦。

遊珍珠泉

再訪王獻唐承賜《秋槎啓事》

閱嚴秋槎《紅蕉吟館未刊本》、《秋聲譜傳奇》

王獻唐館長爲題《龍池校書圖》詩

### 王獻唐館長爲題《龍池校書圖》

文獻搜羅苦未能,滇南一老骨崚嶒。鄉邦萬卷丹黄徧,風雨龍池一穗燈。

濟南雜詩詩

### 濟南雜詩

風聞東撫太貪横,鳴鳳朝陽第一聲。明正典刑伸國法,南園天下敬先生。

寄庵當日號循良,繼有蕭(質齋)吴(鼎堂)並李(復齋)張

(溟洲)。遺愛至今在人口,大明湖上有榮光。

翩翩公子逞詞雄,吟館蕉紅繼茗紅。四客明湖稱第一,銅絃鐵板大江東。

滇省壓盐政太苛,關心桑梓谷西阿。撫軍聽受阿師教,改訂新章萬姓歌(謂萊陽初頤園先生)。

**十五日　十三　星期一**

早起檢行李。十時登車。車票一元四角。經十餘小山,兩旁麥苗油油。十二時抵泰安,投民衆旅館,行李交櫃。登太山,出朝天門,約半里,有坊曰"岱宗"。經關帝廟,内有漢柏一。前進不半里,即一天門,登岱初步也。有坊曰"孔子登臨處",由此漸上漸高。經天階、紅門、萬仙樓、鬥母宫,後有高老橋,北面嶺下有經石峪。北齊《金剛經》,字大如斗,刻於山阱平巖。夏秋山水漲,順石上面流,剥蝕至今,存者九百九十二字。民十八年昆明姚光裕知縣事,掀土劈石,又得七十三字。山中古蹟,以李斯《泰山碑》第一,此爲第二。鬥母宫後,度一橋,由阱右至歇馬崖,馬可上,過此弗能上矣。前爲柏洞,緑陰滿徑。經臺天閣、迴馬嶺,阱旁多柏樹,阱中柳初緑,桃正紅,一路風光如畫。向北轉,陡而險,至藥王廟,紆迴數里,抵中天門,有伏虎廟,吳大澂大書"虎"字泐石。自虎石前平行三里,曰"快活三里"。過雲步橋,至增福殿,前進曰"觀瀑亭",東西北三面巖石險峻,聽水聲瑽琤,至可樂也。度木橋,沿阱左而上,曰"五松坊",坊前平臺,有古松三,半山巖間有古松二,相傳秦始皇所封之五大夫松也。再上有亭,曰"對松",因對面山中多松而名。上爲十八盤,《老殘遊記》謂"如天空中墜下一

遊泰山

梯”,實形容極肖。余與希魯步行至此,一步一喘,十步一頓。至南天門,已明月來相照矣。入門,遇蘇民生偕孔德學院院長黎子鶴,率諸生三十餘人來遊。與民生、子鶴緣分殊不淺矣。投棧飯罷,偕民生、子鶴、希魯閒話南天門。望月如在山前,心曠神怡,登山之苦,不知忘於何所矣。因明晨早起觀日,遂相别就睡。

十八日　十四　星期二

日觀峰觀日

鷄初唱,往日觀峰觀日。時罡風拂拂刺人,經“孔子小天下處”,至觀日臺,約二里許。臺上有乾隆觀日詩碑。孔德學院師生數十人先後至,各肅肅以俟。未幾星落,未幾東方微現淡赭色,又未幾而現深赭色,由是而淡黄紅色,而深黄紅色。各皆大喜,兩眸凝視,山前萬里,爲朝煙所籠,若茫茫大海。不一秒鐘,現圓邊如硃者一綫,自海中躍出,群歡呼曰“日出矣”。由是而出寸許,色較豔。出二三寸許,其下色淡而上深,淡者若海波盪漾也。出約過半,色嫩紅,不可言狀。迨全出,則紫豔鮮嫩,太真初浴,安能比其妍也。初出時無光芒,最令人愛,出一尺許,光芒漸射,色漸黄,至二三尺,則光芒刺目,而余遂返矣。補遊玉皇頂,爲古登封臺。前有沒字碑,大名張銓。旁立一詩碑,曰“莽蕩天風萬里吹,玉函金檢至今疑。袖攜五色如椽筆,來補秦王沒字碑”。下至東嶽廟後,觀唐開元十四年《紀泰山銘》,八分書,大如椀,高二丈許,此爲太山古蹟第三。廟西有后元君祠,再下爲碧霞宫,太山廟宇以此爲壯麗,中有金玉碑,已缺一。本地朝山者多迷信,以孔方小製錢向金玉碑磨之,攜歸,給家中小孩佩之,可長生,以故金玉碑下半被磨沒字矣。折棧早飡,沿舊途歸。登南天門,遠望汶河,迴環於徂徠山前,宛然若畫,四面諸峰朝拱,極目千里,無出其右者,孔子小天下,洵非虚也,而端嚴雄厚,實可以冠五嶽云。午後二時,出山返旅館,館近岱廟。休息一時,觀岱廟,雄壯與故都宫殿無異,中藏古造像百尊,廟中歷朝御碑林立。前殿門北院,有漢柏數株,大四五圍,古幹蒼然,洵數千年物。廟周範以垣,宛然若一縣。

### 登泰山絶頂

登泰山絶頂詩

登山天下小,望海酒杯寬。海色迎山白,山光接海寒。遊心凝日下,詩思倚雲端。放眼玉皇頂,神州此大觀。

### 泰山松

泰山松詩

幹老龍鱗紐,枝長鵬翅翺。輪囷得地厚,勃鬱恨天高。烈日愈能抗,尖風永不撓。秦封多隱避,此更見清操。

### 經石峪

經石峪詩

造像雲岡偉,刊經此大觀。淋漓鐫峻谷,磅礴瀉清湍。秦篆高曾比,唐銘子弟看。何人揮大筆,歸路復盤桓。

### 泰山觀日放歌

泰山觀日放歌詩

天鷄一唱萬山紅,雙眸凝睇東海東。衆星摇落啓鴻濛,金波鼓盪蛟龍宫。蛟龍互戰瀛海中,血花飛舞血黏空。之而攫拏波洶洶,幾吞幾吐爭角雄。瞬息萬變光熊熊,山巔注視豁方瞳。百寶光芒浴笑容,群龍息戰潛其蹤。后羿絶技難爲功,見所未見驚奇逢,昂頭大笑擴心胸。

十七日　十五　星期三

十二時半，由泰安登車，車票一元四角。午後兩點二十分，到曲阜車站。雇馬車到曲阜，約十餘里。投大通旅館。飯後，訪曲阜孫縣長卓雲，泰安人，張蔚棠友。談一時許。日西下，已不能遊矣。

十八日　十六　星期四

遊孔子廟

午前七時，遊孔子廟。正門爲“金聲玉振”坊，密邇南城門，西門閉而不啓。次爲櫺星門，次爲“太和元氣”坊，次爲“至聖廟”坊，皆石造。東有門曰“德侔天地”，西曰“道冠古今”。次爲聖時門，内爲泮池，有橋三，東有門曰“快覩門”，西曰“仰高門”，次爲“弘道門”，次爲“同文門”。兩旁漢魏唐宋碑林立，衍聖公禁拓。次爲奎文閣，高三層，其後東西二門，通人行，東曰“毓粹門”，西曰“觀德門”。路上下有御碑亭十三，次爲大成門，有雍正聯“先覺先知，爲萬世倫常立極；至誠至聖，與兩間功化同流”。東有“金聲”、“承聖”二門，西有“玉振”、“啓聖”二門。入門東，夫子手植檜之枯幹，存一尺許，覆以玻亭。前進爲杏壇亭，杏樹補種，高六七尺。亭有金人党懷英篆書二大字，稱“門生党某”。後即大成殿，有龍柱十，雕刻精工，雍正聯云“德冠生民，溯地闢天開，咸尊首出；道隆群聖，統金聲玉振，共仰大成”。乾隆聯“氣備四時，與天地日月鬼神合其德；教垂萬世，繼堯舜禹湯文武作之師”。中奉孔子像，旁四配十哲像，歷朝御製額懸焉。後爲至聖先師夫人殿，最後爲聖蹟殿，聖蹟圖列焉。東由承聖門入，爲詩禮堂，乾隆聯“紹緒仰斯文，識大識小；趋庭傳至教，學禮學詩”。堂後西隅，有孔宅故井，井水瑩然。旁爲魯壁，即《孝經》、《尚書》所從出地。再進爲崇聖殿。西由啓聖門入，爲金絲堂。再進爲啓聖殿。遊畢，閱一時許。其中古柏最夥，蒼古莫可名狀，中有已枯者十餘株，而仍保守禁伐。歷朝碑碣林立，不可勝數，規模之大，甲於全國，高山仰止，景行行止。八時半，孫縣長介紹謁衍聖公孔德成，年二十，孔子七十七世孫。聰俊純雅，有中西文教師二，每日勤勤肄課云。九時飯後，遊復聖廟，在北門内，正門曰“復聖廟”，東西門二，東曰“博文門”，西曰“約禮門”。二門曰“歸仁門”，西側有“陋巷井”，東爲“克己門”，西爲“復禮門”。三門曰“仰聖門”，東有“退思堂”。再進至“復聖廟”，有額曰“德冠四科”，聯曰“一陽復收天下春，周冕虞箾，五百帝王分譜牒；三月仁通古今義，文經禮緯，萬千俎豆應簞瓢”。廟前有“樂亭”，西有“顔路殿”，東有“顔像殿”，後有復聖夫人殿。廟前即陋巷，有石坊，高丈餘。十一時出北門，謁孔林，道旁古柏亦漢唐以來物，排列整齊，望之蒼古嚴肅，約二里許不斷。中有雍正建“萬古長春”坊，極壯偉。旁有碑亭二，一樹“至聖先師孔子神道碑”，一樹“重修孔林碑”。再進爲“至聖林”坊，深數百武。入至“聖林門”，向左折而北，有洙水橋，再進有華表，玄虎、狻猊、翁仲排於兩旁。至享殿，殿後東子貢手植楷早枯，以亭覆之，旁有“楷圖亭”。江左施閏章有詩勒碑云：“不辨何年植，殘碑留至今。共看獨樹影，猶見古人心。閱歷風霜盡，蒼茫天地陰。經過築室處，千載一沾襟”。亭北有乾隆、康熙駐蹕亭，再北爲宋真宗駐蹕亭。享殿西與康熙駐蹕亭相對者，宗聖墓也，前有翁仲二，後約四五丈，即大成至聖文宣王墓，隆然如阜。東旁爲泗水侯墓，與宋真宗駐蹕亭相對。先師墓西，爲子貢廬墓處，有祠三楹，中奉子貢神碑。孔林周約三里，外範以垣，古

遊復聖廟

木葱鬱,一草一花,無不令人愛敬。楷亭小坐茗飲。十二時許,遊周公廟,在縣東北隅,距孔林約二里。初爲元聖廟坊,次爲欞星門,旁門二,東曰“經天緯地”,西曰“制禮作樂”,三爲成德門,四爲達孝門。再進即周公廟。中奉“元聖文憲王周公神位”。月臺下有明嘉靖三十年彭澤陶某詩碑云“周公廟側黍離離,傳是靈光舊殿基。縱使更操延壽賦,蕭條鐘鼓亦多時”。相傳廟基即魯靈光殿故址云。

孔林詩

### 孔林

樹是門徒種,森森發古香。孫枝皆勃鬱,異種有榮光。鍾毓泰山遠,淵源洙水長。滇生來萬里,仰止永難忘。

顔廟詩

### 顔廟

生前陋巷居,死後廟輝煌。當日簞瓢樂,後世俎豆香。孔門諸弟子,幾輩能頡頏。一貫傳曾參,惜哉短命殤。天若延壽算,參恐難比量。陋巷今不陋,巷口矗石坊。渴飲陋井水,一時肺肝涼。廟就故宅建,歸里告党庠。夭壽原不忒,修身勿怠荒。當代富貴壽,幾人姓名彰。

### 十九日　十七　星期五

遊孟廟

正午十二時半,由曲阜登車,車票六角五仙。午後二時,抵鄒縣。遊孟廟,在縣南關外。出城約數十武,有“三遷故里”坊,旁有“孟母斷機處”、“子思作中庸處”二石,穿坊約百餘武,即孟母三遷祠,後爲“斷機堂”。距三遷祠東,又百餘武,即“述聖廟”,廟内有大書“子思作中庸處”碑,後殿奉述聖像。有額曰“性天述祖”。折向正南街不半里，即孟廟，東有坊曰“亞聖廟”。轉正南，首欞星門，有坊二，東曰“繼往聖”，西曰“開來學”。二，門有“泰山氣象”直額，東有“知言門”，西有“養氣門”。三，承聖門，東曰“啓聖門”，西曰“致敬門”。亞聖殿中奉亞聖像，旁有樂正子像，額曰“道闡尼山”，聯曰“尊王言必稱堯舜，憂世心同切禹顔”。後爲亞聖夫人殿。啓聖門内爲啓聖殿，中奉鄒國公像，旁神龕有亞聖石刻小坐像。後祀鄒國端範宣獻夫人神位，旁神龕有孟子石刻小跪像，宛然當年受教情形，觀之愈敬孟子母教之嚴。致敬門内爲嚴致堂，後爲孟氏大宗承祧主祠。廟多古柏、古槐，柏間有海鶴翔集，紫藤纏繞其上，花時半開，風景最爲美麗。尤奇者，東墻外有槐柏連理，大四五圍，幹幾不辨，惟槐葉未發爲可辨耳。廟中古碑外，明清兩代名人謁廟詩篇，琳瑯滿目，此爲顔廟所不及。廟西有亞聖府，府西有三遷書院。遊一時許，午後三時半，登車往徐州，車票二元八角。八時半而至。

### 孟廟

孟廟詩

鄒城東郭見紅墻，下馬恭趨大道坊。擇地三遷留古蹟，斷機萬變保名堂。黌宫亞聖崇師右，肖像童年跪母旁。家教尚嚴千載重，特來膜拜荐心香。

### 二十日　十八　星期六

上午七時，遊雲龍山，有東坡放鶴亭，山在徐州西南，距城約半里。山多石，亭踞山巔，旁有井，曰“飲鶴泉”。亭中刻東坡《放鶴亭記》。吾滇趙州李根雲有大書“壯觀”二字。登山巔，徐州在一覽中。山陰有興化寺，寺中半身大佛就石鑿成，高二丈許。中殿木刻十八應真，亦精工。遊歸。十時十分鐘，由隴海路登車，往開封，車票四元八角。中經碭山、商丘、内黄，皆歷史著名地。下午九時，抵開封，投車站五洲旅館。飯後即寐。

遊雲龍山

抵開封

晨遊徐州雲龍山詩

### 晨遊徐州雲龍山

晨霧重重罩衆峰，登臨祇辨近山容。高樓有客來招鶴，大澤何年起蟄龍。項羽干戈餘戰壘，彭城鎖鑰慎提封。亭前讀罷髯蘇記，日出煙銷盪我胸。

**二十一日　十九　星期**

上午九時，偕希魯到河南大學訪姜亮夫，一見如故。亮夫客歲到蘇州，李印泉先生曾言余將遊開封，亮夫早望之矣。談甚久，頃著《中國歷代名人生卒里居年表》，將交滬書局出版。余有《滇賢生卒攷》可加入，亮夫喜極。此書擕出寄印泉所，俟返蘇即檢寄。余著此，見《疑年録》諸書，滇賢所收寥寥，亦望人見而采之也。亮夫導觀博物館。甲骨陳列皆小片，大片俱收藏，新鄭出土東周時銅器，洋洋大觀，得飽眼福，洛陽者次之。到圖書館，訪井館長偉臣（俊啓），搜滇南文獻，而書目尚未編出，惟有開列書目，託亮夫日後代查也。在館中遇通志纂修員杞縣蔣恢吾（藩），工詩文。乞題《龍池校書圖》。十二時，亮夫約飲於味蒓齋。午後一時，遊北宋時大相國寺，寺之闊大不亞於北平護國、隆福二寺。在北宋時即著名市場，趙明誠常偕李清照到此搜購金石，歸而夫婦互相攷訂以爲樂。寺昔有

訪姜亮夫

遊相國寺、龍亭

五百羅漢，民國十四年遭馮軍摧毁。二時，偕希魯遊龍亭。在開封正北，宋藝祖御極之所也。後玉皇閣，今改爲公園，而藝祖之龍臺猶存。臺南有潘、楊二湖，映帶左右，眼界最闊。癸亥康南海來遊，有詩刻石："遠觀高寒俛汴州，繁臺鐵塔與雲浮。萬家無樹無宫闕，但有黄河滚滚流"。又聯云"中天臺觀高寒，但見白雲悠悠，黄河滚滚；東京夢華銷盡，徒歎城郭猶是，人民已非"。亭下有井，李印泉先生題曰"侯嬴井"，跋云"侯大梁人，今取以名井"。印泉又有"信陵館"三字刻石。三時，希魯約同訪其友李璧全介紹之謝瑞階，鞏縣人，善繪山水人物，名最著，在開封任省立女子師範學校美术教授，著有《人物畫法簡册》，贈余與希魯各一。多情好友，導觀女師校。本日星期，校長尚在校辦公，校規嚴肅，全體學生皆膳宿，星期六不放假，星期放假，而晚六時仍歸校，各部辦理俱可法。五時，約同希魯飲於味蒓齋。

訪謝瑞階承導觀女子師範學校

## 相國寺

汴京古招提，廣袤數十畝。珍物遠方萃，大觀稱二酉。德父與易安，豔夸名夫婦。天性金石嗜，訪碑興同厚。迄今寺改觀，佳話在人口。

相國寺詩

## 龍亭懷古

汴都轉燭姓頻更，壯觀高寒莫與京。獨剩龍亭徽帝業，廣搜龜甲證文明。嵩山萬仞終無變，黄水千年自有清。五代干戈消滅盡，焚香曾祝聖人生。

龍亭懷古詩

### 二十二日　二十　星期一

遊禹王臺

再訪姜亮夫

上午十時，到城東南遊禹王臺，古吹臺也，有乾隆二十七年撫豫使者何熠書額。省長張鳴岐闢爲農事試驗場，周約三四里，各場規畫井然，樹木葱蘢可愛。臺前置有禹王治水轆二，圓長約七尺，圓周約四尺，中有轉板，不知如何用法。臺後有乾隆御製詩碑，四面有明清名人詩文刻石，粗覽一過。飯後往遊繁臺，臺距吹臺西不半里。《元和郡縣志》云，相傳倉頡與師子野所造，後有繁姓者居其側，因名。臺塔形，頂平，中特小，四周用佛磚砌成，中有宋太平興國二年趙安仁書《金剛經》及《多羅了義經》刻石。入夷門，慨想侯嬴之俠義。遊鐵塔，由東南隅至東北隅，塔在祐國寺，寺已廢，八稜十三級，北宋時物，用琉璃磚砌成，磚上滿刻佛像。新安張鈁記，或云即徽宗艮嶽遺址，觀其距城墻甚邇，殆未必然。塔前有“知止亭”，亭中有銅鑄釋迦佛，高約二丈，隋唐以前物。十二時，訪姜亮夫，談約五小時，留食麵而歸。

吹臺詩

#### 吹臺

清光凝郭外，迎旭上高臺。汴柳雙隄鎖，隋花四面開。列仙龜鶴去，藝祖駕龍來。文物中州盛，誰憐亂世才。

夷門詩

#### 夷門

侯嬴已去數千載，俠義古風今尚存。敢比壯遊司馬氏，徵文考獻過夷門。

### 二十三日　二十一　星期二

午後一時，到捲棚街三號，訪蔣恢吾先生。時先生到通志館，家人云圖已爲題就，置圖書館，可往取。折館中，蔣先生約南陽張中甫先生（嘉謀）來。中甫現總通志事，余尚未往謁，而張、井兩先生投柬邀余與希魯明日飲於卷石齋，力辭不允。張先生有東陂居士（陸）［睦］㮤《萬卷（樓）［堂］家藏藝文書目》一册，前有居士《隆慶庚午八月中秋日自記》一文。其目仿唐四庫法分類，史部奏議有楊文襄《關中奏議》十八卷、《督府奏議》八卷、《綸扉奏議》三卷、《吏部獻納稿》一卷、《吏部題稿》五卷，集部有文襄《石淙集》二十七卷、《通家雜述》一卷，而《綸扉奏稿》、《吏部題稿》、《通家雜述》向所未知。嗚乎，《石淙彙稿》究不知實有若干也。本日由郵寄何小泉兄一函、紀青弟一函、懷民兒一函、書四種、漢碑一紙。

### 蔣恢吾先生爲題《龍池校書圖》

蔣恢吾先生爲題《龍池校書圖》詩

九龍池水碧於天，福地端宜駐上仙。二十年來文字樂，人間合有畫圖傳。

墜緒旁搜未有涯，薊南山左早停車。中原文獻今零落，虛負南雲萬里槎。

丹黄梨棗傳薪火，金碧江山見史才。我亦嵩河摩汗簡，媿無椽筆續蘭臺。

萍水雪鴻亦夙因，相逢漫奏伯牙琴。他年風雨懷同調，記取梁園有素心。

### 二十四日　二十二　星期三

訪博物館長關伯益

午後一時，張仲甫先生約往古蹟研究會看古物。會所在龍亭畔，所中陳列古物，大都武安出土，内分陶器、石器、銅器，上古時期物品居多。會員郭子衡(寶鈞)於古物夙有研究，攷究標題，詳明有條理。三時，訪博物館長關伯益先生。伯益於古物研究有得，並善攝影、繪畫、刷印、摩拓諸術。出所編印《伊闕石刻圖表》、《河南金石志》示觀，拓印精美，令人愛不忍釋。六時，赴井、張兩先生之招，在座有韓合卿(嘉會)、蔣恢吾、關伯益、許鈞、傅銅及姜亮夫。中甫藏《滇夷人述略》，余請井偉臣館長爲代抄一册，恢吾贈書數種。大梁侯嬴、信陵君之遺風，至今未沫，於諸先生之款洽不佞見之矣。

請井偉臣代抄《滇夷人述略》

井偉臣(啓俊)張申甫(嘉謨)兩先生招飲圖書館賦呈並柬蔣恢吾(藩)韓合卿(嘉會)關百益諸先生詩

**井偉臣(啓俊)張申甫(嘉謨)兩先生招飲圖書館賦呈**
**並柬蔣恢吾(藩)韓合卿(嘉會)關百益諸先生**

隴海驅車抵大梁，龍亭四望好風光。天生工部騷壇主，地有伊川道學倡。朱亥里荒春草碧，信陵祠廢野花黄。鄉嬛思古幽情發，河鯉鮮烹快舉觴。

**二十五日　二十三　星期四**

抵洛陽

上午八時半，由開封乘車到洛陽，車票三元一角五仙。經鄭州、滎陽、鞏縣、偃師，穿山洞十一。午後九時抵洛陽，投大金臺客棧。飯後即睡。

**二十六日　二十四　星期五**

上午九時，到洛陽西宫新村，訪同鄉普洱現任陸軍分校總務科少校科員李樹屏(維藩)，不遇。順便遊金谷園，虚有其名。有村曰金谷村，房舍蕭條。村南爲機場，西南爲陸軍分校。折遊周公廟，規模無曲阜之大，近始重修一新。後層及兩廂，收存北魏唐宋墓誌數百石，中層奉元聖神牌，從祀畢公、召

遊金谷村、周公廟及洛陽圖書館

公等四人。入西城,遊古玩店,多古代殉葬陶器,碑帖最多,翻拓本占十六七。遊洛陽圖書館,金石部藏魏三體石經二石,一大一小,兩面刻,出土共三石,一石歸張伯英私有。返客棧,約午後三時,李樹屏來訪,約至家晚飯。劍川魯子真(元)現充總指揮部少校參謀,亦在座。問之,乃魯季君弟也,前在趙介庵師别墅曾面余。晚飯後,遊北邙山,荒塚累累,多被掘伐。司馬懿一塚,隆然若小阜,觀者咸謂其遺臭萬年。

### 金谷村

金谷村詩

金谷園荒草不春,當年樓閣早成塵。幾家茅屋炊煙裏,問是園丁後代人。

### 北邙五噫歌

北邙五噫歌詩

漢墓今無一存兮,噫。塚掘遺物居奇兮,噫。將相子孫何處兮,噫。司馬懿氏遺臭兮,噫。黄昏鬼哭啾啾兮,噫。

### 二十七日　二十五　星期六

上午八時,乘人力車遊伊闕。入北門,出南門,度洛河,經安樂窩、關帝陵,約十一時,行二十餘里,到龍門村。車停。一老者引導,約一里,至石樓。其下石穴,水汩汩,有小池曰禹王池,池上石筍一,高五尺許。前行曰潛虚寺。次爲賓陽洞,共三窟,石佛正中,高者二三丈,侍者亦丈許。次爲八仙洞、千佛洞、萬佛洞、獅子洞、蓮花洞、天王寺、古陽洞。所謂“龍門二十品”,皆刻古陽洞極高處。過此最大一窟,爲武后所造。正中釋迦佛,高三十丈。洞前四金剛,高亦二丈。其一左腿,人抱

遊伊闕

之不能合，余試之，尚離三寸許。由北至南，長約半里，大窟共十餘，小窟約數百。有一窟一佛者，有一窟三四佛，以至數十數百，而千而萬者。大者二三丈，小者二三寸，大者雖無雲岡之多，而精工則過之。雲岡石窟多整齊，而此則參差。雲岡石質粗松，而此則堅硬。雲岡山不甚高，而此則山岡高聳。雲岡面武周川，水小而濁；此則面伊河，水大而清。雲岡迎面之山無名，此則迎面有香山寺、九老亭。雲岡之造像僅南印度式，此則包含犍陀羅式與南印度式。二者極中國造像之大觀，各有優美，惜無人保護，任樵夫牧豎與蚩蚩圖利之徒任意摧毁，此較雲岡爲甚。攷雲岡有"太和七年"字，乃拓拔氏都大同時造，此則拓拔氏移都洛邑時造，遞宋千餘年，以像設論，較雲岡爲複雜。以文字論，篆隸草楷俱備，東方藝術洵壯觀矣。遊罷渡伊河，遊香山寺，滿地瓦礫，九老亭亦圮。北行一里，有亭曰香山亭，王先謙有記。亭上"太傅白樂天墓"在焉。瞻拜之餘，唤人負渡，乘車沿故道，謁關林。廟壯闊，中層關公坐像，後層有公卧像，及夜讀兵書像，最後爲"忠義神武靈佑仁勇威顯關帝大帝林"，此乃清康熙封謚也。林門有"鍾靈處"三字，林高二三丈，寬數十丈。石屏張月槎先生雍正五年知開封府，有《關壯繆陵詩碣》云"天上存公神，天下徧公形。天中留公骨，覆土成高陵。我懷三季時，愎諫黄圖焚。三年化碧血，七竅剖丹心。精忠逮南宋，累累岳王墳。公陵一坏土，崢嶸經古今。公與四陵並，我將五嶽名。吁嗟乎，天王古東周，春秋奉聲靈。我公明大義，此邦即漢京。鼎分扶漢室，尊周有傳經。仗公陵下拜，炎光彌上青。形神如可覲，我公陟降庭。君不見，魏家七十二疑塚，荒土欲平有人耕"。又經安樂窩，謁邵夫子祠。

祠在村中，村邊有石坊三楹，進數百武，偏東，門額"安樂窩"三字。再進數十武，抵大門，中層三楹，奉邵夫子像，神龕張月槎聯云"托唐虞之際，爲天民外王内聖；卜河洛之間，作地主坐嘯行歌"。後層祀宋隱逸邵古，配邵伯溫子文、邵溥公清。旁有《九賢遺象碑》。九賢者，張横渠、周濂溪、程明道、程伊川、朱晦庵、邵康節、吕東萊、張南軒、司馬涑水也。祠中花木暢茂，地頗幽静，以今思古，謂爲"安樂"，洵安樂矣，然非康節公，詎易言耶。壁有弘治間明宗室侯國天全子詩云："西周勝山水，遊寓多名賢。邵子來棲止，茅屋八九椽。閉門著《皇極》，於焉幽且玄。前知極物理，天津聞杜鵑。簪組不可縶，傲睨處林泉。勝友數君子，溫公與伊川。構金爲買宅，還憐洛水邊。名窩號安樂，衆山横牖前。不爐與不扇，野衣類神仙。高風蟠今古，與道相周旋。世代已凌替，此窩常巋然。古槐蔭庭壁，芳草春復芊。時有瞻拜者，來趨爭後先。我生百載後，企仰良苦堅。揄揚賦詩句，永懷託珉鐫"。流連久之，由天津橋聽杜鵑而歸。 謁邵夫子祠

## 安樂窩敬瞻十四韻

天地一蘧廬，須彌納芥子。前有年萬萬，後有萬萬紀。人世寄其間，太倉一粟耳。何地無苦樂，何地無悲喜。任人自爲之，造物難主宰。邵子迥出塵，茲焉卜棲止。河洛作地主，盛稱里仁美。閉門著《皇極》，物物得玄理。生以安樂生，死以安樂死。生死了無礙，時賢鮮能比。自宋幾滄桑，一窩未曾改。九賢遺像瞻，禮敬肅然起。塵氛飛不到，憩息古槐里。高風宛然在，日斜退復已。 安樂窩敬瞻十四韻詩

晚過天津橋聽杜鵑詩

## 晚過天津橋聽杜鵑

楊柳青青覆大隄，洛陽城郭晚煙低。杜鵑如果機先識，不遇知音莫亂啼。

## 二十八日　二十六　星期

遊白馬寺

上午八時，乘人力車遊白馬寺。寺距洛陽東二十里，行約十五里，曰分金溝，村頭有石，曰"管鮑分金處"。再行四里許，抵寺門。入門，東有"勅賜漢啓道圓通摩騰大師墓"，西有"勅賜漢開教總持竺法大師墓"，皆崇禎七年知河南府事尹明翼重立。寺三層，前層四天王，中層三世佛，後層釋迦佛，最後曰清涼臺。閣曰毘盧閣，下奉接引佛、十八羅漢。寺中諸佛唐塑。清涼臺壁間，有康雍間釋源穎石琇《清涼臺春日有感詩》："花宫風雨自年年，榆欓西來第幾傳。野戍悠悠芳草緑，佛灯炯炯暮雲連。霜鐘聲斷經臺静，寶塔光生舍利園。滿眼桃花騰竺墓，何人微笑了真詮"。又《白馬寺六詠・清涼臺》云"蘭臺畫閣碧玲瓏，皓月清風古梵宫。石磴高懸人罕到，時聞爽籟落空濛"。《焚經臺》云"榆欓貝文是與非，要從烈焰定真機。虚空説偈人西去，剩有荒臺瑣翠微"。《夜半鐘》云"古寺雲深薜徑封，離離百八動千峰。洛陽多少盧生夢，枕上驚回第幾春"。《騰蘭墓》云"堂封坐對倚林隈，斷碣糢糊長緑苔。金谷流香天地永，不隨人世化飛灰"。《齊雲塔》云"風迴鐵馬響雲間，一柱高標絶頂攀。舍利光含秋色裏，崚嶒直欲壓嵩巒"。《斷文碑》云"筆鋒磨滅失真蹤，天妒奇文薜盡封。會有秋風生怒雨，森森鱗鬣起蛟龍"。石琇詩僧雍正九年示寂，葬寺外東數百武。又寺東南不半里，有唐忠臣狄梁公墓，旁署"大觀元年龍圖閣學士留守范致虚建祠刻石表墓”。元安撫使完顏綱詩云“神器旁遷幾不留,曾將忠義破陰謀。淡煙衰草平林月,猶帶當年社稷愁”。

白馬寺詩

### 白馬寺

梵宫洛上幾千春,萬疊環青曉色匀。入夢金人原是佛,馱經白馬便成神。騰蘭東土留高塚,榆櫳西方伴法身。唐代莊嚴新廟貌,鐘聲老衲叩頻頻。

### 二十九日　二十七　星期一

抵西安

上午三時四十分,由洛陽乘車至西安,車票七元。天初曙,經澠池,秦王與趙王相會地。觀音堂,有穿洞十餘。靈寶至函谷關,相傳即老子乘青牛地。閿鄉,白居易詩云“豈知閿鄉獄”者也。潼關,唐城猶存,自此入陝西境。由觀音堂至潼關,車道沿黄河紆行,山勢險惡,約六十里,至華陰。華山奇峭青蒼,高插雲中,蜿蜒七十餘里,至華州始盡。山下林木豐茂,沃野千里。至渭南,過渭水河。臨潼有華清池。灞橋即孟襄陽“詩思在灞橋風雪中”者也,火車所經乃新橋,舊橋在南不半里,長八十孔,觀之饒有詩味。渡灞水數里,抵西安車站,已午後七時矣。

潼關詩

### 潼關

勢吞晉國兼秦國,鎮東山隈又水隈。西北咽喉天塹扼,東南鎖鑰地維開。巍巍太華千峰抱,滾滾黄河萬里來。從古兵家爭勝負,險中設險莫徘徊。

## 三十日　二十八　星期二

遊西安古書店購檀默齋《滇南詩集》

上午八時,遊城中鐘鼓樓,壯麗巍峩。遊古書店,得檀默齋《滇南詩集》一部。訪省立圖書館長張知德。查館中書目,無滇人著述。導觀博物館,古物多唐代石造像,而唐太宗昭陵石馬,霧鬣風鬃,隱然如現,唐人善畫馬,即此可見。訪通志館館長宋菊塢先生,於前一來復,到北平搜關中文獻。副館長王卓亭先生接見。《陝西通志》亦如雲南,修至清季宣統辛亥止一部,民國以後爲一部,前一部已出版。館中附設"輯刊關中叢書處",現出十餘種,其目的在闡發幽光,故多刻孤本秘本,卷數多而又通行者,則緩刻。遊碑林,在府學内,歸圖書館保管。共分十區,每石貼有標籤,如山陰道上,應接不暇。唐刻《十三經》最爲偉觀,清順治間橅刻《淳化閣帖》亦佳。碑林外搨碑舖數家,著名之《九成》、《皇甫》諸碑俱有翻刻,而《皇甫》、《廟堂》原石在文廟内。余購原搨各一二。碑林中有尹楚珍先生詩屏四石,前見拓本,愛不可得。今到石下多搨數分,擕歸以贈親友。

訪張知德、宋菊塢

長安懷古詩

### 長安懷古

關中八水護長安,虎視龍興此壯觀。豊邑累朝徵地厚,咸陽一炬覺天寬。功曹爲相蕭何少,騷客逢君杜甫難。讀史西京多勝蹟,晴臯搜攷樂盤桓。

碑林詩

### 碑林

千碑林立學宫旁,鼻觀時時翰墨香。孔教遺經皆薈萃,翻教景教重東方。

**五月一日　二十九　星期三**

上午八時，東大街遊開元寺。唐開元元年所建，後殿舊有玄宗御容，今不存。樓上藏宋版《藏經》三千餘册，現移省立圖書館保存。古佛五尊，中一尊爲銅像，兩旁四尊爲藤塑像。十時，到城東南隅胭脂坡下馬陵，遊董江都祠墓。祠後有洪武重建、康熙重修碑記，内有石刻江都像。昔漢武帝幸芙蓉苑，秦之宜春苑也，每至此下車，故時人謂之下馬陵，後誤爲蝦蟆陵。唐時爲妓女花酒地，白樂天《琵琶行》所謂"家在蝦蟆陵下住"是也，今則如在荒郊矣。現設古物研究會。遇湖北黄文弼，談時許。午後一時，遊卧龍寺，距下馬陵里許。隋初建，名福應禪院，有唐吴道子觀音像，名觀音寺。宋有僧維果長卧其中，人以"卧龍"呼之，太宗遂令改今名。清德宗西幸，勅建石坊，爲西安首剎。舊藏宋明版《藏經》七千餘册，現移省立圖書館保存。竟日小雨不休，與希魯冒雨而遊，遊興殊不減。

遊開元寺並，謁董江都祠墓。

**謁董江都祠墓**

下馬陵前謁大儒，平民知敬董江都。芙蓉園址今何處，菜子花黄路欲無。

謁董江都祠墓詩

**卧龍寺**

藤佛唵碑又佛蹤，西安名剎最爲宏。僧家入定尋常事，堪笑維摩號卧龍。

卧龍寺詩

**二日　三十　星期四**

上午八時，到大皮院街，遊清真寺。張長工《西京勝蹟》云遊清真寺。

訪富民楊晉三

訪王卓庭承贈《關中叢書》四種

"永樂十一年太監鄭和重修",偏閲碑記,無鄭和重修事。寺中有甘肅回回張某導至小學習巷清真寺。寺門有坊,刻"勅修六次"字,中有天啓間馮從吾碑文,敘六次修建甚明。第五次洪武十七年鐵鉉,知鐵鉉亦回回也。第六次永樂十一年鄭和篆額者,賜進士第工科給事中滇南馬兆羲,亦滇中掌故也。到北街,訪富民楊晉三先生,年八十,精神如六十許人。在長安施診,尚有名。詢余滇中舊友,半歸道山,不勝太息。午後二時,到通志館,訪王卓庭先生,贈《關中叢書》四種,並爲題《龍池校書圖》。先生又邀同事吳敬之、馮孝伯兩先生來談,約一時許,甚暢。本日付郵書一包、帖一束。

### 三日　四月初一　星期五

遊小雁塔及大興善寺

遊大雁塔

上午九時,出南城,遊小雁塔。塔在薦福寺中,寺爲隋煬帝藩邸,後賜蕭瑀爲園。文明元年,立爲大獻佛寺。天授初,改薦福寺。中宗時建浮屠十五級,高三百餘尺,因與大雁塔對峙,故稱小雁塔。寺内有鐘,得自武功河畔。初,砧婦擣衣,聲聞數里,因發之而得此鐘,移置寺内,遂有"雁塔神鐘"之名。十一時,遊大興善寺,爲玄奘法師卓錫地。自晉武帝初名遵善寺,隋開皇間改今名。開元間,善無畏金剛智及印僧不空三藏於此倡密宗,時稱"開元三大士",故此寺乃震旦密宗之發源地。癸亥,康南海來遊,有詩云:"晉隋舊刹暢宗風,翻譯經文殿閣雄。惆悵千房今盡毁,斜陽讀碣證真宗"。玄奘弟子義淨法師曾於此譯經也。十二時,遊大雁塔,在慈恩寺,寺原址爲漢宣帝時之樂遊廟,隋改無漏寺,唐高宗爲報母恩,改爲大慈恩寺。永徽初,玄奘法師及其弟子窺基、圓測等,譯著佛經於此。寺内浮屠七級,曰大雁塔。寬周十四丈,高十八丈,内有螺旋梯,沿之而上,共一百九十八級。塔下南面有《三藏聖教序碑》二,分鑲於甬道東西兩壁,所謂“雁塔聖教”也。塔頂有唐人題名,其下改四門,有宋元明清遊客題名存。至大雄殿之題名碑,唐宋元諸代者均無存,現存者皆明清秦中鄉試中試之題名碑林立。午後二時,返旅社。通志館王卓庭先生贈新修《陝西通志》一部,於滇志館翻閲,體例大半沿舊,金石、藝文較佳。

王卓庭贈《陝西通志》一部

### 薦福寺觀小雁塔

薦福寺觀小雁塔詩

藩邸禪林啓,宫人亦可嘉。鐘聲河畔發,雁影樹中遮。覽古憑高險,棲心愛靜賒。聽經玄鳥去,開徧滿園花。

### 興善寺

興善寺詩

晉隋遺構甲天下,唐代經翻貝叶風。震旦宗門發源地,斜陽影裏不空空。

### 登慈恩寺大雁塔

登慈恩寺大雁塔詩

七級凌霄聳梵宫,登臨慨想古今同。詩推老杜續成著,塔以玄奘後建雄。禾黍油油盈眼底,雲山隱隱矗胸中。題名故事留佳話,多少虚榮總是空。

### 望終南山

望終南山詩

天外遥看青靄接,峰頭常起白雲拖。終南捷徑成空想,不識山中景更多。

## 四日　初二　星期六

購《顔勤禮碑》、方玉潤臨《石鼓文》

吴敬之贈《鴻濛室詩鈔》一部

上午八時，由郵局寄《陝西通志》十八件於滇志館，又書帖三件於家中。飯後遊舊内城小碑林，其中以民十一年出土顔真卿書之《顔勤禮碑》爲最著。又觀唐肺石，斯石形如肺，爲唐代所遺，故名。一般人謂爲太后石，石上有手印，深數分。俗傳楊貴妃所摩撫之印，殊不近情，楊貴妃何得而稱太后，“太后”或“太湖”之訛，且唐之皇城亦不在此。其石高八尺，四面玲瓏，質佳甚。十二時，到碑林博古齋，購《顔勤禮碑》，得見方友石先生臨《岣嶁碑》、《嶧山碑》、《石鼓文》三種，後皆有自跋，爲友石先生最精意之作。每種索價十元，余僅購《石鼓文》。午後一時，到通志館辭行。吴敬之先生贈友石先生之《鴻濛室詩鈔》一部，共六册二十卷。友石先生詩，余多年力搜，僅得一半，兹得見全璧，不負西安此遊矣。

### 王卓庭先生爲題《龍池校書圖》

王卓庭先生爲題《龍池校書圖》詩

龍池春水拂垂楊，古籍丹黄歲月長。我亦關中同纂校，天南翹首爇心香。

### 唐肺石

唐肺石詩

肺石唐宫此最尊，秦藩故邸至今存。太真幾度摩枒過，留得纖纖玉手痕。

### 吴敬之先生贈家友石《鴻濛室詩集》

吴敬之先生贈家友石《鴻濛室詩集》詩

長安古市搜牢徧，滿架琳瑯眼界花。多謝江陵吴進士，方家大著贈方家。

**五日　初三　星期**

上午八時半，由西安乘車至臨潼，車票五角三仙。約十時下車，寄行李於站長室，往浴華清池。池距車站四里許，距縣城不半里，在南關外驪山下。驪山温泉，周秦名即顯，至唐楊太真浴後而名愈著。池分四級，一級售票六角，二級三角，三級女上等浴室六角，四級普通男女浴室不收費。水清而潔，無硫黄氣，温度高低適合。昔人謂爲天下第一泉，信非虚也。余先浴二十分鐘，念來之不易，而泉最潔，又浴十分鐘，覺一身俱輕。余昔浴安寧温泉，泉之清潔雖不亞此，而温度較高，不如此之舒適。池東亭園清雅，花木芬芳。山上有老君殿，山半有幽王烽火臺，即褒姒一笑而失天下處。浴後閒玩，遇金松岑先生偕江康瓠而來，何緣之深也。立談數語，先生乘汽車往西安，余與希魯午後三時入城。晚飯回至車站，約六時。西安東行車，夜間十二時始至。站長室甚狹，余邀站長允到遊華清來賓室寢息，將行李移入，和衣而寐。至十時，夢中聞噪聲，急趨室外聽之。警士二十餘人，持槍四面散，赴站長室探問，知被匪來劫，晝間售票百餘元，及重要物品搶劫一空。聞之不禁汗下，設余與希魯不別移他室，詎不受池魚之殃，失行李其損小，失所抄先賢詩文稿其損大，菲德而免此難，殆鄉先賢有以陰護之耶。十二時，登車東行，車票一元五角。

**驪山温泉**　驪山温泉詩

臨潼南郭鬱青蒼，豔説華清第一湯。雨霽遊時山色好，春寒賜後水痕香。燎原舉火招亡速，傾國蒙塵惹恨長。浴罷池邊尋史蹟，不知今昔幾滄桑。

## 六日　初四　星期一

上午五時，天初曙，抵華陰車站。乘人力車，約十二三里，至華山麓玉泉院。院在谷口，祀陳希夷先生，西有“希夷睡洞”，先生像卧於石龕中。龕外清泉繞檻，緑陰當軒，無憂樹四株，大數圍，石壁三五，高丈許，絶好林泉也。七時飯罷，遊華山。出院向南行，沿山谷行五里，爲第一關，曰張仙谷、希夷峽。至第二關，曰莎羅坪、希夷洞、十八盤、三皇臺，抵青柯坪。由麓至此二十里，皆沿山阱，東西高下，險夷不一，泉聲淙琤悦耳。青柯坪再上，至南峰，亦二十里，俗有“青柯坪，兩頭平”之語。左上里許，至迴心石，自此入險矣。東約百武，一峰壁立千仞，一罅如刀刓鋸曳，左偃右覆，闊不盈尺，挨排尻脊。持金絙而上，曰“千尺幢”。幢上北轉一里，曰“百尺峽”，《水經注》所謂“天井”也。壁愈狹，兩腋摩壁以行，上有塊石撐之，若恐其復合。過雲頭石、二仙橋、俯渭崖、車箱谷、媪神洞，至群仙觀。上老君犁溝，中有溝如犁劚。鑿石挽繩而上，南行至聚仙臺。北至猢猻愁，崖极陡，雖猢猻亦難超越矣。東轉至擦耳崖，路僅容趾下，臨絶壍行則崖石擦耳。向北爲雲臺峰，即北峰也。向南爲日月崖，崖南不半里爲三元洞，洞南爲閻王碥。西傍崖壁，東臨絶壑，道僅盈尺，下視千仞，不辨水石，行者度是人鬼關。再進爲蒼龍嶺，《山經注》謂爲山脊，寬三尺餘，兩箱崖數萬仞，窺不見底，嶺頭即“昌黎投書處”。度嶺爲“鷂子翻身”，兩手攀金絙，弗敢左右視，股慄而上。前行爲五雲峰，路漸平，林漸密。向南至中峰，與東峰相連。由中峰西陷，復上至南天門，折西至南峰。經希夷避詔崖，崖西向傾，二古松拚力撐之，得不墜。南上至金天宫，宫後再上，至落雁峰，南峰最高處

遊華山

也。頂有仰天池，下有黑龍潭，其水夏不盈，冬不涸。峰西爲老子煉丹爐。再往西下，復向北度嶺，上西峰絶頂，有摘星石。其下有劈斧石，其北即捨身崖。西南中三峰下最幽奥，桃花三五灼灼開，古松千百，非秦漢，亦唐宋，絶不類元以後物。南天門東曰東峰，朝陽峰也，有三茅洞、清虚洞、博臺。傳説秦昭王與天神博於此。仙掌崖，雨後觀之尤佳。東峰左襟下爲玉女峰，上有玉女洗頭盆。余與希魯至南峰，已午後五時，力已疲，峰亦盡，宿金天宫。晚飯後，登高遠眺，千山萬峰，無峰不奇，無峰不秀，無峰不各異其狀。面面如削，色色皆青，罅中古木，蟠曲如老龍，其他琪花瑶草，多不識名。遊山至此，歎觀止矣。

## 玉泉院希夷卧像

玉泉院希夷卧象詩

遠客水亭小坐，先生石屋高眠。睡到天荒地老，不知滄海桑田。

## 青柯坪題壁

青柯坪題壁詩

由玉泉院至此，肩輿可入，過此險絶難行。上有數處，僅容一人插足，出須手牽鐵繩，徐徐而行，大有“難於上天”之勢。遊客有聞之却步者，題此自勉，並告遊人。

夾谷沿溪入，撑天石有文。遨遊南北異，進退險夷分。林凹凝青靄，峰高鎖白雲。回心能向上（道旁有大石刻“回心石”三字），矢願莫紛紜。

## 猢猻愁

猢猻愁詩

險絶難行心穩定，冰淵自懍又何憂。危途似此知多少，莫笑猢猻空自愁。

登華山絶頂詩

### 登華山絶頂

放膽探奇腰脚健，艱危歷盡興難窮。來尋老子三峰外，欲會群仙萬谷中。白鹿幾乘攀玉女，蒼龍直跨訪陳公(三茅洞有希夷像)。振衣落雁昂頭笑，返照蓮花瓣瓣紅。

### 避詔崖

避詔崖詩

天子故人豈妄干，嚴光而後有陳摶。高名留得千秋在，謖謖松風不畏寒。

### 金天宫投宿(次日早起作)

金天宫投宿詩

避詔崖邊夕照昏，弓腰鼓勇叩宫門。峰頭雲過天將墜，檐外星移手欲捫。難悦詩心丹竈冷，須堅道骨鐵衾溫。晨興喜望仙人掌，放暖朝陽漸漸昇。

**七日　初五　星期二**

夜間睡甚熟，天明七時起床。飯後，由西峰下山，折至五雲峰，仍由蒼龍嶺故道歸。去時余在先，來時余在後，因希魯責余促迫也。一路領略風光，緩緩以行。約午後一時，抵玉泉院。午飡。遊興不盡，遊心已安，臨潼之虚驚，在山時有戒心，至此心曠神怡，散步無憂亭前，真覺一無所憂矣。

### 華山紀遊

華山紀遊詩

已過春三月，桃花始正開。道人多懶卧，遊客老難來。地少樹無影，天低石滿苔。下山蛇倒退，心定險無猜。

下山題回心石詩

### 下山題回心石

世途危險百千倍，歷徧神州識味深。遊客下山從此去，應知回首要回心。

### 八日　初六　星期三

午後四時，買車票至鄭州，六元四角。由華陰登車至潼關，轉乘加店車，天明至河南陜州。陜棗即陜州靈寶所産，非産於陜西也。

### 九日　初七　星期四

抵鄭州

上午十時，至新安縣。縣城在車站北，城跨半山，東城隅有穿洞一。城内外俱蕭條，境内産煤。午後三時，到偃師，沿車道桃林十餘里，其地人云桃味甚佳。經鞏縣、氾水，八時抵鄭州。加店車行甚緩，且不潔，因情形生疏不知，頗感苦困。

### 夜宿鄭州

暮色蒼茫裏，神疲抵鄭州。車聲催客亂，燈影逼人愁。萬里三更夢，千金一夕留。明朝訪遺愛，不負此來遊。

### 十日　初八　星期五

鄭州，古之鄭國治也，現爲平漢路與隴海路交點，交通占中國陸路重要位置。城在平漢車站東，已拆毁。城東有開元寺，一古塔巋然獨存，寺東有子産祠，門旁有知縣事長沙黄正忠樹“子産故里碑”。又有隴海花園，在鄭州西，花木茂盛，内中區分,直而不曲,然尚可遊玩。午後十二時,登平漢車往漢口,車票八元三角五仙。

**十一日　初九　星期六**

午後七時抵漢口。

車開,經新鄭、許昌、郾城、西平、遂平、駐馬店、確山、信陽,皆河南境。信陽山水最佳,由此入山漸深。過獅河,至武勝關,交湖北界,地勢險要。經廣水、孝感,土地肥沃,田中菽麥收穫,水利佳甚,一路插秧者夥。抵漢口,約午後七時,投前花樓街鳳臺旅館。天氣炎熱,揮汗不已。

**武勝關**

武勝關詩

用武中原地,巖關以勝名。路從深谷轉,山與暮雲平。難恃戈矛利,長消楚漢爭。古今形勢異,擊柝變車聲。

北遊搜訪文獻日記卷三終

# 北遊搜訪文獻日記卷四

**五月十二日　四月初十　星期**

上午十一時，到法租界昭明里三號，訪昆明傅子餘（善慶），吴子和先生姻戚也，現充財政部印花菸酒税局稽核課長。其祖士珍，字雪樵，由校官官山東冠縣，殉寇難，有《傅冠縣殉難詩文録》。子餘藏一册，囑撮要抄寄滇。子餘云，其祖有《雪樵詩存》二卷，其父念堂（培基）有《念堂詩草》一卷，其姑培真守貞不字，民國五年八月歿，年七十四，有《筠翠軒詩稿》。外有《滇海雪鴻集》一册，蒙化潘安國之《借竹居詩集》二卷，惜俱寄存山東友人處，將來返濟南再取出寄滇選刊，將現存保山吴子明燾之《陶廬詩存》一册交余。子餘又云，可惜吴鼎堂先生之未刊稿數種，子清到陝西被劫，今不知散佚何所。與子和所云相符，相與太息者久。是日天變，風大作，江漢滔滔有聲，天盲地晦。下午三時，過江登黄鶴樓，霧旋消。對面鸚鵡洲，半成陸地，芳草萋萋，徒勞空想，隔江漢陽樹，復何晴川離離哉。黄鶴杳如白雲，惟悵望江山險要，實古來用兵必爭地，大有得之則興，失之則亡之勢。與希魯於樓頭品茗，不禁有今昔之感。五時訪通志館館長，本日星期未辦公，館已按時而閉矣。

訪昆明傅子餘。

## 漢口近感

漢口近感詩

水陸咽喉扼，飆輪勢若奔。矢心翻日月，捷足轉乾坤。江漢愈趨下，龜蛇互欲吞。滄桑經幾變，成敗不堪論。

## 登黄鶴樓

登黄鶴樓詩

同遊金馬碧鷄客，直上白雲黄鶴樓。渺渺予懷天地迴，滔滔江水古今愁。梅花夢冷三更月，玉笛吹殘萬里秋。屈指英雄論成敗，幾人青史姓名留。

### 十三日　十一　星期一

訪圖書館館長談君訥

到察院坡横街頭古書店一遊。

正午十二時，輪渡到武昌，訪通志館長，適丁内艱未至。訪圖書館館長談君訥(錫恩)先生，前清留美生，曾充學部編譯員，與高閬仙先生同事。湖北圖書，張香濤督湖廣時所置，前屢遭戰事，被兵卒焚燬不尠。現集部九萬餘卷，查其目中藏滇賢述作，吾滇俱有。到察院坡横街頭古書店一遊，開目搜訪，無所得。

### 十四日　十二　星期二

閲《滇南風土紀事詩》

午後六時離漢口

上午十時，過江訪通志館張主任，不遇。到圖書館辭别談館長，索彭於蕃(崧毓)先生之《滇南風土紀事詩》，閲之。詩筆高雅，後附挽咸同兵事死難滇官諸作，可收入《歷代滇遊詩鈔》，託談館長爲訪購一册。折旅店，託店主購船票。下午六時，登“洛陽”汽船往九江。九時開船。江聲入耳，不能寐。

## 談君訥館長爲題《龍池校書圖》

談君訥館長爲題《龍池校書圖》詩

世途荆棘苦縱横，小隱嫏嬛擁百城。更向人間搜秘籍，江山萬里壯哉行。

碧鷄金馬鍾靈氣，縹帙緗囊發古香。午夜丹黄龍作伴，一輪明月映滄茫。

**十五日　十三　星期三**

上午十時，船抵九江碼頭。與希魯共出銀一元，給一接客者照應行李。到中國旅行社，坐汽車至廬山下蓮花洞，人各費一元八角，行李費在外。與希魯改乘人力車，加行李各六角。由九江公路，逕詣廬山。一路山光水色，林木蒼翠，遊心樂甚。抵蓮花洞下車，唤力夫擔行李，銀七角。山麓經旅客登記處，登記後步行上山。山路甚寬，迴望江流若帶，原壤似繡，九江農村宛在畫圖中。經竹林窠、好漢坡、月弓塹，約十八里，達牯嶺。人家數百户，居然一市鎮也，銀行、郵局、書店、相館無不備，何論商貨，而警察之偵查尤嚴。投旅館已七時，飯後即寐。

抵九江上廬山

**九江登岸之廬山**

不耳琵琶弄，獨爭登岸先。九江急如矢，五老高接天。真面初相識，遊心喜欲顛。自誇腰脚健，好漢不須箯(輿夫以好漢坡陡，望乘輿，余卻之)。

九江登岸之廬山詩

**十六日　十四　星期四**

上午八時飯後，由牯嶺街向東行數百武，豁然開朗，東西兩峰相峙，群山萬壑朝於南，畫棟飛甍，點綴於濃鬱青蒼中。外賓之築室避暑者，前後岡巒櫛比矣。沿澗行二三里，途幾迷，返旅店覓人嚮導。由迴龍路，越數山坳，至交蘆橋。橋跨

遊廬山

蘆林阱，阱水潺湲，曳瀑布丈許，聲聞半里。度橋向東北，即蘆林，林密山深，樓閣參差。牯嶺上溪流平衍，有天然游泳池。折交蘆橋，訪黄龍寺，寺當大谷中。查初白云，黄龍寺夾路松杉，殆以萬計。潘次耕云，一谷皆杉，大者十餘抱，材皆中棟樑。洪亮吉云，樹皆娑羅，高出山頂者，尚數百尺。今祇寺前杉樹二，銀杏一，大四五抱。再下至黄龍潭，瀑布直流而下成深潭，西行匪遥，與黑龍潭水匯流。出神龍宫，由神龍路上天池寺。天井中有池二。東晉慧持創建，六朝唐宋元遞有興廢。至明太祖患脚疾，覺顯持周顛丹藥愈之，勅建爲護國寺。今寺中有太祖象二。折圓佛殿，至御碑亭。由亭至白鹿昇仙臺，折而東，崖石突出，曰“佛手巖”，今呼爲仙人洞。再進爲觀妙亭、竹林寺、訪仙臺。竹林寺久圮。途中雲隨雨至，入仙人洞避之。四山雲霧，咫尺不辨。頃之，雲霧頓消，青山如笑。折經“花徑”，白樂天詠桃花處也。今人建景白亭，補種桃花數百株。出亭，大雨倏來，急趨大林寺，避半時。雨霽，過聽琴橋，水聲淙琤悦耳，琴聲能有此清耶。由大林路入牯嶺街，歸寓已七時。

黄龍寺詩

### 黄龍寺

銀杏十圍大，神淵百丈深。雲飛仙鶴舞，雨沛老龍吟。竹影摇僧夢，松聲蕩客心。多情念佛鳥，送我度遥岑。

### 十七日　十五　星期五

竟日雨不休，山被雲封，咫尺不辨。有時風起雲散，青山如笑，瞬息濃雲又來，青山弗敢露面，不知在山中，抑在雲中。山耶，雲耶，我耶？何緣之深而相遇於此耶。

十八日　十六　星期六

早起。紅日射窗。喜喚希魯曰：晴矣，可遊也。希魯起床，晨飡罷，導者亦至。市午點。向牯嶺東南行，約二三里，曰"漢口峽"，其頂安濾水池。右往海會寺，左往三叠泉。山脊石若城垣，長數里，人呼爲"女兒城"。經屋脊嶺，西南漢陽峰，東南五老峰，高聳雲際。自此漸下，路崎嶇不平。約四五里，距五老峰東首匪遥，聞水聲震耳，前行一亭，而三叠泉在焉。泉在九叠屏下，直流成三叠，遠望若白綿，不辨其爲水，千絲萬縷，柔軟可愛，不見有所謂水花，三叠泉之奇絶在此。凝視者久。下山麓，曰"九蓮社"，聯曰"蓮開君子性，社結古人心"。繞田塍，過相辭橋，至土樓鎮，野店啜茗。前行海會寺，路下望五老峰，峰峰聳峙，若五老人拱立寺前，營壘若雷池不得入。向西南行四五里，探白鹿洞。洞在五老峰下，樹林葱鬱，前臨深澗，有坊曰"名教樂地"。橋二，曰"沈流"，曰"貫道"。洞背北面南，中爲至聖殿，進門有半月池，中曰"禮聖門"。後爲至聖殿，中有至聖像，旁有四配、十二哲像，東西廡咸具。至聖殿左爲紫陽祠三層，碑碣林立，後層祀紫陽像，有額二，曰"學達性天"、"洙泗心傳"。最後石洞，有石白鹿一。紫陽祠旁爲鹿洞書院，後層曰"文會堂"，有光緒御書"闡明正學"額。至聖殿右爲啓聖祠，前有延香亭，桂二株，曰紫陽手植桂，栽種不久也。旁爲邵康節先生祠，後人割大半爲報功祠，而邵祠今若小巷矣。鹿洞後倚五老，前臨深澗，左右兩峰包圍，實最佳講學地。啜茗半晌。由洞後越數山坳，至棲賢橋，宋祥符七年建。由橋側循級而下，有平石，馬朋書"金井"二大字。底峭嶙峋，水激之，其聲訇砰。左有泉，陸鴻漸品爲天下第六。余涼飲二

投宿棲賢寺

杯，沁入心脾。右有慈航寺，由寺再進里許，至棲賢寺。時午後六時，遂投寺中宿。方丈演慧，號松峰。招待甚殷。飯後月明，余坐殿簷前，見火光如珠，始由東而西，繼由上而下，倏又由下而上，由西而東，離離十餘珠，如是者數次，始不見。余鈍根人，何修而得見此神光。松峰示觀舊山志，得王疇五先生、超淵上人詩文數首。先擬至秀峰寺宿，因悦棲賢，而改宿於此，遂得疇五、超淵兩賢詩文，其殆精靈有所陰相而然歟。

閱舊山志得王疇五、超淵上人詩數首

登廬山絶頂詩

### 登廬山絶頂

匡廬渴想已多年，今日攀躋到絶巔。仰止高峰稱五老，思齊大隱有三賢。精廬竹塢接松塢，瀑布晴天如雨天。萬里來遊殊未倦，深林長嘯幾流連。

白鹿洞謁紫陽祠詩

### 白鹿洞謁紫陽祠

名山開講院，此地最清幽。一代文風盛，千秋教澤留。延香攀老桂(延香亭老桂二株，傳爲紫陽手植)，會友萃名流。萬里高山仰，茲來半日遊。

望開先寺不果遊詩

### 望開先寺不果遊

滇南佛印住開先，酬唱東坡感暮年(滇僧超淵住持開先。宋牧仲撫江西，自謂如東坡之得佛印)。遥望吟魂呼不應，夕陽西下萬重煙。

慈航寺飲陸羽泉詩

### 慈航寺飲陸羽泉

小憩慈航寺，茶烹陸羽泉。心清詩易就，流水聽涓涓。

## 十九日　十七　星期

早起。松峰示觀清初許虎頭畫五百羅漢,原二百軸,今存百十九軸,長丈二,寬五尺。羅漢大者四五尺,小者二三尺。行坐語笑,雜出於山雲水石、魚龍變化之中,大筆淋漓,毛髮畢具,寺中第一瑰寶也。飯後辭别,沿山箐上,過白鶴澗。再上,見瀑布自兩峰間垂下,長丈許,曰"玉簾泉"。至歡喜亭、太乙峰,西有瀑布,長數里,隱見八九叠。上至巔,曰"横門口"。東北山坳爲静生生物調查團農圃。沿圃西紫陽路至蘆林,訪滇人李一平,不遇。由虎吼嶺返牯嶺,時正午一時。因兩日所遊約行八十里,甚困憊,遂休憩焉。

### 夜宿棲賢寺

遊蹤每戀戀,日落款棲賢。燒燭飡香飯,煎茶汲玉泉。慧光生錯落(飯後坐廊前,見火光數十如珠,迴旋數次),寶殿話纏綿。不寐心偏喜,徵文得蠹篇(披山志殘篇,得王疇五先生序記二篇、超淵上人詩數首)。　　夜宿棲賢寺詩

### 含鄱口

雙峰對峙闢天門,萬頃湖光我欲吞。立定脚跟頻俯仰,此間别有一乾坤。　　含鄱口詩

## 二十日　十八　星期一

上午八時,雇挑夫擔行李,沿來路下山。至蓮花洞,過蓮溪橋,往竹林居一遊。折西,經山坳至太平宫,廬山又開一局矣。宫前有磚砌鐘、鼓樓各一,地宏廠。前行入九江至南昌舊

遊東林寺、西林寺

道，越小山一。沿溪行四五里，至東林寺。寺背北面南，後倚小山，前迎清溪，在廬山香爐峰北峰下。平岡爲案，地勢極幽勝。寺晉慧遠禪師所創，爲廬山著名古剎，歷代屢閲興廢，太平天國後尤殘破不堪，近始略加修葺，復新建念佛堂三楹。正殿奉釋迦，龕聯云"虎溪聚三人，三人三笑話；蓮池開一葉，一葉一如來"。左有三笑堂，古蓮社地。虎溪三笑橋在大門外數百武。堂有三笑堂，古層冰直聯云"蓮社獨尋千載後，松風猶響六朝前"。念佛堂前羅漢松一株，大數圍，傳爲六朝時物。寺有柳公權、李邕殘石嵌壁間。康有爲來遊，有詩云"虎溪久塞已無橋，壞殿頹垣太寂寥。無復白蓮思舊社，尚存銅塔倚高標。華嚴初譯現樓閣，陶謝同遊想漢霄。三十八年重到此，重摩柳碣感前朝"。"柳殘石"，南海所發見也。寺中啜茗小憩。蓮社高賢，令人慨慕不止。距東林不半里爲西林寺，其規模小於東林，地勢不如東林佳。寺後千佛塔，在月弓塹道上可睹。由西林寺西向行，約十里，至沙河鎮，投宿，俟明日南潯火車往南昌。

東林寺詩

## 東林寺

三笑空千古，三賢邁一時。松風龍舌掉，蓮社虎心知。吟諷陸（遊）王（守仁）詠，摩挲柳（公權）李（邕）碑。禪房留雪爪，就正妙融師。

訪栗里不得詩

## 訪栗里不得

路轉峰迴低復高，半栽楊柳半栽桃。淵明栗里今荒渺，喜有鄉民尚姓陶。

**二十一日　十九　星期二**

午後二時三十分，乘南潯火車，經馬回嶺、德安、涂家堡、樂化，抵章江。乘船渡江，投東南旅社已七時。章江與貢江相滙曰“贛江”。船隻往來不絶，江西財富水利其首要也。瓷業前受外貨影響，近亦大加改良，不患無暢消之望。

**二十二日　二十　星期三**

早起，往滕王閣一遊。民十九年遭回禄，其遺址現辦小學校，聞政府籌款重建，正在計劃中。早飡後，遊戊子牌古書店，無所得。到百花洲，訪省立圖書館，現爲贛綏靖行營所據，設臨時閱覽室於南堤省教育會内。館長范資軒，留日，高師畢業生。索書目觀之，中有趙州谷西阿先生所輯之《歷代大儒詩鈔》一部，藏舊館，求取出，明日借觀之。

遊南昌戊子牌古書店

訪江西省立圖書館

**南　昌**

滕王歿已久，蝴蝶夢難忘。高閣劫灰冷（滕王閣已燬），百花詩味香。夕佳山雨霽，朝麗浦雲忙。緬想吟壇祖，淵源贛水長。

南昌詩

**二十三日　二十一　星期四**

上午十時，到省立圖書館臨時閱覽室，假閱谷西阿先生《歷代大儒詩鈔》，全書六十卷，二十四册。首有吳錫麒、初彭齡、李奕疇、洪梧序，並自序一篇，例言八則。輯自唐迄清初從祀孔庭者四十四人，總詩六千八百三十八，附賦九十四，頌十一，辭二十三，詩餘一百十九，箴二十九，銘六十三，贊八十五，碑銘十五，各人抄史傳於前，抄《四庫提要》於後。先生是書根

閱《歷代大儒詩鈔》

據四庫本，復廣搜善本互校甄采，《提要》後加案語，於諸本多寡異同，攷之綦詳，與尋常抄輯者迥異。余抄吳、初、李三序與先生自序，收入《滇志藝文攷》。

**二十四日　二十二　星期五**

抵安慶

上午八時，由南昌乘渡船，登快車返九江。始而細雨濛濛，繼而大雨綿綿，直至沙河雨稍止。迴望廬山頂露，中被雲封，麓復露，所遊諸勝一一縈心目間，而東林尤不能忘。未幾，過甘棠湖，湖水漣漪，湖濱草色青青。十二時抵九江，即乘新寧興汽船往安慶。午後三時開船，五時抵湖口縣。石鐘山雄扼其口，縣城密接山麓，西南諸山，林壑尤美，鄱陽茫茫，與天相混，時陰雨，欲望大孤山不可得。六時，抵彭澤縣，淵明辭官歸里之地。東北小孤山屹立江心，西向多林木，樓臺三五，高聳林中，所謂"彭郎奪得小孤回"者此也。江南好山如畫，船頭賞眺，至昏黑返臥。十時抵安慶，下撥船，登岸，投東方旅社宿焉。

**九江登舟之安慶舟中作**

九江登舟之安慶舟中作詩

楚尾吳頭際，舟中興覺豪。旁人評月旦，獨我誦《離騷》。
山小有佳色，江清無亂濤。三更詩夢醒，得句漫推敲。

**二十五日　二十三　星期六**

訪陳東原

正午十二時，訪省立圖書館館長陳東原先生，未到館。館在安慶西殷家坡舊藩署中。與希魯各部流覽。井井有條，而壽縣古物尤爲偉觀。此次出遊所見古物，以新鄭第一，此爲第二。新鄭埋藏地中，與土相觸日久，銅緑尤其可愛。壽縣楚都也，爲秦所逼，預備遷都，乃以堅厚木櫃埋地中，木至今未盡腐，故面無緑色。而此之可貴者，在文字多於新鄭耳。午後二時，與陳館長見面，述搜采師荔扉先生遺著要旨，表示熱忱代訪。館員吴蔭黎君，望江人，館長介紹，願導遊望江。談及徐茗樵先生事，吴君云，其公子仲郊現住安慶。冒雨過訪，贈茗樵先生《青湖詩鈔》一册。

訪徐仲郊承贈徐茗樵《青湖詩鈔》

二十六日　二十四　星期

上午十一時，到同安嶺古書店，搜訪師荔扉先生遺著，無所得。東原館長亦派員到各書店代訪，似此高誼，感紉無已。午後一時，冒雨訪陳館長，贈余《安徽歷史傳記教科書》一册，安徽先賢遺像三十幀，又《學風》一册，皆陳館長所主編。圖書館辦理之佳善，於此可見。

陳東原贈《安徽歷史傳記教科書》、安徽先賢遺象三十幀及《學風》

二十七日　二十五　星期一

早起天晴，書致方國瑜一函。上午十時飯後，到圖書館訪吴館員蔭黎，祈導余明日遊望江。順便出西門，遊大觀亭。亭距西門不一里，面迎大江，後倚小阜，地勢高爽，眼界空闊。亭中楹句，懸無隙地。旁有元余忠宣公(闕)墓，斯亭因之增色。地以人重，詎不然耶。茗飲一時。折東門，訪通志館長余幼泉先生。得松岑介紹，接見甚殷。道所經過採訪畢，陳述到安慶注重師荔扉先生遺著意，幼泉謂通志館亦無所得，只有日後留意。余開荔扉先生遺著目，先生亦開檀默齋先生遺著目，互相代訪。詢鄧完白山人有無著作，謂於其族譜中得詩三十餘首。余輯山人遺詩已得五十餘首，先生聞之甚喜，謂抄館所得，資余對比，可編一較完之本云。午後五時，吴蔭黎來訪，約遊東門外森林公園。距東門約里許，周二三百畝，竹木葱蘢，稻田

訪通志館長余幼泉

荷沼，菜圃花畦，饒有野趣。遊一時，折城内小飲，食鰣魚，不亞黄河之鯉也（黄河鯉於開封井、張兩先生招宴嘗之。鰣味實過也。張希魯附記）。

大觀亭詩

**大觀亭**

菰蒲濃緑柳微黄，極目江天萬里長。亭外文風千古盛，道旁忠骨[illegible]堆香（余忠宣墓在亭旁）。爲貪美景迎新雨，且向遥空話夕陽。仿佛吾滇近華浦，煙波無際兩茫茫。

**二十八日　二十六　星期二**

乘船往望江

上午六時，到柴口巷待吴蔭黎，乘輪舟往望江。昨夕輪舟停九江未來，改乘打魚船。由安慶抵華陽鎮，一百二十里，幸遇順風，午後五時抵華陽，已不能往望江矣。蔭黎親串邵楚喬在此長救生局，訪宿局中，楚喬以余乃荔扉先生鄉人，又係遠客，待之異於恆人。是夕夜中雨，達旦不休。

**二十九日　二十七　星期三**

訪望江縣洪縣長、教育局舒局長及周幼堂

早起，雨綿連，看四方雲油油，無停止氣。别楚喬局長，偕蔭黎冒雨行。華陽鎮距望江縣十五里，新修沙堤，蔭黎脱鞋赤足，余以鞋襪俱破舊，衝泥而行，足滑幾跌者再。自七時至九時，抵金文塔渡河，過化龍橋，入小東門，投大北門三和公寓，而雨愈大。赴舖市新鞋襪易之。飯後少憩，訪望江縣洪縣長、教育局舒局長，陳述來搜師荔扉先生遺著意。僉曰：師公名宦，遺愛在民，永不能忘，當力贊助搜訪之。舒局長客歲接余函，曾爲之登報代徵，應者雖寥寥，然其誼至可感。又訪望江熟悉掌故之周幼堂先生，亦曰：師公名宦也，遺愛在民，永不能忘，當力贊助搜訪之。並云，師公詩文集見人家所藏者，往往而有，然俱什襲珍弆，從容當可報命。《雷音集》一種，前王縣長索家所藏者，已印出，印資二元一部。與幼堂談良久，約午後四時，蔭黎並邀幼堂小飲。

望江縣署訪荔扉先生小停雲館遺址悵然成此詩

**望江縣署訪荔扉先生小停雲館遺址悵然成此**

停雲築館思親友，選韻題詩聽指揮。南北朋儕留座滿，梓桑恭敬潤身肥。嘉賓爭羨鄧完白，賢主群推師荔扉。百廿年來吾蒞此，荒涼滿目悵然歸。

**三十日　二十八　星期四**

上午八時，到望江縣立雷陽小學校，訪校長宋又徵（十思）先生。陳述來搜荔扉先生遺著意。宋曰：師公名宦也，遺愛在民，永不能忘，當力贊助搜訪之。即介紹往各舊家，無所得。於韓家得其贈聯，云“席上有經橫，聽滿城誦詩讀書，半是韓門佳子弟；堂前容我到，看此處裁雲琢月，爭誇東閣好郎君”。遊孔廟，大成門旁有荔扉先生撰書《望江鄉試題名碑》，舊攷棚，有“同登大雅”額。遊青林寺，有題彌勒殿聯云“一肚皮不合時宜，問尊者如何消納；滿面孔無非和氣，請衆生各去思量”。又佛龕聯云“幾人能出世，看我佛端坐蓮臺，豎指拈花，歡喜煞金剛羅漢；何處可傳經，有禪師橫擔錫杖，搬柴運米，粧點就紺宇琳宮”。寺後留經堂，有先生撰書碑記。又城隍廟有先生“掛鏡臺”額，“世上姦淫有時倖免，到頭來總要一齊算賬；冥中報應逐漸分明，虧心處何曾半點饒人”聯。午後一時，遊吉水鎮

訪宋又徵

遊孔廟、青林寺

靖江王祠，有聯云“楚尾吳頭，出郭門數里而遥，江城如畫；仙都佛國，仗神功千年並峙，水波不興”。大門外壁有先生撰書《重修碑記》。宋校長代搜，至鎮相遇，於祠中憩一時，同返縣城小飲。周幼堂爲搜得《二餘堂叢書》、《小停雲館芝言》二種，以大洋十六元酬之。

周幼堂搜得《二餘堂叢書》、《小停雲館芝言》

### 望江訪師荔扉先生遺著二十韻

望江訪師荔扉先生遺著詩

虎門師荔翁，滇南大文獻。老至邀謁選，得授望江縣。七載著循聲，耳疾輒遭擯。著述高隱人，滯歸搔短鬢。結交徧天下，往還皆才儁。館築小停雲，芝言政操選。雷音輯前哲，稿瘞迴龍院。連年付梨棗，囊空縣民見。病中知不起，悽然無内眷。身後託曲江，復書泪如霰。母櫬扶同歸，魂自依依戀。龍池宏文館，遺書亂多燼。四方廣搜采，得未能及半。余敬鄉先正，心香奉一瓣。書畫星鳳稀，惟吾得償願。以師牓其齋，劇爲師友羡。年譜稿初脱，闕遺常抱恨。海宇收藏家，珍弆遠難訊。上書告遊訪，資助先郵信。甲冬乙暮春，南北已將徧。專掌圖書友（安徽圖書館長陳東原），遣介延陵（東原派館員吳蔭黎君導往）慎。風風兼雨雨，日沉抵雷岸。泥濘深没踝，心志殊未倦（韓句）。欣逢廣平叟（紳士宋又徵），萬里有緣分。割愛贈叢書（荔扉先生輯刻《二餘堂叢書》），情多復清宴。未完代續訪，同嗜心猶奮。雷岸閒啜茗，父老稱名宦。每歲届清明，書院公虔奠。雖云民情厚，善政至今讚。茲遊快心事，歸告邦人問。

**華陽鎮弔荔扉先生(先生解任後貧不能歸病終於鎮寓)**

華陽鎮弔荔扉先生詩

七載循良雷岸終,只餘書板宦囊空。故人高義歸貧櫬,阿母攜兄一路中(先生旅櫬賴張溟洲太守扶母櫬並奉先生櫬歸滇,劉寄庵先生《題荔扉遺溟洲書及溟洲復書册詩》,有"譬如阿母攜阿兄,依依同返金碧宅"句)。

**雷陽書院瞻敬荔扉先生長生禄位**

雷陽書院瞻敬荔扉先生長生禄位詩

書院雷陽舊有名,荔翁禄位奉長生。我來瞻敬神如在,恍聽當年講學聲。

**三十一日　二十九　星期五**

遊迴龍宫

早起,覓搨工爲拓考棚"同登大雅"額,攜歸以作紀念,給工資六角。宋又徵開示荔扉先生題三閭大夫祠"汀蘭濯影"額,"披月觀雲,非鄭袖子蘭,埋没卻一生貞節;美人香草,有景差宋玉,流傳出萬古馨風"聯。又客座聯一,"此地江流通楚水,有人閒坐話離騷"。又"江峰帶霧清無濁,岸柳和煙醉亦醒"。其他各鎮鄉寺觀聯聞尚不少,惜不能一一往觀也。偕蔭黎遊迴龍宫,宫距縣東三里,望江名勝境也。荔扉先生在任時,寺僧海幢爲先生詩弟子,嘗寫先生照,藏寺中。先生解任後,貧不能歸,先夢亭伯曾祖嘗來望訪之,先生約遊迴龍宫詩,有云"膠黏連理木,龍起度巖藤"。余昔讀之即神往,而先生像更欲一拜觀也。詎料道咸間,像與寺同燬,連理木、度巖藤,至今倖存,蟠屈蒼翠,奇古可愛。先生在任時,選望江人之詩文,曰《雷音集》,都十二卷,梓行於世。其稿本建雷音塔以瘞之,先生撰書塔銘如新,讀之愈令人低徊不忍去。入城。先生所闕詩文，開單出重值，請周幼堂、宋又徵兩先生代爲訪購。預備明日返安慶。

### 遊迴龍宫用荔扉先生約夢亭祖同遊韻

遊迴龍宫用荔扉先生約夢亭祖同遊韻詩

遺像求先友（詩僧海幢曾繪荔扉先生小照藏方丈中），雷音叩老僧（先生選刻望江前哲詩文名《雷音集》，造雷音塔於宫旁，瘞稿其中）。遊惟百輩好，詩讓古人能。連理十圍木，度崖千歲藤。奇形真罕觀，歸向故交稱。

徵滇大文獻，萬里獨采遊。冒雨屈祠上，驅車雷岸頭。鴻泥留兩代，塔腹孕千秋。再向城中訪，歸帆聽楚謳。

### 六月一日　五月初一　星期六

上午九時，辭周幼堂、宋又徵。十時飯後，吴蔭黎送出城，坐二把手小車到華陽，待九江下水小輪返安慶。午後二時，上輪船。四時半抵岸，返旅社。希魯遊歸，聞余至，大喜。告以冒雨而去之苦，希魯云，吾輩真癡也。然不癡不能得如是之結果，余對於荔扉先生，可謂竭盡心力矣。

### 二日　初二　星期

遊迎江寺登鎮風塔

上午十一時飯後，遊迎江寺，登鎮風塔。塔明隆慶間造，感稱萬佛塔。拾級而登絶頂，安慶在一覽中。塔中層有安徽布政使吾滇昆明周眉亭（樽）先生記，惜殘佚過半，不能讀。下塔，赴迎江樓啜茗。後到東門外萬松岡，訪程雪門所築之師樓，不得。岡自咸豐間亂後，一片荒涼矣。午後一時，通志館訪余副館長，出示完白山人遺詩。予所輯本多未見，願歸合爲完本。將李元度、包世臣、王悔生《皖志》列傳，李兆洛志銘諸文抄於首，並列一遺像，詩分二卷，《索鶴啓》附後，用聚珍仿宋字版印出，山人之聲價益重矣。余副館長至以爲然。二時，到圖書館辭謝陳館長。是日因安徽教育廳成立紀念放假，不遇，留一片。六時陳館長來函，介紹見鄧完白重孫季宣，現長高級工業學校。並索予遊望江訪荔扉先生遺著之詩文，抄登《學風》。勞人草草，將何以報命。

訪余幼泉

### 通志副館長余幼泉先生爲題《龍池校書圖》

通志副館長余幼泉先生爲題《龍池校書圖》詩

典籍紛綸仗别裁，滇池澄澈嶽雲開。山川歷徧文章老，司馬南遊公北來。

剖判藝文劉子政，網羅政典杜君卿。中原遺籍重搜討，萬卷書成萬里行。

### 登迎江寺浮圖

雨餘登覽不勝寒，色色形形縱我觀。高聳雲霄標偉岸，中流砥柱慶安瀾。每逢盛會千般幻，獨喜遥空萬里寬。斷碣摩挲前哲記（壁間有周眉亭方伯撰修浮圖殘石），徵文考獻古來難。

登迎江寺浮圖詩

### 集賢關懷完白山人

集賢禪院隱高賢，放鶴雕龍度暮年。完白山中終不出，閒聽鶴唳徹雲天。

布衣書法名天下，達官當時未易求。籠鶴鶴歸樊太守，留傳佳話徧神州。

集賢關懷完白山人詩

王蛇老鶴互相鬥，親睹危情飽吃驚。自此傷懷隨鶴化，書名畢竟掩詩名。

安慶萬松岡訪程雪門所築師樓不得感作詩

### 安慶萬松岡訪程雪門所築師樓不得感作

大雷池長魂歸滇，述作鋟木屋三椽。雪門老友爲珍弆，卜地安慶萬松間。樓成名師親篆牓，遺像同弆圖永存。紅羊一炬劫灰冷，荔翁心血化雲煙。我未出遊心先訪，今來松下皆荒阡。拄杖搔首發長歎，一路深林聽啼鵑。

### 三日　初三　星期一

余幼泉贈《通志·大事記》、《人物列傳》、《藝文攷》

上午八時，余幼泉先生贈《安徽新通志·大事記》、《人物列傳》、《藝文攷》三種，約遊菱湖。湖在安慶東北隅，距城里許，荷田萬畝，楊柳千行，樓臺亭閣，掩映濃緑淡翠中。在東樓暢談二時，食麪而歸。回旅社，草《到望江搜訪師荔扉先生遺著記》。應陳東原館長之命。午後七時，登“襄陽”輪到南京。船价二元，床位一元。

余幼泉（炳成）先生邀遊菱塘小飲詩

### 余幼泉(炳成)先生邀遊菱塘小飲

晨邀小飲到菱塘，滿地清陰數里長。滇史垂詢新體例，酒樓風送野花香。

### 望江訪師荔扉先生著述記

趙州師荔扉先生，以名孝廉官劍川教諭，卓異保薦知縣，引見授望江令。在任八年，廉俸所入，悉鐫所著《滇繫》、《金華山樵詩集》、《二餘堂》、《抱甕軒詩文稿》、《小停雲館芝言》、《二餘堂叢書》、《雷音集》等百餘卷。以耳疾勒令休致。子早喪，孤孫遠在萬里，貧不能歸。嘉慶辛酉，年六十一，卒於大雷。其骨賴友人晉寧張溟洲太守歸葬彌渡，其板片真州程雪門於安慶東門外萬松岡築師樓三楹，並繪遺像奔之。嗚乎，先生之得友若是。咸豐間，兵亂樓燬，遺書滇皖間尚往往而有，《滇繫》爲西南不可少之書，早得而重刊之，詩文雜著近年"輯刻《雲南叢書》館"四方搜采，所闕尚夥。余奉命之南北各省搜訪滇南文獻，先生遺著，所至最爲留心。抵安慶，謁圖書館陳東原館長，述來意。則曰："師公我省名宦也，當盡力贊助搜訪之"。爲於古書肆、舊藏家徧訪未得，令館員望江吳蔭黎君冒雨導余往。入城，謁姚縣長、舒教育局長，述來意。皆曰："師公望江名宦也，當盡力贊助搜訪之"。爲登報以宣傳，集會以諮詢。又謁周幼堂、宋又徵兩士紳，述來意。亦曰："師公吾邑名宦也，當盡力贊助搜訪之"。導各藏書家往尋，望江人士極欽仰先生，其遺著亦至寶重，弗輕出示人。余色然喜，勃然興曰："先生嘗搜刊望江前哲詩文，今當出其所藏以報之"。於是而《小停雲館芝言》得矣，而《二餘堂叢書》、《雷音集》相繼而得矣。其未得者，余弗能久待，願續采以郵滇。嗚乎，先生之感於官紳若是。暇遊迴龍宫、華陽鎮，啜茗村寮，與田夫野老相坐話，詢知滇南師令守，僉曰，名宦也，善政在民，至今弗能忘。雷陽書院奉公長生禄位，每歲清明，紳耆相集致祭，今百餘年矣。嗚乎，先生之感於士民若是。朱邑之於桐鄉，陳實之於太邱，百世下猶尸祝之。雖兩縣民風之古，要亦兩公之德政所致。先生之於望江，亦若是焉耳。夫官不以民爲子，而

《望江訪師荔扉先生著述記》

剗削之，且魚肉之，在任已爲識者所不禮，矧離任後尚有人齒及乎。先生遺愛，昔讀傳志已悉，茲來耳目所親，並記之告滇人今後之爲吏者。

民國二十四年六月三日二鼓後，草於安慶旅舍。

**四日　初四　星期二**

上午六時，船抵蕪湖，泊二小時。此處有汽車達黄山，黄山之遊俟諸異日。十時，過采石磯、烏江口。十一時，抵南京。上岸，乘馬車到成賢街一枝園，投中山旅社。訪方國瑜宗兄於研究院，不遇，留一片。午後九時，國瑜來訪，謂望之久矣。話遊蹤，談鄉情。國瑜近於滇史元明以前材料搜輯宏富，欲於秦璞安先生《續備徵志》外，别成一書，其志殊可佩也。

方國瑜來訪

**五日　初五　星期三**

今日舊端午節，動思家心。上午八時，與希魯早飡後，乘汽車到和平門外，改乘人力車，遊燕子磯。在金陵東北，行山坳，轉西北，復轉東。山下榴樹數里而遥，花開照眼，至可欣賞。有三臺洞，倚山面江，石洞玲瓏，曲折而升，如螺孔然，下奉觀音。向西斜上，至玉皇閣，再上老君殿，洞較小。折下，啜茗洞前。行里許，至燕子磯，屹然江滸，形勢險要。頂有清康熙書"燕子磯"三大字碑亭，一面嵌碑，三面嵌詩碣。登頂平臺，眼界遼闊。長江西來，在下關歧而爲二，東行數里復合，中間曰"八卦洲"，西頭人家隱隱蘆葦間。流連時許，乘人力車由東路仍返和平門。入城，從汽車道至玄武門，一路荒涼，樹木陰翳，有城市山林趣。出玄武門，玄武湖在一覽中。湖西密接城根，中一堤，不半里，有小島，東南北島共五，因稱"五洲公

遊燕子磯、玄武湖

園”。湖中荷蓋亭亭。与希魯買小舟，遊一時，風起甚險，抵岸入城。遊鷄鳴寺，古同泰寺也，梁武帝三度捨身處，陳後主偕張、孔二妃所投胭脂井，在山之北麓。寺旁面北有豁蒙樓，面東有景陽樓。名人書畫滿壁，樓上設茗座，玄武湖一覽無遺。景陽樓啜茗一時。午後四時，返旅社。五時，方國瑜約飲於夫子廟街，在座者劍川李家瑞、白井甘銘、蒙化陳時策、禄豐王武科、宜良嚴中英、鶴慶施鳳飛、普洱張立誠、李啓愚夫婦。十時，盡歡而歸。

### 晨遊燕子磯

晨遊燕子磯詩

風雨瀟瀟欲斷魂，尋山空弔杜荼邨。輕煙渾與白雲接，濁浪疑將紅日吞。磯上不憂無燕影，江中可畏見兵輪。榴花照眼歸來早，繞道荒涼見燒痕。

### 玄武湖

玄武湖詩

靈囿年來闢，名隨世界稱（湖中有五島，近闢爲五洲公園）。一洲一天地，無代無廢興。水淺魚相擠，林疏鳥亦憎。買舟荷芰賞，爽氣滌煩膺。

**六日　初六　星期四**

訪柳翼謀

上午十時，到高樓門峨眉路九號李子厚處，取家中匯來款。十二時，到龍蟠里江蘇省立國學圖書館，訪館長柳翼謀先生，談雲南掌故，約一時。大錯遺集，先生尚未得見，歸滇當寄贈。取閱館藏書目，有《盛明百家詩》、《張禺山集》、《古棠書屋叢書》，簡紹芳編《升庵年譜》、無名氏《安南棄守始末》諸書，改日當取而抄閱之。午後二時，遊龔半千之掃葉樓，啜茗一時，往登清涼山，遊清涼寺、翠微亭，不知炎氛飛卻於何許。五時山下食飯歸。王松華送由濟南爲帶衣物來。方國瑜、李家瑞、施鳳飛、楊秉禮、吳廷標來訪。廷標約明日小酌。

掃葉樓懷龔半千詩

### 掃葉樓懷龔半千

此地清涼淨絶塵，恰宜龔老寄吟身。當年浩劫邀天眷，登眺傷心作隱淪（半千《登眺傷心處》詩，有“臺城與石城”句）。

訪柳翼謀（詒徵）先生詩

### 訪柳翼謀（詒徵）先生

天教著述柳宗元，專管圖書南面尊。仰望陶風高百尺，江南文獻一樓存。

**七日　初七　星期五**

遊雨花臺、莫愁湖

上午十一時，驅車出南門，遊雨花臺，其地爲歷代戰爭險要處。東西平岡透迆，數里而遥。道旁有方正學先生祠，從祀方孝友、方中憲、方中愈、卓忠毅、廖鏞、廖銘，皆同時死難之門人弟子也。齊燮元聯云“紹程明道朱晦庵正學之傳，濂洛淵源，千秋絶業；視張睢陽顔常山死事更烈，馨香俎豆，十族昭忠”。可謂包舉無遺。祠東不半里，有正學先生墓，同治間署江南總督李鴻章修墓樹碑。折第二泉，天熱啜茗，水不大佳。入城，出小西關，遊莫愁湖。湖距西城根匪遥，周二里許，其外皆稻田。近日水淺，舟不可盪，荷葉田田，鷗鷺翔集，殊多野趣。湖南有鬱金堂、曾公閣，四壁楹聯殆徧，大門額曰“華嚴庵”，門壁詳書盧莫愁歷史。登曾公閣，啜茗一時。入城，遊夫子廟市場，小販雜集。前即秦淮河，水污濁，畫舫遊人亦罕矣。午後六時，赴同鄉吴廷標之招，在座有袁向耕、趙演，女弟子袁令暉，同鄉余汝爲。余君從蚌埠來領軍械，將開往西安，明日即返，吴君特邀，見面大喜。先擬到蚌埠一見，請探訪姪子天民，前曾屢次煩勞。襄臣篤鄉誼，函余過其地，務須主其家，今遇於此，且將出發，可謂有緣。詳道歷年待遇各情，令人感不能盡。此子狂妄，受困自取，家人無不念渠，而渠全不念家人。余爲亡弟故，時時老淚横流，訪之不獲而心已盡矣。散席返旅社，余君復來視，並送罐頭四盒。情話殷殷，並託余返家鄉時，爲其異母弟囑教育局長趙鼎鏞代其善爲之教。其宅心正大，近日軍人中所罕見也。

### 謁正學公祠

謁正學公祠詩

平生學正由心正，肯舍堂堂七尺軀。十族株連皆種子，全家屠戮幸遺孤。長留血石精靈在，曾授《春秋》大義扶。我是同宗垂老淚，雨花臺上慘啼烏。

### 八日　初八　星期六

上午十二時，雲南駐京辦事員李子厚招飲於高樓門峨眉路九號。午後二時，到圖書館訪柳館長，談一時，到普通閲覽室閲書。甘君銘約同陳際良，訪袁隨園先生墓。墓在小倉山南，道旁立石，刻“清故袁隨園先生墓道”。由道斜上不百武，有隨園側室墓二。又轉上十餘武，隨園先生墓在焉，旁其夫人墓，後爲

謁袁隨園先生墓

隨園父母墓。墓草豐茸，碑高約二尺，一代文豪，葬此名山，山因人而著也。舊日隨園，僅有墻基一路，餘不能辨認。午後六時，甘君邀飲於春風小啜廬。鄭蓴村、袁向畊來訪，失迎。

### 柳館長爲題《龍池校書圖》

柳館長爲題《龍池校書圖》詩

蠟屐從容徧禹州，異書飽載翠湖舟。碧鷄金馬騰奇彩，肯讓陳農擅九流。

### 過小倉山懷袁子才先生

過小倉山懷袁子才先生詩

小倉山色鬱青蒼，一代名高翰墨場。埋没性情真摯處，半因嬉笑半疏狂。

### 九日　初九　星期

上午十時，訪王惕山先生於大石橋四十三號。折桃源新路五十九號，訪朱逷先先生，不遇。正午十二時，李啓遇招飲於明瞻里六十八號。飯後王偉烈爲攝小影於夫子廟。午後二時，偕國瑜、希魯乘馬車出朝陽門，遊孝陵、孫陵、譚墓、靈谷寺諸處。孝陵在鍾山偏北，陵下石獅、石象、石馬並文武翁仲，偉壯精工。享殿三層，前層有清康熙書“明孝陵碑”並謁陵詩，中層有太祖像，後層如城門，斜上頂平。殿早燬，後即陵寢，未識確在何所。余三人在中層啜茗，憩一時，購風景照片十五幅。孝陵南里許，至孫陵，新式建築，石磴數百級，兩旁雜植花木，範以石欄，中有碑亭，後爲享殿。殿中一坐像，其貌如生，兩旁有華表、香爐等，堂皇壯麗，孝陵遠不逮也。孫陵南里許，有革命將士紀念塔，高出林表，殿宇宏深。旁不遠曰靈谷寺，再南

遊孝陵、孫陵、譚墓及靈谷寺

爲譚組庵院長墓,墓下風景清美,遊人喜趨息焉。午後七時歸。電燈隱約林際,明月微茫於林端,一路舒適。至城中小飲而歸。朱逷先先生來訪,失候。

**十日　初十　星期一**

上午十一時,到花牌樓、夫子廟一帶古書肆,購《東觀漢記》、汪中《述學》而歸。午間酷熱,往鷄鳴寺啜茗,假寐禪榻一時,舒適異常。歸寓攜書物九包。赴竺橋投郵局,順便訪朱逷先先生。暢談一時,先生贈《楊么故事》一册,示所著《六朝墓誌調查報告》二巨册,攷據精確,不久將付印。

購《東觀漢記》、《述學》。

### 鷄鳴寺豁蒙樓品茶閒榻假寐後作

萬木葱蘢裏,臺城古有名。香燒晨鳥唱,茶熟午鷄鳴。小夢乾坤倒,酣遊世界清。穿林尋辱井,引動可憐情。

鷄鳴寺豁蒙樓品茶閒榻假寐後作詩

**十一日　十一　星期二**

上午八時,到國學圖書館善本閱覽室,閱《安南棄守始末》,絳雲樓燼餘本也。《盛明百家詩》、《禺山集》、《古棠書屋叢書》,簡紹芳編《楊升庵年譜》,摘要抄録。午後五時,到花牌樓精益眼鏡公司,配放光鏡一架。六時,尹澤新招飲於南正街青年會。

閱抄《安南棄守始末》、《盛明百家詩》、《禺山集》、《古棠書屋叢》、《楊升庵年譜》等

### 昆明王惕山先生爲題《龍池校書圖》

高樓明月送清涼,草木臨池有異香。坐擁百城居福地,身行萬里負緗囊。徧徵文獻心真苦,老覺詩書味更長。我欲從君圖畫裏,藜光分照點丹黄。

昆明王惕山先生爲題《龍池校書圖》詩

貴州蹇方叔(先榘)先生爲題《龍池校書圖》詩

## 貴州蹇方叔(先榘)先生爲題《龍池校書圖》

危樓高聳俯澄流,坐擁嫏嬛事校讎。皓首青燈忘日月,丹鉛黄卷送春秋。然藜午夜頻深討,杖策寰區遍博搜。他日歸舟應滿載,知君雅志定能酬。

## 十二日 十二 星期三

遊棲霞山

上午七時,由鼓樓乘汽車到下關,登火車,往遊棲霞。約四十里,至棲霞山。下車,東南行里許,折向南,至棲霞寺。寺倚鳳翔峰,東西二峰環拱。自南齊處士明僧紹居此,其名乃大著。永明七年,僧紹捨宅爲寺,延法度禪師居之。僧紹没,其次子仲璋建無量殿。大同二年,齊文惠太子及諸王等,鑿千佛巖。隋文帝仁壽元年,建舍利塔。唐高祖勅改功德寺,高宗改隱君棲霞寺。歷宋元明清,屢有興廢。光緒間,詩僧仰宗來主持,修葺一新,遊人始衆。其名勝古蹟最著者,曰“明徵君碑”,在弥勒殿右。碑文爲唐高宗撰,高正臣書,書法類《聖教序》。曰“舍利塔”,在藏經樓之南,共七級,高三丈餘,隋文帝所造。第一層各面鐫釋迦本行至涅槃諸變圖。次層四面鐫四天王像,餘四面鐫佛像二尊。三層以上各面鐫佛像二尊,雕琢精工,曰“千佛巖”。自藏經樓左側起,至紗帽峰東止,總稱千佛巖。佛龕大小共二百九十四座,計造像五百十五尊,其中以無量壽佛爲最大,乃明僧紹次子仲璋所造。大同二年,齊文惠太子及豫章、竟陵諸王、王姬等,就巖之高下深廣,因石爲像,數以千計,即所謂“千佛巖”也。宋寶元間,頗多修飾。明嘉隆萬三朝,補鑿尤多。因石質不堅,今所存者,多明代之遺,然幾經修補,古意盡失。山麓小窟,有石工一像,手持斧鑿,未識何代所造,觀之殊覺有趣。其他白鹿泉、天開巖、禹王碑、一線天、桃花澗諸勝,古人亦多題詠,小小景致,略一流覽而已。午後四時,仍乘火車歸。鄭蓴村六時邀飲,九時返寓始知之,心殊不安。

**十三日　十三　星期四**

上午八時,訪鄭蓴村,不遇。十時,訪王眉午於大悲巷九號,談及東北風雲,相與太息者久。乘車至牛首山,訪三保太監鄭和墓。午後七時,訪蓴村,談一時,同訪袁向畊,不遇。折寓所,王偉烈、吴卓如來訪。國瑜宗兄送《唐宋間雲南之佛學》、《葫芦國王之在地》二文來,皆通志重要資料也。

訪鄭和墓

### 牛首山弔三保太監

太監原姓馬,賜姓鄭,名和。雲南昆陽人。死葬牛首山,其墓今不知所在。

三保太監下西洋,有明盛事非荒唐。《星槎》《瀛涯》紀其詳,艨艟巨艦旌旗張。往還七次威德揚,讋服諸番覲君王。君王賞賜邁於常,白門治第何輝煌。老死賜葬牛山岡,五百年來草木荒。問他翁仲徙何方,默默無言空束裝。豈其化鶴歸昆陽,我居鄰封何所望。吁嗟難逃幾滄桑,幸有青史姓名彰。今乃崇拜驚列强,哈只有子金碧光。嗚呼,哈只有子金碧光。

牛首山弔三保太監詩

**十四日　十四　星期五**

上午八時,蓴村招飲於夫子廟旁酒樓。飯後,遊狀元井書店,購阮大鋮《詠懷堂詩集》一部。大鋮詩昔人推爲五百年來一作者,因附和權姦,摧殘正士,爲儒林所不齒。君子不以人

遊狀元井書店購《詠懷堂詩集》

遊古物保存所、民衆教育館

廢言,何妨存之以備攷。十一時,遊古物保存所,昔之明故宫也。方正學公血蹟石,血痕宛然流於罅隙間,神妙殊不可解。十二時,遊第一公園,觀防空展覽會,令人膽戰心驚。天氣炎熱,藤棚下啜茗,輿中假寐,頗舒適。午後一時,遊民衆教育館。六時,訪朱遏先先生,辭行。七時,訪張華瀾先生於四條巷仁義里二十三號,談一時許辭歸。朱遏先、方國瑜、嚴中英來餞行。

## 金陵雜感

金陵雜感詩

長樂笙歌日未休,銅駝相對淚空流。六朝金粉低回弔,帝子無愁萬姓愁。

杜鵑難唤國魂靈,萬里長江碧血腥。舉目河山風景異,空教顛淚灑新亭。

自古江南佳麗地,騷人酬唱好盤桓。冶城高世悠然想,辜負蒼生望謝安。

龍虎風雲踞上游,滔滔江水日東流。樓船依舊頻來往,怕見降幡出石頭。

北遊搜訪文獻日記卷四終

# 北遊搜訪文獻日記卷五

## 六月十五日　五月十五　星期六

上午八時由下關登快車，十時到鎮江，投西關外旅社。小雨濛濛，飯後遊金山。山在鎮江西，昔在水中央，今三面皆陸矣。山西麓江天寺規模宏大，拾級登藏經樓，南曰妙高臺，北上爲觀音塔，七級，高數丈，内有梯，可登至頂。塔後有"江天一覽亭"。山麓方丈，藏東坡玉帶，玉共二十方，佚其三，清高宗南巡，補足之，其色白，補者較新。又藏文徵明畫《金山圖》卷子，徵明有自題詩，字大逾二寸，後人題無隙地。金山西度河約一里，曰中冷泉，一堤楊柳，四圍蘆葦，最饒野趣。王可莊太守知鎮江府時，修葺一新。可莊在鎮江多善政，後人改爲王公祠，中有聯云"狀元才調千條柳，太守風流第一泉"。泉在祠前，甃爲方池，水如珍珠湧出，茗飲最佳。午後二時，遊北固山。山在鎮江東，坡東有李德裕造鐵塔，七級，爲雷所震，傾其上三層。過道有石，書劉備"天下第一江山"語。由西折北，有北固軒，康有爲題聯云"江淘日夜東流水，山聳英雄北固樓"。繞而東，道中有狼石，東坡曾詠之，今非原物也。盡頭處有"江天第一亭"。北固壁立江邊，形勢險要。山南甘露寺，《三國演義》所傳過江招親所也。

遊金山、北固山、焦山

午後四時,乘輪渡遊焦山。山原名獅山,因焦先隱後,始名焦山。南麓定慧寺,殿宇宏深,四金剛殿外壁上嵌南昌萬承紀篆書"横海大航"四大字。寺中茗飲。僧人出楊文襄公玉帶觀之,與東坡後先輝映於金焦。寺前石坊旁有枯木,大數圍,範石護之。後人於大殿側作堂,以枯木額之。沿西有焦公祠,祠有像,後爲仰止軒,阮文達隸書,祀楊椒山先生。再進,沿壁下行數百武,有二詔堂,焦公像坐深龕中。折東南,上坡頂,有亭曰"堅白",嚴修所題。從坡中北進,曰"觀音崖",有四面佛殿、夕陽樓、最高臺,參差掩露於嵯峨緑陰中。所謂仙境,要從何處求之?斯時夕陽遠射,江光返照,起倪、黄亦不能畫也。從原路下山,遊寺東諸勝。曰"水晶庵",雜陳書畫,雅座可愛。曰"松廖閣",閣前有歸來庵,梁鼎芬題書,有端陶齋戎服小像,旁有聯曰"水月幾同寅谷座,天風如見午橋來"。南樓面大江,象山横亘於前,最令人留戀。爲輪舟返時所限,六時乘輪歸,精神尚依依於招提盤陀間。登岸乘人力車,磨刀巷訪陳善餘先生公子南屏,一見如故,贈尊翁《横山鄉人類稿》十三卷,精博可傳。《楊文襄公年譜》謂詳於前半生,略於後半生,將來擬名爲《楊文襄公年譜稿》云。

訪陳南屏承贈陳善餘《横山鄉人類稿》

## 登金山塔

登金山塔詩

絶頂憑闌眺,盈眸半是空。乾坤雙鬢白,江漢夕陽紅。鐵甕蒼茫外,金陵變幻中。天風吹浩浩,雲水盪心胸。

## 北固山

北固山詩

巨浪滔滔逝,危崖半壁堅。江山雄萬古,樓閣壯千年。石上論成敗，亭中感變遷。金焦浮兩點，滄海半成田。

## 焦山

一山一石成，石根深萬丈。洪濤日夜衝，依然太古象。砥柱正中流，挽瀾獨無兩。君山與孤山，平静圍沆瀁。斯乃生特險，遥望小於掌。捨舟拾級登，步步得奇賞。十萬水軍聲，恍如鏖戰響。安步夕陽亭，軒開面面爽。更上最高臺，心胸六合廣。焦先好奇者，隱此絶塵想。高人不世出，高山徒止仰。

焦山詩

**十六日　十六　星期**

早起，陰雨綿綿。希魯渡瓜洲乘運河輪到揚州，訪梅花嶺及平山堂諸勝。余到江蘇省立圖書館，訪陳冠吾館長，詢楊文襄公墓所，得館員某君開示丁卯橋有文襄祠，並文襄公父子墓所在山。余乃先訪丁卯橋，橋在舊南關外三里。經都天廟塔，過河約一里，抵橋。橋在村東，橋欄有數石，刻雲物狀，殆文襄坊柱破石也。橋下水清澈，有小舟往來。過橋，村内人家三十餘户，距橋甚近。有三茅宫，内奉唐詩人許丁卯先生，並楊文襄公栗主。雇夫訪文襄公墓。由西南行，逾鐵路，經夾山麓，登峴山頂，有觀音寺。下山向谷底行，約二三里，至榨樹岡，再東北行里餘，達盧灣。灣左約半里，岡上左爲文襄父景墓，墓碑中銜"明敕授儒林郎化州同知贈光禄大夫柱國少傅兼太子太傅吏部尚書武英殿大學士遷潤始祖時亨楊公、敕安人封一品夫人一世繼祖妣張太夫人合墓。民國九年庚申二月，十五世孫濂、瀛、治，十六世孫文樑、文棟、彭和、春華、少泉，十七世

江蘇省立圖書館訪陳冠吾館長

謁楊文襄墓

孫瑞芝、瑞蘭敬立”。右距十餘丈爲文襄墓，墓碑中銜“明誥封特進光禄大夫右柱國少師兼太子太師文華殿大學士贈太保謚文襄諱一清楊公、誥封一品夫人繼配胡夫人合墓”。立碑年月人名與時亨公墓同，其他李印泉先生《訪古記》詳載之，不再贅。文襄父母墓銘，皆大學士李東陽所撰，與雷躍龍《文襄傳》、李元陽《文襄墓表》，余俱録入《滇南碑傳集》。謁文襄墓後，雨亦止。返旅社，已午後四時。飯後閒遊，道逢希魯歸，同遊雲臺山公園。樹木葱鬱，亭閣參差，屈曲小徑中間以假山數峰，頗饒雅趣。登其巔，金、焦、北固在一覽中。

## 丁卯橋訪楊文襄公故第

丁卯橋訪楊文襄公故第詩

宰相山中住，堂開緑野濱。石橋曾覓句，父老尚傳神。大作追丁卯，精廬痛甲申。滇吳千載重，慨想兩詩人。

## 雲臺山看夕陽

雲臺山看夕陽詩

江水滔滔日夜東，雲臺山上聽西風。古今無限興亡事，半在斜陽落照中。

## 十七日　十七　星期一

訪李根源

上午十時，乘快車到蘇州，車票三元。正午十二時抵平門，乘人力車至李印泉先生葑谿草堂。先生云：“望之久矣，才爲君書聯訖，而君即來。”相與大笑。先生《雲南通志・金石目》甫脱稿，於《通志・金石考》外，擬成一專著，將稿付印，寄通志館。並擬再爲《搜集啓》，由通志館函省府，令各縣責成縣知事，會同教育界中人，詳查有無缺訛，缺者補之，訛者正之，各縣隨文發十册，批註繳還二册，似此辦法，當所得不少。希魯隨余至，先生遇之逾恆人。自午後二時，續開晚飡後，直談至十時始寐。

**十八日　十八　星期二**

上午九時，偕印泉先生訪金松岑先生。後到護龍街聚寶齋搨碑鋪，託到獅子林爲搨周亦園少廷尉《聽雨樓法帖》。希魯在鋪習搨碑法一時，同往遊滄浪亭、獅子林。去歲余嘗遊之，今希魯初遊，盛稱其美。

訪護龍街聚寶齋搨碑鋪託搨《聽雨樓法帖》

**十九日　十九　星期三**

上午八時，與希魯遊支硎山，訪蒼雪法師塔，季鄴世兄同往。乘人力車，出金門，沿河行約五里，至楓橋。寒山寺在其南，寺以張繼《楓橋夜泊》詩名愈著。所謂"夜半鐘聲到客船"之鐘，早被倭國竊换，今鐘樓所懸者，非唐代之物也，康南海有詩云"鐘聲已渡海雲東，冷盡寒山古寺楓。無使豐干又饒舌，他人再到不空空"。寺中有羅聘畫寒山、拾得像碑，大殿旁有寒山、拾得塑像，清江蘇巡撫程德全重修，寒山詩刻石嵌壁間。度橋，由御道行六七里，抵支硎山。山麓有支硎古刹，支公道場在其側。吾滇呈貢蒼雪法師於中峰受一兩禪師法，曾修葺之。上百餘武，即中峰古刹，刹東有堂，即蒼公南來堂也。印泉補書其額，錢牧齋撰《蒼雪法師塔銘》，周惺庵先生以八分法補書，印泉刻石，嵌方丈壁間。寺中飯後，由旁門出寺後，數十武，一兩法師塔，坐西面東，崇禎間讀澈等立，蒼公法名也。距此約半里，至蒼公塔，塔鐫"中峰堂上口傳賢首正宗南來澈大師之塔"。迎面風景絶佳，左右兩山包圍，與後山高下相當。瞻禮之餘，尋故道歸。至五福路，遊戒幢寺，有五百羅漢堂。

遊支硎山訪掃蒼雪法師塔

其座位佈置大小，與故都西山碧雲寺者相同，而傳神則過之。過此不半里，有清盛宣懷之留園，爲前明徐冏卿東園故址。清嘉慶初劉蓉峰觀察恕建築之，名曰“劉園”。盛氏得後，乃改“劉”爲“留”。園中有涵碧山房，其左旁曰“恰杭”，取“一杭恰受兩三人”意。庭西有石矗立，曰“濟仙石”，其形似濟顛而名。前臨荷塘，桂樹叢雜，中有軒曰“聞木樨香處”。山頂有亭曰“可亭”。山陰有半野草堂。池東有軒，牓曰“清風起兮池館涼”。池南有軒，牓曰“濠濮想”，周有長廊，壁間多嵌石刻。東有柟木廳，牓曰“藏修息遊”，廳之角有亭，牓曰“佳晴喜雨快雪”，廳北有屋，牓曰“花好月圓人壽”，左有揖峰軒，曰“石林小院”，其對面之屋，牓曰“洞天一碧”。東園由揖峰軒入，有高大之湖石三臺，巋然兀立，中曰“冠雲峰”，左曰“岫雲峰”，右曰“瑞雲峰”。下有冠雲沼，南有四面廳，牓曰“奇石壽太古”。池之右有冠雲臺，牓曰“安知我不知魚之樂”，左有冠雲亭。北面有樓，牓曰“仙苑停雲”，偏東一屋，爲園主當時參禪處。南面有屋，題曰“亦不二”。上舉各軒亭樓臺，四壁楹句，琳瑯滿目，不備録。盛氏清季官郵傳部尚書，富比王侯，宜其園之富麗若此。遊歸返，約五時。是日天氣陰涼，頗舒適，夜大雨。

支硎山掃蒼雪法師塔詩

### 支硎山掃蒼雪法師塔

萬里雲山佛谷深，神僧降自龍翔（呈貢山名）岑。講經直上中峰頂，傳法重興支道林。介石風流同俯首（謂太倉學正文介石先生），漁洋藻鑑是知音。南來小憩蒼苔掃，讀罷銘文倚樹吟。

### 寒山寺

古寺因詩浪得名，鐘聲不似舊時清。豐干饒舌終無補，只怪騷人好品評。

寒山寺詩

### 二十日　二十　星期四

上午十一時，季鄰世兄紹介與希魯謁章太炎先生。先生喜談政治，是日談中國近事，約時許。午後二時，與希魯乘人力車遊虎邱。由山塘街去，約七里。虎邱山一名海湧山，相傳吳王闔閭葬此三日，而虎踞其上，故名。入"虎邱勝境"坊數百武，有大石中劃爲二，曰"試劍石"，或云吳王試劍，蓋中分如截，取其形似而已。再上，道旁有憨憨泉，爲梁時憨憨尊者遺蹟。又上，道右有古吳美人真娘墓。又道左，有古鴛鴦壙。崇禎間建亭立碣，乃長洲蠡口人倪士義、妻楊烈婦合墓也。前進，有大盤石，可容千人，曰"千人石"，即生公講臺。李陽冰篆文四字，大二尺許。臺下有白蓮池，生公說法時，池生千葉蓮花。池旁有"點頭石"，相傳生公講經，人無信者，乃聚石爲徒，與談至理，石皆點頭。左壁下有池如劍形，曰"劍池"。唐顔真卿書"虎丘劒池"四大字，刻石猶存。其上有陸羽石井，泉甘冽，壁上鐫"第三泉"三字，傳爲陸羽所品定者。陸羽井前有石觀音殿，内有石刻大字經典四十餘行，石碑環列，爲宋名人所書，一人一行。其南爲近年新建之樓，曰"冷香閣"，周植紅綠梅三百株。又南有擁翠山莊，爲洪文卿、鄭叔問、朱修庭所建。虎邱寺在山最高處。寺東南隅，築屋於石壁之上，曰"望蘇臺"，今曰"小吳軒"，仍其舊名也，蘇州城一覽無遺。山頂有塔，七級，隋仁壽九年所建。塔基爲晉司徒王瑜琴臺，塔右有

遊虎邱

虎伏軒。西北諸峰羅列，眼界最爲遼闊。緩步下山，訪“五人墓”，五人者顔佩韋、楊念如、馬杰、沈揚、周文元。天啓七年，周忠介公順昌觸怒魏閹被逮，時士民數萬，爲周請命。緹騎厲聲以叱，衆逐之。巡撫毛一鷺爲魏私人，以吳民亂，請於朝，誅此五人。張溥、韓封有碑記。墓地今闢爲花圃，青山緑水橋中，五人之姓氏，婦孺皆知而敬之。韓騏詩“英風颯颯繞迴塘，舊塚累累俠骨香。一擊自同椎博浪，白身何異痛三良。頭顱敢爲忠臣惜，販負能增黨籍光。變例春秋墓前碣，先人特筆懔嚴霜”。

## 虎邱雜詩

虎邱雜詩

闔閭遺塚峙山岡，豐草茸茸霸業荒。多少風流才子輩，吳王不弔弔真娘。

小坐千人舊講臺，蓮花紅白水中開。點頭頑石今如故，安得生公説法來。

紅緑梅花三百株，冷香茶熟不勞呼。第三泉水甘如許，好坐論心酒再沽。

魯公大字劍池書，巨石横開膽氣粗。霸業至今灰滅盡，空餘兔族聚姑蘇。

## 五人墓

五人墓詩

大義鋤奸千載重，群芳護壟四時春。捨生凜凜稱編伍，瘞骨殷殷感薦紳。緑水青山（墓外二橋名）魂魄戀，同宗異姓子孫親。而今婦孺皆知敬，吳市名都有幾人。

### 遊滄浪亭圖書館

遊滄浪亭圖書館詩

罨畫滄浪景最幽，螂嬛犬讓古籍搜(黄子壽先生藩蘇倡存古學社成，刻像壁間，題曰“願比螂嬛之犬”)。名賢五百高山仰，不負姑蘇兩次遊。

### 二十一日　二十一　星期五

正午十二時，訪徐雲秋於縣立初中校，爲余作《龍池校書圖》成。佈置點染，甚愜鄙懷。午後一時歸，印泉一時興到，爲書“師齋”、“南茘草堂”二牓，並“盤龍元梅”四字，爲紀青弟書“樂耕”二字。攜歸當一一刻石。

訪徐雲秋

### 二十二日　二十二　星期六

午前檢書二十一包付郵。午後一時，章太炎先生攜其長公子，過印泉先生草堂閒談，對時局不勝憤慨，謂南宋尚戰而後和，今則不戰而和，中央政府求如秦檜其人而不可得，湯陰有岳廟，應塑汪、黄跪於其前云云。雖詼諧，實正論。楊耿光由南京來訪印泉，談甚長，謂中國此時文人主戰，而武人不戰。武人下級軍官主戰，而上級軍官不戰。中國至此危極矣。六時，徐雲秋招飲於青年會，偕季鄴世兄往，金松岑、金立初、范煙橋諸先生在座。暢飲至九時歸。

### 金松岑先生爲題《龍池校書圖》

晉寧城中一老拙，頭項不爲時貴屈。胸中積疊天南書，踏遍中原此迴轍。曩歲我走昆華道，九龍池上蔭青樾。掀髯捉臂排日飲，掉盡書囊底未脱。臨岐但云非小别，浮海波濤祇可慰。今春相遇臨潼驛，馱書十篋雙脛蹶。云自

金松岑先生爲題《龍池校書圖》詩

燕雲走湘沔，歸去仍當出吴越。詫我得書比得雋，奇勛當搢書城笏。重來吴會面黧黑，卧聽鳴蜩向天末。江南梅雨乍滂沱，泥行祝子馬無秣。開軒更置軟脚酒，叵奈酒醒見殘月。子今掉頭挽不住，歸到龍池搆書窟。長歌送子心如醉，恨子屢擊催詩鉢。詩成落筆手苦顫，還借弢父與塗抹（攜歸倩趙弢父爲余書之）。

李印泉先生爲題《龍池校書圖》詩

### 李印泉先生爲題《龍池校書圖》

萬里勞奔馳，爲訪滇賢籍。龍池歸著書，金碧亦增色。

**二十三日　二十三　星期**

印泉先生賢儷馬夫人贈繪扇二柄、立軸一幀，筆意清妍，繆素筠、趙吟香之流亞也。到馬程遠處辭行，託其公子晉三團長爲訪姪子天民。午後六時，金松岑先生招同希魯飲於青年會食堂，畫家張善子在座。八時，盡歡而歸。印泉以余明日别，情話殷殷，饜余與希魯甚豐，辭不獲。雲天高誼，將何以圖報。

**二十四日　二十四　星期一**

李根源、金松岑送行

早飡後，謁彭愷丞先生太夫人，年近八旬，身體康强，談論有大家風。馬太太母夫人贈藥物，其情至爲可感。收拾行李訖，松岑先生來送行。印泉先生盛饌以餞。十一時三十分，辭謝李府長幼，季鄴世兄送登車，同鄉李繼鶴亦來。十二時五十分開車。午後二時，抵上海。二時半，由上海開杭州，經松江、嘉善、嘉興、硤石、長安等處，車中見桑樹秩秩，禾苗青青，其土地之肥沃，山川之清美，較蘇州有過之無不及。七時，抵杭州，

抵上海

乘人力車投湖濱旅社。自蘇至杭，車票二十八元。

**二十五日　二十五　星期二**

渴慕之西湖近在眉睫矣。早起到運司河下訪袁樹圃先生介紹之戴鶴皋先生（家聲），丹徒人，清季官於浙，遂流寓焉，工詩有集。又訪杭縣錢均夫先生（家治）。樹圃先生提督浙學時，嘗充其屬員，於教育多所贊助。均夫先生導遊浙江省立圖書館，在大學路長官弄。湯蟄仙先生捐款所新建，規模宏大，費用二十餘萬金。館長陳訓慈，少年而優於新舊文學者，於圖書館學尤擅長。整理井然有秩，熱忱指導，並贈館中刊物數種。十一時飯後，與希魯遊西湖。由聖湖路沿湖濱公園，約一里至斷橋，有乾隆御書"斷橋殘雪"四字碑。度白堤。兩岸垂楊，左右迎人。至孤山路，放鶴亭在其麓。亭西上，林處士墓隱梅林中。黄奎光云"看梅何必及花時"，愛梅人至此，尤深景仰之思，瞻拜久之，繞墓一週。由鶴塚旁謁合門殉節之林典史（汝霖）墓。折出墓道，由東南約數百武，有林太守迪臣墓。由墓後左上不遠至趙公祠。祠壁嵌石屏朱光書"孤山一片雲"五大字。祠祀吾滇河陽趙玉峰先生。先生撫浙遺愛至今猶在，西湖亦築堤一道，即今所稱"趙公堤"者是也。祠龕太和張澐卿聯云"耆舊憶前賢，緬瀓水一隅，著論鴻篇傳洛社；撫綏留實政，看湖山千里，長懷明德祀桐鄉"。樹圃先生額曰"古之遺愛"。配祀刑部尚書昆明趙公光、禮部侍郎張公澐卿，兩公皆嘗提督兩浙學政也。李燦高代某撰書聯云"湖堤與白蘇齊名，惠澤及人，六事成圖傳兩浙；廟食有趙張配享，寒泉入薦，千秋遺韻在孤山"。由祠後沿西泠印社門，過西泠橋。橋頭有錢塘蘇小小墓，旁有義士武松墓，蓋後人僞作以點綴湖山者。再西，

訪戴鶴皋

遊西湖

有女俠秋瑾墓，旁有風雨亭，取女俠“秋風秋雨愁煞人”句而名。再西，即“曲院風荷”處。前行，岳忠武廟在焉。近年修葺一新。忠武像南向，正殿旁祀牛皋、張憲，後殿祀忠武父母像，旁配忠武夫婦及忠武女銀瓶、壻張憲，五子五媳則在兩廡。廟西即岳墳，子雲祔墓。門外有井，曰“忠泉”。墓門内有鐵鑄秦檜、王氏、張俊、萬俟卨像，反接跪露，遊人多溺之。折原路，遊廣化寺，訪六一泉，次參觀西泠印社，購碑帖數種。時已六時，遊公園，覽“平湖秋月”勝蹟而歸。是日陰而不雨，晚風颯爽宜人，遊福不淺矣。

## 西湖初到作

久思文獻收心上，渴想湖山到眼前。樓閣家家皆畫本，白蘇步步是詩天。有聲有色成雙美，宜古宜今得兩全。老柳新荷無限好，最流連處慕先賢。

西湖初到作詩

## 孤山謁趙玉峰先生祠

孤山一片彩雲生（祠壁石屏朱光書“孤山一片雲”五大字），放鶴亭邊翠黛横。兩浙長留遺愛在，千秋不朽讀書名（先生《讀書堂全集》浙江書局刊版行世）。麻姑盛德山同壽（先生母萬太夫人輸金解危），西子榮譽水至清。我到杭州文獻重，闡揚先正倍關情。

孤山謁趙玉峰先生祠詩

## 林處士墓

臞仙緣有分，處士遇無殊。瘦影吟魂戀，歡聲凍雀呼。妻梅千歲老，子鶴一山孤。萬里來相訪，甘爲後世徒。

林處士墓詩

放鶴亭啜茗詩

### 放鶴亭啜茗

空亭閒啜茗，特鶴歸未歸。久坐不思返，吟身侵翠微。

### 二十六日　二十六　星期三

中夜雨不止，天明較大。冒雨到城站抱經堂，購潘祖蔭《藏書記》二册、長沙王楷《聽園詩鈔》四册。折新民路圖書館售書處，購局刻書十餘種，並陳館長所贈者，共七包付郵。飯後雨止。乘輿買舟遊湖，舟入湖中，閉目假寐。抵浙江先賢祠，希魯喚醒登岸。祠奉黄宗羲、杭世駿等，旁爲彭雪琴之退省庵，今爲其祠。前後修竹成林，先賢祠前石橋數疊。至卍字亭，前進亭中，樹圃補書"三潭印月"碑。再進，有亭，西湖所謂"三潭印月"在目矣。湖中樹如壺者三石，高出水面五六尺，成三角。月明來觀，一月而三印，惜不躬逢月夜也。舟過其處，穿蘇堤南頭第二橋，至高莊，後倚半島，大竹蔽天，西有樓，茗飲小憩。其西南劉園，粤人劉問芻所創建，其祠墓即在園中，宋芷灣書"慎餘堂"，中雜陳書畫古物，流連一時。舟過御書"蘇隄春曉"碑下登岸。坐橋欄，緬想坡公當堤築成時，不知其樂何如。是夕矣，泛舟遊湖心亭，繞阮公墩而歸，岸上電灯已明。大雨初晴，翠色欲滴，遊湖好天氣，無有逾於此者。童仲華先生來訪，談甚暢。

購《藏書記》、《聽園詩鈔》等

### 散步白蘇堤

覓句蘇堤又白堤，冷香飛上斷橋西。此生願作詩人老，恨不執鞭唐宋時。

散步白蘇堤詩

## 二十七　二十七　星期四

午前八時，乘車到許衙巷二酉書店，訪同鄉蘇櫟生（嘉淦）先生之子。詢其遺著，不知。詢其諸兄，云均在外幹事。證以昨日抱經主人所云，櫟生身後家中落，不虚也。折圖書館，還借閱書目。飯後天氣半陰半晴。雇人力車登寶石山，看五代時之寶石塔。塔與雷峰塔相對。自雷峰塔傾後，政府恐繼傾也，籌帑興修，無復本來面目。繞山後，約二里許，至黄龍洞。在萬緑叢中入門，水聲淙淙響，大竹千竿，徑爲之覆。至老君殿左旁坡陀間，有黄龍首，水由口流下，兩眼嵌電灯二。由右上至卧雲洞、玉皇殿。中道石壁間有石佛一，高約八尺，雕工極自然。閲碑記牓聯，近今粤人之流寓於此者，大加修葺耳。出洞，繞田塍，經"淨心"、"永清"二亭，至清漣禪林。其右玉泉，長六丈，寬三丈。水深而清，中有五色魚，大者尺許，小者亦數寸，隊隊游於水面，以覓人之投餌，觀之殊覺有味。距此里許，入汽車大路，前進匪遥，至靈隱寺。寺背北面南，宏敞冠西湖。旁有羅漢堂，與蘇州戒幢寺者相同，而塑工不及。迎面河水琮琤有聲，河上曰"飛來峰"，臨河石壁青蒼，有元朝刻成之石佛十數軀，高四五尺，幸未遭人摧殘。中有彌勒佛、身旁小佛十餘尊，笑容可掬。山麓有大石洞，中有"一綫天"，僧人於此候遊客，令客左右足，依其所指處立定，渠以竹竿指洞頂，仰望有白光一綫，若有小佛坐其間，看後取香資隨心。寺右出，穿竹徑，紆徐登山，至韜光庵。庵奉吕祖。後旁有金蓮池，池中滿金蓮，葉大如掌，花小如錢，色黄。再上爲煉丹臺，臺前有亭曰"觀海"，錢塘江在目。折下，登北高峰。山雨忽來，雲隨雨至，遥望南高峰亦然，所謂"雙峰插雲"，何幸身親而目覩

訪蘇櫟生先生子詢其遺著

登寶石山

之。下山，沿故道，經岳侯壻張文烈墓，至岳廟後，登棲霞，探紫雲洞之勝。洞初入小墜，寬六七丈，斜上數十步，又豁然開朗，有小徑可登。山洞皆斜立，若恐其將傾，使人不敢久留。出洞，大門下有牛皋墓，沿舊途，經岳廟前，度西泠橋，繞孤山之陽，遊博物館。館址舊日之文瀾閣也，各部陳列物品，富美可觀。返旅社。童仲華先生招飲於九曲巷七號寓廬。烹調精絶，酣飲紹酒，醉歸。

**二十八日　二十八　星期五**

上午八時，訪戴鶴皋先生。十時飯後，買舟遊錢王祠。祠在西湖濱南，近歲修葺一新。西廂有東坡表忠觀宋刻殘石二，東廂有明翻刻表忠觀碑四石，均兩面刻。祠外垂柳千章，所謂“柳浪聞鶯”者此也。距此不遠曰“漪園”，後爲觀音寺，旁有月下老人祠。月下老人海内祠不多見，祠内牓聯，多作合語。再西向上山，觀雷峰塔遺址，遥與寶石塔相對，政府爲點綴風景計，不久有重築之望。面西山麓曰“淨慈寺”，現正新修，旁有宋神僧濟顛運木古井。吾鄉盤龍月牙池亦有此神話，殊不可信。至“花港觀魚”處小憩。門旁有于少保墓道石，向西約三里，至于墳街。墳背西面東，四面有山包圍，墓旁有祠，塑公像，凜凜如生，門旁有明御製碑。折原路，經小南湖，舟泊盡頭，遊西南諸勝。先至石屋洞，其造像大小不一，雕工甚劣。洞外新築一塔，刻書近俗。前進至水樂洞，洞深暗，僧徒然燭以照。深約百步，水聲清越，洞底砌以石，俾水由高流下，激而有聲，流入陰道，名曰“水樂”。水樂乎，抑人樂也。再進至龍井，井在翁氏家祠前，露於天井中，其旁售龍井茶者十餘户，遊客至此，多購以贈人。折南高峰下，遊煙霞洞。洞門寬宏，漸

遊錢王祠、花港觀魚、龍井及煙霞洞等處

入漸狹。中刻大士像，兩旁刻十八應真。門旁有觀音立像二，刻工精巧，相傳爲五代時所造。洞下旁有象鼻石，最高處鑿佛一，坐其中，地陡險不可上。折下，由右至寺前汽車道，訪定慧寺。寺唐代所敕建，入山頗深，下院爲濟公塔，上院爲定慧寺，因有虎跑泉，又稱“虎跑寺”。泉水潔如玉，虎跑泉烹龍井茶，可謂雙美。旁有五百羅漢刻石嵌亭壁。湖西南諸峰，洞以煙霞，寺以定慧爲最勝。午後五時，乘舟歸，小雨霏霏，暑氣頓消，湖山之美，非言語所能形容。六時，戴鶴皋先生招飲於湖濱西園，蓴羹湖魚，美不可言，大醉而歸。

## 戴鶴皋先生爲題《龍池校書圖》

戴鶴皋先生爲題《龍池校書圖》詩

湖柳湖蓮水一方，天留佳處闢書堂。廿年抱膝此間坐，獨領青燈滋味長。

九龍吐氣貫長虹，寫寄閒情尺幅中。讀萬卷書行萬里，藹然三拜見高風。

遠勞訪戴重推袁(君持樹五先生手書過訪)，爽氣迎人古道存。足蹟壯遊半天下，千秋史華起龍門。

老我西泠拙守株，自捫儉腹愧書橱。仰看東壁奎垣峻，曾詠文瀾補闕圖(圖爲吳興周夢坡作，予題長古一篇，印入《滬瀆倚聲集》，因舉以爲贈)。

## 岳廟

岳廟詩

鄂王金虜不兩立，死而廟食面南面。墓前大樹相感通，枝亦南向終不變。千載祀事益恢宏，配享全家並皋憲。奸檜和戎三字冤，斯冤後世人人忿。高宗使王成大忠，王死千秋有公論。堦下反接跪四兇,臭穢當前非王願。後人痛極快人心,忠奸使人知懲勸。今世亦與南宋同,漢奸甚於檜萬萬。太炎詠諧檜高坐,汪黄下跪頑鐵鍊(此太炎先生在印泉曲石精廬所談)。寄語漢奸汗顔否,俚詩聊以作忠諫。

## 靈隱寺

典午招提建,山花一笑拈。竹香風細細,松翠月纖纖。飛石猿聲苦,眠雲鶴夢甜。應真堂外坐,赤日不知炎。 靈隱寺詩

## 韜光庵

高峰飛北繞,潮水湧前横。竹影吞松影,泉聲冷磬聲。詩情山鳥悟,禪味木魚生。欲夢賓王見,茶留醒後烹。 韜光庵詩

## 龍井

深谷疑無地,空林别有天。雲來將作雨,風過便鳴泉。水好長繩汲,茶香古社煎。斜陽高掛樹,獨自愛流連。 龍井詩

## 定慧寺(一名虎跑寺)

泉飛雨霽逐聲遊,古寺深藏衆緑柔。五百應真亭畔坐,龍茶虎水潤詩喉。 定慧寺詩

**二十九日　二十九　星期六**

可愛之西湖,使人留戀不忍别。早起約六時,由湖濱搭汽車,至江干三廊廟看錢塘江,浩浩蕩蕩,寬十里許,惜中秋未至,無潮以快吾意。返旅社。飯後,買舟泛孤山,抵博物院前 孤山圖書館觀文瀾閣所藏《四庫全書》

登岸,之孤山圖書分館投刺,觀文瀾閣所藏《四庫全書》。經洪楊後,殘缺者甚夥,先後由丁氏昆季及館中派員抄補。石屏袁樹五任浙江提學使時,亦命人補抄。現共九十橱,分儲三樓。樹五先生又倡言開放閱覽,浙人士何幸而得此。觀後赴趙公祠,抄太和張澐卿所撰重修碑記訖。轉萬菊堂茗飲。輿中假寐一時。樓外樓呼蝦仁、蓴羹兩味,酣飲。小雨濛濛,仍泛舟而歸。昔人云"晴湖不如雨湖好",余遊湖五日而三遇雨,可謂有遊福矣。

### 孤山酒樓醉歸

孤山酒樓醉歸詩

梅裏鶴聲山半唳,隄邊燈影水中輝。秋風未起蓴羹美,獨酌醺醺步月歸。

### 雨霽泛舟湖心亭

雨霽泛舟湖心亭詩

詩篷畫舫收心坐,月白風清快意遊。玉笛一聲何處至,兩三星火弄扁舟。

### 三十日　三十　星期

上午八時離杭州午後二時到滬

上午八時,冒雨到城站,乘車返滬,車費十二元。童仲華先生來送。可愛之杭州,汽笛一聲,瞬即回望茫然矣。午後二時到滬,擬到安東旅社,被接客者所詐,雇車送至四馬路當湖旅社。雖被詐,然尚適中。三時,到商務印書館,訪黄警頑。四時,到受古書店,購《柳柳州全集》一部,中國書店購《檀默齋草堂詩話》一部。

## 别杭州

遊罷將歸天女城，杭州西子最鍾情。文瀾未得蘩香草（文瀾閣已改爲圖書館），重託詩人戴振聲（振聲，鎮江人。前清宦浙，改革後留寓杭城。工詩。曾爲余題《龍池校書圖》）。

别杭州詩

**七月一日　六月初一　星期一**

上午十一時，冒雨訪富滇新銀行張庸僧經理，託轉叢書處，請國立北平圖書館抄楊文襄公之《宸翰録》、《密諭録》、《閣諭録》、《吏部獻納稿》、《邃庵集》五種，匯款共國幣一百元，交館長袁守和先生。到四川路口寧波路中國旅行社，探問船期。於三日有英商"日本皇后"大船，直航香港。午後二時，到大法馬路法領事公館，請簽護照字，需小照兩張，速到金星相館攝影，定明晨九時取，方可望簽字，星期三乘輪往香港，不然又淹滯數日矣。三時訪張蓉溪先生，不遇。折旅社，同希魯遊古書店，無所得而歸。

**二日　初二　星期二**

上午九時，到金星相館取像片，赴法領事公館驗護照，出辦理手續費一元。十時，法領事簽字。乘電車至盧橋巡捕房查對，無犯案情節給以證書，然后又到法領事公館領護照，將十二時，躭延五分鐘，須次日方能領獲。十二時半，到四川路口寧波路中國旅行社，購"日本皇后"統艙船票二張，共七十二元（[張希魯按]一張爲方先生以之贈希魯，深情厚誼，附注志感）。預備明晨上船，書致袁守和先生一函，張蓉溪送《大理張氏詩文存遺》十册來，付郵。

**三日　初三　星期三**

上午七時登英商"日本皇后"船返程

上午七時,同希魯唤旅館一小夥送登輪船,"日本皇后"碼頭在浦東。車夫狡詐,佯爲不知,欲多索車費,與碼頭附近騙子相聯。幸送客小夥督登輪,給大洋一元,不然不惟不能登輪,恐不免有意外之險。上海之險惡,一至於此,旅客不可不注意也。"日本皇后"統艙价爲最低,然視他商輪,其价高約五倍。統艙人各有卧床,每日四飡,每飡肉食菜蔬各兩味,均可口。此輪重約三萬噸,海中大風作,不覺其簸蕩。

**四日　初四　星期四**

上午八時早飡後,船頭納涼。遇平彝盛興隆、昆明顧小山,暑假回滇,相與閒談甚快。風平浪静,如居平地,船頭望海,胸襟爲之一闊。

**五日　初五　星期五**

九時抵香港

夜間風大作,船微簸,若船小又不免頭暈矣。八時早飡後風息,船穩如故。九時,抵香港。登岸,投泰安棧。本日午後三時,小廣東郵船開往海防,即購統艙船票,英洋六元五角。正午十二時,訪壽民於德輔道街新富滇分行,不遇。晤陳韻泉叔親家,談約十分鐘。蔡哲夫拓漢蔡文卿陶器件,託代廣州轉交,並致哲夫一函。午後一時,偕張希魯、盛興隆、顧小山登輪。輪重約萬噸,約"日本皇后"三分之一。午後三時開船。五時開飯,食兩碗,防暈嘔也。天晴,風浪未大作。

**六日　初六　星期六**

船微簸,頭微暈,早飯未食,午食粥一碗,水果數枚。身體尚未大苦。夜間船較穩,能成寐。

**七日　初七　星期**

午前十一時，船抵海防。上岸，候檢查。余所帶物品有一二當納税，倖免。據同伴云，本日星期，檢查較寬也。同盛興隆、顧小山投天然旅館，館主甫登岸即來招呼，而檢查時得助不小。海防地勢寬平，樹木葱蘢。棕櫚高丈餘，夜合歡花大而色紅，紫花草本者，攀援於曲闌之上，不識其名，但欣賞而已。安南車夫路平而用力巧，乘之頗適。天氣炎熱，口燥甚，飲汽水三瓶乃涼。是夕因勞頓數日，寐頗熟。

抵海防

**八日　初八　星期一**

上午十時，到法檢查員室，對像，取護照。偕希魯趕十時火車到東京，爲旅館小夥所誤。乘午後一時車，車票法幣一元。抵東京，已四時矣。天德旅館來招待。洗面。飯後，館主爲唤人力車二，遊東京公園。在東京之東，寬數里，樹林陰翳，鳥鳴上下，草地如毯，花壇若錦。鹿苑十許隻，濯濯然自鳴得意。荷池魚沼相間，令人流連不忍别。車夫引遊一周，不識炎氛之所在，車費每時法洋一角，遊公園一時，遊東京市場二時，至九時始歸。

遊東京公園、東京市場

**九日　初九　星期二**

上午六時，到公園真武觀。看銅鑄關帝像，高約一丈，鑄工精巧。安南人迷信甚深，法人亦不之禁，故使之愚而日亡也。八時，折旅館，開飯。九時，登車至嘉陵。盛興隆、顧小山由海防至此换車相遇。沿途正插秧。過安拜檢查，往時此處檢查煙土最嚴。午後七時，抵老街。天然連棧來招待，下車即對像，驗護照。入旅館，行李安頓後，過南溪橋，到河口督辦檢查室探訪，周館長介紹入口函已至，明日可乘車至阿迷。

午後七時抵老街

十日　初十　星期三

午後七時抵阿迷

上午八時，由老街過南溪河，搭車。車中安南婆販賣波羅、芭蕉果，擁擠不堪。沿途下車趕場，至碧色寨漸稀。由河口至坡度阱沿河而上，至阱後爲最高處。往時卧車中，不知其路之險，今日一路觀看，其險甲於全國，愈服法人測量之精。由碧色寨至阿迷，路較平坦。午後七時，抵阿迷，投大東旅館。明日即抵昆明，今夕身心俱適矣。飯後，偕希魯步月到阿迷城中一遊，街市清潔。自滇越路車通，此爲南防要地，繁盛迥異於疇昔。

十一日　十一　星期四

午後五時抵昆明

上午八時，由阿迷開車，自婆兮沿盤江邊，希魯謂似三峽風景。余見乳猴一，下飲江水，偶聞有猿聲，愈信希魯之言非虚也。由阿迷漸上漸高，至七凸坡，爲滇越路最高處。過此至跑馬山漸低，由塔蜜苴至省會皆平。午後五時，抵昆明總站。唤人力車，抵家約六時。家人喜出望外，謂意料十四五才至車站迎接，而今日即至，何其迅速。若是自上海起程，共九日，似此殊少耳。孫女儀昭，余出門時才五月有零，接抱之默默望余，若驚若喜。内人云，向不近生客。今抱之，若知爲其祖者，其天性有非語言能述。飯後稍憩即眠，四面書堆若嶂，一覺庭柯鳥唱矣。

南北搜訪文獻歸來一首

南北搜訪文獻歸來詩

南北遨遊願不違，半肩文獻盡珠璣。平生第一快心事，多少先賢伴我歸。

北遊搜訪文獻日記卷五終

# 北遊搜訪文獻日記後序

臞仙先生盡瘁鄉邦文獻垂四十年，著作等身，師荔扉、王樂山兩先正後一人而已。然先生不足，以爲平生搜羅僅限於西南，鄉賢遺著散於海内者猶多，因發奮遠道物色，乃有北遊搜訪文獻之行。時先生年近花甲，不畏寒暑，跋涉萬里，非抱愛鄉愛國之至誠，能如是耶？先是，甲戌秋，連楙自金陵北上，旅食京華。歲晚，先生從昆明寄書，約同遊中原，取道東南，搜訪文獻。除夕前二日，先生果來，同寓宣外北館中。此後日陪杖履，步廠甸，搜逸書，暇日或覽名勝，或訪耆宿，餘則到北海圖書館借讀手録爲多。兩月後，隨先生啓程，沿津浦路登泰山，謁孔林，至徐州，轉隴海路，遊汴洛而直達西京。留五六日，漢唐故蹟恨未能一一憑弔也，旋偕先生浴華清，上西嶽，由鄭州轉平漢路，抵武漢，乘江輪，登匡廬，改道南潯而遊洪都。不久，寓懷寧，先生獨冒風雨，往望江瞻師荔扉治蹟，並采遺作。半旬後而先生返，頗有所獲，然亦勞苦矣。未幾渡江，重遊金陵，與同鄉方國瑜諸兄晤，遊燕子磯、玄武湖回。忝列盛筵，時爲乙亥端陽節也。既而詣鎮江，先生赴丁卯橋謁楊文襄祠，連楙另搭小輪沿運河而遊揚州。繼同坐滬寧車到姑蘇，拜見鄉前輩李印公，即寓公第。國學大師章太炎素與公善，日夕酬酢。連楙僥倖在側,得聞高論,獲益匪淺。一週後客杭州而遊西湖,又一週轉滬上,搭巨輪浮東南海,經香港而過越南,便道遊河内,飽嘗熱帶風味。然後乘滇越車望家山而安抵省垣,且届新秋矣。回憶追陪先生,歷時半載,浪蹟十餘省,先生掇拾鄉賢珠璣遺餘各地者,誠不可以數計。新修省志網羅宏富,與先生此行不辭艱巨,櫛風沐雨,旁搜遠紹,實不能分也。沿途學人題贈佳什,咸稱先生訪書同陳農,周覽繼馬遷,非過譽也。雖然二子所獲,一則貢諸石渠,一則纂成《史記》,當日經歷如何,二千年來後人莫能詳矣。先生此書彌補前闕,不能以尋常遊記視之,無待言也。如何發掘,如何搜集,開後生訪求文獻之路而得南鍼,其爲有用,足資參證,更不待言矣。當追陪時,見先生登臨一勝,必有題詠,訪獲一籍,必述原委,歸來排比,藏篋逾二十年,始出示人。今取閱讀,對鄉邦熱愛,祖國關懷,有不油然動念,聞風而興起者乎?連楙無似,隨行萬里,於先生所事非惟無補,且分耗旅費殆半。自歸里後,夢寐思之,慚悚無已。復溯弱冠師事石屏袁氏,因得親炙秦璞翁及先生,日聞研討,感染綦深。二百年來滇南學术日益光大,遥承師、王兩先正緒餘而不墜者,賴諸老也。今也秦、袁已逝,獨先生壽晉八秩,巋然靈光。西南人師而兼經師,捨先生其誰屬耶?奉命爲序,綴於卷尾,略述如是,恐不足以盡萬一。辟咡教之,則又幸矣。

一九五八年二月九日丁酉臘月二十一日昭通後學張連楙希魯謹序並書

# 北遊搜訪文獻日記再抄本書後

戊戌秋，摯友張君希魯出示晉寧方臞仙先生《北遊搜訪滇南文獻日記》抄本二册，並示所爲後序一文，窮源竟委，情真性摯，發人深省。閱張君後序畢，隨展誦日記，深佩臞老一生恬淡，以愛滇愛鄉之熱忱，從事著述，有關鄉邦典籍。現壽將躋八旬，而數十年如一日，無稍懈怠，其邁進壯志，足爲後學楷範。憶昔年張君北遊歸，曾道及追陪先生徧遊南北各地，搜訪滇賢遺文軼事，藉供新纂滇志等書之資料，卒竟其業。厥功甚偉，已詳具張君序文，勿俟余之喋喋。未幾，余應召赴昆明，參加省人代會，拜訪一見如故，挹其言論風采，如坐春風，並承惠所著詩集及《錢南園年譜》，雅誼高風，令人振奮。其遊記原抄本已寄還，休會後，仍假張君重抄本細讀之，獲益尤不尠。知先生凡對每一事物，皆精細周詳，如輾轉抄歸楊文襄公遺稿，與詳證保山吴樹聲《歌麻古韻考》，爲王灝誤收入苗仙麓所著等類，不勝枚舉。而於搜求文獻之奮勇精神，更非恆人所能企及。在暴風雨中隻身往望江，竟獲師荔扉先生諸秘籍。先生搜訪之暇，直上峻峭之華山，漫遊梅林於鄧尉，與夫登泰岱、匡廬，攀雲岡、伊闕，謁故宫，遊西湖等勝況，表現熱愛祖國錦繡河山之大之古之美，愈見先生風度灑落與率真性情，時時流露於詩文中，雖屬事過境遷，然其訪求文獻之苦衷，亦自足千秋耳。先生著述等身，已知者有《南詔備徵志》、《續滇文叢録》、《歷代滇詩選》、《歷代滇遊詩鈔》、《滇南碑傳集》、《續集》，楊文襄公、擔當大師、錢南園、師荔扉等年譜，《滇南書畫録》、《滇賢象傳》、《滇賢生卒攷》、《滇南茶花小志》、《滇南紅豆集》、《師齋隨筆》、《晉寧詩文徵》、《晉寧州志》、《學山樓文集》、《詩集》、《北遊搜訪文獻日記》、《滇聯叢録》、《滇諺彙鈔》等二十三種，總二百餘卷，或已刊行，或俟排印，皆精博詳贍。近正編纂者，尚有《太華山志》、《和衲山志》、《海口河志》、《滇會痕影録》，陳虚齋、趙樾邨兩先生年譜、《臞仙年録》諸稿，於以見先生著作之富也。余於百忙中抽暇再録此副本存閱，儼如與之晨夕晤對，商量邃密，俾得古爲今用，其愉快爲何如。録既竟，張君囑述梗概，爰不揣譾陋，略誌所知，並縷叙先生生平之著述，以備查考云。

一九五九年五月十日（陰曆己亥年四月三日）謝文冏飲澗識於昭通犖學齋

# 附編

## 一九三八年臞仙先生賜書

希魯先生台鑒：久疏音問，渴想殊深。前奉尊甫詩章，樹五先生為選兩首入《詩叢》。未幾而先生即病歸道山，今忽忽又數月矣。昆華騷壇，大為寂寞。北望神州，倭氛彌漫。回憶吾兩人遨遊岱華、廬山、西湖諸勝时，不勝今昔之感。吾輩窮酸好遊，其福可謂不淺矣。又承賜來貴縣志一部，當拜百朋之錫。近來古物有新發現否，廣施化雨之餘，佳作定珠穿累累矣。肅此，並候著祺。吉暉諸兄並祈代問。

弟方樹梅啓

一九三八年臞仙先生賜書

## 重陽後一日登螺峰懷希魯得四十字

長空晴萬里，螺髻補登高。小飲黄花酒，新題緑豆糕。兩心千載共，逸興九秋豪。訪古荒臺上，安禪紀咒蛟。

臞仙方先生贈此詩，蓋在一九五七年秋季成初母梁紹美攜成初赴昆明晉謁後時也，不覺距今已十五年矣。

一九七三年六月九號張希魯記

重陽後一日登螺峰懷希魯得四十字詩

## 壽方臞仙先生七古一首

壽方臞仙先生詩

鄉賢遺文久未收，先生五十南北遊。南及越海北燕山，訪問陶廬與太炎。小生何幸得追隨，滿載珠璣盡攜歸。編入滇志篇累累，復寫遊蹤系以詩。等身著作播海内，人人景仰承訓誨。紅豆遍貽天下士，我亦受賜列後輩。馳書共頌紅老人，八旬已過望九旬。步履輕翔健猶昔，靈光巋然八千椿。

一九六三年六月三十號張希魯未定草

## 臞仙方樹梅呈稿時年八十又二

一九六二年六月上旬，勝利堂合開全省人民代表、省政協全體委員大會，希魯蒙特邀，偕飲澗聯袂而來，喜得五律一首，録乞希魯兄郢正。

一九六二年方樹梅詩

勝利非常會，偕來玫古家。箇中思謝眺，望外喜張華。衛國心同熱，支農力倍加（二事會中大要件）。昇平歌復旦，競放幾枝花（毛主席號召百花齊放，吾輩亦競放幾枝）。

按臞仙方先生誕生於清光緒七年辛巳（合公元一八八一年）六月初三日。北遊搜訪文獻時五十四歲，卒於一九六七年六月，享壽八十七歲。晚年一般稱爲紅豆老人，先生即以自號。

一九七四年十一月四號張希魯

# 臞仙年録卷一

樹梅姓方氏，字臞仙，號雪禪，一號梅居士。世居晉寧西北里許之鶺䳭廠，聚族而居。始遷滇祖諱李，妣氏高。相傳桃、李、梅、杏四昆弟。原籍河南洛陽人，乃周大夫方叔之後。宋南渡遷浙，繼遷蜀，居重慶巴縣東門外。明洪武初，李公以武職，隨沐黔國公英從征至滇。滇平，分屯晉寧，偕祖妣高，卜築鶺䳭廠。

攷鶺䳭，即䳭鳩也，今滇池中尚有之，緣此地爲滇池南涯，地較高，恆有䳭鳩鶺翔其上。元張立道疏濬海口後，地露出愈高。始祖考妣悦其宏敞可聚居也，乃卜居之，名方家營。始祖考妣卒，葬縣東象山。生子六。據碑，所生六子分爲六支，長支傳至世啓止，四支傳至文燁止，五支無可攷，所可攷者，二支、三支、六支耳。

四世祖諱整，字東庵，成化十二年歲貢，官直隸壽州州判。又諱端，字友正，號學樵，正德癸酉舉人，官大定州知州，著有《學樵詩集》。七世祖諱世瑜，字握之，號方山，明季諸生，與邑人唐泰相友善。明亡，隱居方家山不出，著有《方山吟稿》。

十三傳至高祖諱啓，妣氏楊。曾祖諱希皋，妣氏李。祖諱湄，字隱濱，妣氏李。父諱秉孝，字行先，晚號農髯。三代皆諸生。

父精音詁掌故，性不悦制藝，淡於進取，授經鄉塾，裁成後進甚衆，著有《盤龍山紀要》、《詩經音釋異同》、《鶵睢村舍吟稿》。母氏葉，金砂邨葉公發新女。

伯父諱秉忠，伯母氏蘇，城内蘇公毓璜女。

葉孺人生梅兄弟六、姊一。長樹德，字潤齋，配吴氏。二樹本，字紹先，配蕭氏，妾宋氏。三樹穀，字藝五，配趙氏。梅行四。五樹猷，字克齋，配楊氏。六樹功，字紀青，配李氏。姊行二，樹貞，字含章。

**光緒七年辛巳　一歲**

父在金砂帝釋宫授經。六月初三日（六月初三癸巳，西曆一八八一年六月二十八日，星期二）生鶵睢廠之夢亭舊廬。

夢亭公諱學周，字愚谷，夢亭其號也。爲梅從伯曾祖。乾隆癸卯優貢，考充鑲紅旗官學教習。期滿，選授河陽教諭。中乙卯鄉試舉人，歷任河西、建水教諭，補賓川學正，擢麗江教授，推陞四川射洪縣知縣，調署茂州，兼攝汶川縣，復本任，年八十二，終於官。生平與河陽段可石（琦）、趙州師荔扉（範）、保山袁蘇亭（文揆）、昆明錢芷汀（允濟）、萬香海（本齡）、宜良嚴匡山（烺）、彌勒樂固坪（恆）、新興馮楏園（承恩）、麗江馬子雲（之龍）、同邑趙覺莊（蘧）、何魯岩（鍾泰）、張溟洲（鵬昇）、段七峰（時恆）諸先生相友善。工書，能琴，詩文尤長，著有《夢亭詩文集》。

父生道光乙未六月十一日，四十七歲。母生道光甲辰二月初七日，三十八歲。大兄生同治丙寅八月初七日，十六歲。

姊生同治辛未十月十三日，十一歲。二兄生光緒乙亥八月十五日，七歲。三兄生光緒戊寅十一月□日，四歲。

**光緒八年壬午　二歲**

父在金砂村授經。

**光緒九年癸未　三歲**

父在金砂村授經。

弟樹猷，正月十八日生。

**光緒十年甲申　四歲**

父在桂林村望鶴宫授經。

**光緒十一年乙酉　五歲**

父在桂林村授經。

**光緒十二年丙戌　六歲**

父在桂林村授經。父授《卿雲》、《擊壤》諸歌，能記誦。

六弟樹功，六月初八日午時生。

**光緒十三年丁亥　七歲**

父在永和邨中央宫授經。晚歸，取沈德潛《古詩源》，摘授古歌謡，略能會意。詩學蓋植基於此。

**光緒十四年戊子　八歲**

父在永和村授經。

梅夕受庭訓，讀蒙學諸書。

**光緒十五年己丑　九歲**

父在永和村授經。夕受庭訓，讀《學》、《庸》。

**光緒十六年庚寅　十歲**

父在本村祖祠授經。

受庭訓，讀《兩論》，並選授唐詩。

**光緒十七年辛卯　十一歲**

父在祖祠内授經。

受庭訓,讀《兩孟》,並司空圖《詩品》。

七月二十七日,先伯秉忠公卒,生道光丙戌六月十五日,年六十六,與父極友愛,父極痛悼。先伯生四女,無子。長適歸化賈保順,次適邑庠生東大營吕簡,三適同村毛雲,四適西城維湘。

同邑錢平階(用中)、宋鏡澄(嘉俊)兩先生,中鄉試舉人。平階柴河濱灣村人,父母早喪,倚省垣從兄錢沛霖讀,因寄學昆明。

父偕村衆重建東寧庵。庵前明正德中友正公創建,明季燬於兵。康熙間重建,咸豐初燬於回。至是凡三建。

**光緒十八年壬辰　十二歲**

父在祖祠内授經。

受庭訓,讀《毛詩》,並選授唐詩。父選《唐宋詩精華録》十卷。姊適城内僑寓省垣蘇壽。

**光緒十九年癸巳　十三歲**

父在祖祠内授經。

受庭訓,讀《尚書》。

父纂《盤龍山紀要》四卷成,自序謂一邑之名勝,與一邑之文化有關。

州牧嶺南劉蔭堂(安科)調署太和。父以劉牧在任多善政,邀邑中紳士赴省,具呈各大府挽留,未蒙允准。

**光緒二十年甲午　十四歲**

九月十五日巳時,父病故,年六十。

是日早飯罷,梅牽牛牧於石頭路小溝埂。心頻頻動,急牽牛歸，父已氣絶，千呼而不一應，伏地痛哭不能仰。每見母哭則哭，見諸兄哭則哭，見諸弟哭亦哭。夜間與五弟同寢，每每夢父，牽衣大哭，致驚弟醒而同哭。

**光緒二十一年乙未　十五歲**

先君謝世後，諸兄督學不廢，與五弟、六弟，昕夕同寢興。

母治家嚴，時僅長兄、二兄婚，督之耕耨不稍寬。

十二月二十七日，葬先君於白沙山。

**光緒二十二年丙申　十六歲**

母以先君謝世後，學雖有諸兄督課，終以爲未善，送郭明經建侯（之屏）師門下肄業。讀《周易》。自此學爲制藝文、試帖詩。

**光緒二十三年丁酉　十七歲**

段孝廉受之（天祐）師在錦川里授經，母以外祖母孤獨，命往受業，俾朝夕侍奉，稍博其歡心。是時讀《禮記》。

**光緒二十四年戊戌　十八歲**

段受之師北上會試。長兄聞呈貢可樂村李孝廉翊清（源）師授經嚴，送往受業。讀《四書朱注》。

邑前輩宋鏡澄（嘉俊）先生，會試中第十七名進士，授刑部主事。

**光緒二十五年己亥　十九歲**

續受業翊清師，讀《四書朱注》。

梅性不悦制藝，喜看《東周列國》、《三國演義》、《儒林外史》等。

**光緒二十六年庚子　二十歲**

太和張用丞（汝厚）師授經永和村中央宫，從同族楊廉泉（德清）兄之約，往受業，讀《春秋三傳》。

**光緒二十七年辛丑　二十一歲**

續受業用丞師，讀《春秋三傳》。

是年二月，應州試，五場畢，列第十一名。

四月，雲南府試，五場畢，列第六名。

九月院試，首場頭題《斯無邪慝矣，孟子曰由堯舜》（此題爲截搭題，清中葉以後，小試多以此難應試者，閲其文能用意聯貫否），二題《富歲子弟多賴》。試帖詩題《秋至試清砧得砧字》。首場列第四名。

覆試題《子路無宿諾，子曰聽訟》。限一小時，作一小講。以第二名入邑庠。第一名何作楑，以監生應鄉試，薦而不售，來補院試也。提學乃山東田公智枚，翰林院檢討。是科鄉試，用丞師中式舉人。

十二月，内子李氏來歸。氏呈貢歸化安江邨李公觀國長女，壬午十一月初六日戌時生。余以冬卉名之。

**光緒二十八年壬寅　二十二歲**

在祖祠内課族中子弟讀，課餘閲《御批通鑑輯覽》、《老子》、《莊子》、《荀子》、《古文淵鑑》、《唐宋八家文鈔》、《各國政治藝學全書》。時清廷廢制藝，改試經義策論，自此習爲古文詞。

先君舊藏師荔扉先生《滇繫》、袁陶邨、蘇亭昆仲之《滇南詩文略》，心好之，閲誦至廢寢食，留心滇南文獻自兹始。

十月，生子，數日殤。

族兄卿雲，由茅屋簷中尋出夢亭公《桐陰覓句圖》，與克齋、紀青兩弟欣賞。圖後昆明黄矩卿先生（琮）題七古云："先生八十風貌古，爲愛青桐結茅宇。丰神酷似孟山人，依樹閒吟聽疎雨。少年走馬長安陌，推敲是處逢詩伯。懷才不改儒生酸,長鋏羞從門下彈。焦桐何處求知己,捧檄無妨就冷官。明湖照人清且潔,愛爾漣漪不忍别。一鞭遥指玉龍山,從此詩腸沁冰雪。青雲得路又西川,父老爭誇明府賢。碧桃徧種安仁樹,緑綺頻揮宓子弦。計拙催科不草草,陽城自願書下考。便辭軒冕亦欣然,歸去碧雞金馬間。暇日琴書有樂趣,田園守拙安吾素。陶冶全憑三徑花,盤桓時撫孤松樹。夜深得句紙窗寒,桐葉無聲墮清露。”上款稱“愚谷外姑祖”,矩卿爲戴古邨甥,夢亭公爲古邨姑父也。詩於夢亭公仕歷、標格、趣尚,尚抒寫略具,垂爲家乘,吾族有光矣。

**光緒二十九年癸卯　二十三歲**

續課族中子弟,閲《正續古文辭類纂》、《經史百家雜抄》。

八月,應鄉試,不售。

五弟肄業學正浪穹段潤庵(履富)先生門下,習經義策論。

潤庵先生舉梅優行生。

母以梅兄弟婚嫁已畢,樹大分枝,乃家庭之盛,析居各立門户。母輪流奉養。大兄、二兄、五弟,同居東寧庵前新屋。三兄營東茅屋三間。梅與六弟,同居夢亭舊廬。各分田十二工。母督責甚嚴,男婦長幼,耕者耕,讀者讀,織者織,數十人無敢怠惰。梅自幼皆讀不廢耕,偕内子耕田十工。秧田在小海尾閭,撒秧露秧,曳龍骨車車水,汗滴如珠。拔秧分秧,雨泥路滑,擔約里許之遥,肩痛足軟,猶掙扎爲之。穫稻能擔一小堆,小堆者,以五十把堆之而後挑。次年拔麥割菽,皆領工同作。内子養雞畜豚,倍覺操勞。

**光緒三十年甲辰　二十四歲**

閉户讀書,閲《資治通鑑》、《漢魏叢書》、李善注《文選》。

五弟吳學使魯歲試，以經義策論入邑庠。

學爲古近體詩，存稿自今年始。

女瓊芝，半歲殤。

**光緒三十一年乙巳　二十五歲**

高等學堂肄習經史策論外，閱賀藕庚（長齡）《皇朝經世文編》、齊次風（召南）《水道提綱》、李申耆（兆洛）《李氏五種》等書。耕種收獲，放假回家，仍習之不廢，内子較往年苦。

族兄卿雲家，由省攜回舊雜中，撿得夢亭公詩初稿百數十首。悉心裝潢寶藏，別鈔副本，時時盥誦。公詩完本，爲族兄慶雲充州署書吏，光緒六年呈獻知州河南方城進士周華林。周公致仕歸，未還。每一思之，不禁太息者再。

**光緒三十二年丙午　二十六歲**

清廷令各省開辦優級師範學堂，造就中學教習。時本省已成立全省學務處，總辦爲貴陽陳崑山（燦）廉訪兼任，秉承總督，以五華書院爲學堂，令各屬選送學生二人。州牧朱知緒，選送肄業。總教習昆明陳虚齋（榮昌），教務長李厚安（坤），齋務長南寧孫少元（光庭），經學教習則東川倪宣三（隆德），史學昆明吳益齋（暹），國文昆明李勉齋（學仁）諸先生。虚齋先生聘來日本教習三人：江布淳夫任文學，河合絹吉任理化，池田太郎任博物，皆各有一人翻譯。虚齋先生旋奉命任貴州提學使。雲南提學使則仁和葉伯臯（爾愷）。葉提學到任，裁學務處總辦，改學務處爲學務公所，隸屬提學使署，設總務、圖書、實業、會計各科，每科科長一人，科員若干人。

内子耕作如故。梅暑假還家，仍耦耕。在省零費，餘糧出售所資。

梅入學堂,性與科學不近,時時鑽研國學不敢廢。雲南文獻,自閱《滇繫》、《滇詩文略》後,遂不覺其好之篤,而好游古書肆自兹始。是年,得安寧楊文襄(一清)《石淙詩鈔》、昆明李即園(元【於】陽)《即園詩鈔》、謝石臞(瓊)《彩虹山房詩鈔》、尹退谷(尚廉)《玉案山房詩鈔》。

**光緒三十三年丁未　二十七歲**

優級師範,學部原定五年畢業,因各省初級師範及中學師資缺乏,改爲選科兩年畢業。葉提學奉學部令攷試,分爲數理化兩班,博物、史地、文學教育各一班。自本年七月起,前年半作爲預科,以後爲本科。梅攷入博物班。

劍川周惺庵教授心理,江西新建范進士藕舫(金鏞)教授圖畫,通海張希庵(士麟)教授數學,博物仍池田太郎。

梅性喜文學,初分博物班,頗不懌,習之久,多識草木鳥獸之名,亦饒有興味。十月十一日,池田先生率本班學生,旅行採礦。由省出發,經馬街,而碧雞關,而安寧溫泉,而禄豐老鴉關,南折至易門,東折至安寧八街,向南至昆陽荒川,抵新興,東折至昆陽新街,而晉寧,而呈貢,二十八日返省。於易門銅廠,所獲較多,次則鐵礦、水晶、石英,而動植物化石,亦得數種。是年,昇平坡得安寧段浴川(昕)《皆山堂詩集》、寧州劉寄庵(大紳)《寄庵詩文鈔》、師宗何丹畦(桂珍)《續理學正宗》。圓通寺街得鄧完白(石如)題徐禮《水墨竹石》,鄭鑄《白描羅漢四體詩册》,乃師荔扉先生故物,後歸張溟洲先生,兹爲梅所得,殆前輩有所陰相與。介庵師爲之跋。

吾邑王雪廬先生,工四體書,尤擅長鐵筆,書院街得《書學印譜》,蓋以印譜闡明書學,與徒逞紅書者迥異。

## 光緒三十四年戊申　二十八歲

肄業優師選科，英文、數學等已裁，以動植鑛生理理化爲主。池田太郎辭職歸國，博物以姚安由夔舉(雲龍)、保山張君翔(鴻翼)繼任。夔舉先生兼授論理。

十月十三日戌時，懷民兒生。

四川慶符舉人田建侯(亮勳)來署州事，頗蒙垂青，每造訪，留飯極惓惓。余纂《晉寧鄉土志》，照章分歷史、地理、格致三門。呈提學使鑒定後，作高等小學課本。是年，書院街得昆明錢芷汀(允濟)《觸懷吟》、黄文潔《蜀游草》、戴雲帆(絅孫)《味雪齋詩鈔》、徐勉齋(有功)《太華山詩紀》。《觸懷吟》中有爲夢亭公作畫題長句以贈七古云："君家昆池南，我家昆池北。衡門相去不百里，隔水互見青山色。春草香，秋樹碧。昔日共飲昆池水，祇今同作天涯客。燕市相逢意氣深，笑我落拓君垂翮。短衣長劍氣自豪，未遇寧逃俗眼白。酌酒與君君勿憂，君才精粹瑩天球。東風會見歸瀛洲，天禄石渠待博搜。今日爲君歌且畫，不作方壺縹緲界。但寫昆池兩三峰，天間雲淡漁樵話。贈君仿佛對家山，家山風景日往還。惟期白首投簪日，相與垂綸秋水夕陽間。"兩公交情學問，具見於詩中。

## 宣統元年己酉　二十九歲

肄業優師選科。本年博物重實習，加授教育學、管理法。呈貢秦璞安(光玉)授教育學，恩安蕭石齋(瑞麟)授管理法。八月期滿，畢業總分數得七十一分零，列優等。最優等，照章已得獎勵舉人。優等、中等，俟三年義務滿，獎勵舉人。

《鄉土志》脱稿，田牧爲呈提學使鑒定批准，正擬籌款付印，因調任建水，事遂寢。

書院街得宜良嚴匡山(烺)《紅茗山房詩鈔》、蒙自陸稼堂(應穀)《抱真書屋詩集》、吾邑何子縵(彤雲)《賡縵堂全集》。《匡山集》中,有與萼亭公唱和者六首。《澂江學舍留别》結句云:"鄭公書法詩兼妙,欲去能無一一求。"萼亭公工書善詩可見矣。

## 宣統二年庚戌　三十歲

州牧安徽合肥舉人黄君博(乾濟)聘充晉寧教育研究會會長,兼講員。四鄉初小教員於算術、教授法,尚須研究補習,因以梅承乏。每星期日,假文昌宫桂香樓爲教室,講教授法、算術各一小時。

八月八日,外祖母田太孺人壽終。太孺人無子,僅生吾母一人。晚年吾母迎養到家。七月,太孺人思歸切,留弗許,一家皆泣,肩輿送歸,吾母侍奉在側。臨終,謂吾母爲孝子。太孺人生道光壬午六月二十八日,年八十七。

十一月,錢平階先生邀梅任《雲南日報》編輯。報館在祖遍山大德寺鹽龍祠。余《登大觀樓》七絶云:"雲山從古興亡恨,都在髯翁憑弔中。畢竟滄桑經幾變,至今滇水不朝東。"有候補吏署名"東南來客",投《書後》五律云:"窮憂通世變,聳句帶哀音。詞客啼鵑似,中原牧馬侵。旌旗空憶漢,興廢感於今。我亦酸心士,何堪續汝吟。"

内子耕田五工,遇農事時襄助耕作,内子笑謂力尚如舊云。

## 宣統三年辛亥　三十一歲

雲南教育總會遷大東門街長春坊下前鑛務衙門。《雲南日報》爲教育總會所辦,梅任總編輯。平階先生約香山孫仲瑛(璞)、宣威繆寄安爲撰述員。

騰越李印泉(根源)同門,日本留學士官歸,任講武堂總辦,作思沐小墅於翠湖畔,時相過從。得新興雷石庵(躍龍)尚書之《葵谷草》,贈印泉,印泉與騰越胡二峰(璇)侍郎之遺著,編爲《雷胡合刻》。

九月九日,雲南改革,《日報》停辦,遵母命回家。改革後薙辮髮,梅自是留髭。

歷年購書約萬卷,目後披覽四部,日繁不備録。余搜羅滇先賢著述外,尤加意購求各府廳州縣志乘,考察各地方之政治、經濟、教育、文化、風俗等。非取資於各志乘,不能得其真確。近兩年來,得各志乘三十餘部。

# 臞仙年録卷二

## 民國元年壬子　三十二歲

學政司司長李適生(華)、副司長陳墨軒(文翰),委任晉寧勸學員長,兼州視學。本夙昔作育地方之志,努力從公。知州事者爲四川舉人范裕如(光輝),照會任事,梅建議靡不采納,推廣四鄉小學二十餘所。未幾,范知事卸任,繼之者爲桐城姚星伯(煌)。時縣議會謀奪教育款産,姚牧未能維持,與議會互控於省長公署,得教育司批斥議會,教育款産未受損失。案定,力辭者再,始准。

十月,教育司長周惺庵師委梅充司署總務科科員。李軒民(承祜)師賜自用數十年墨盒。梅從學有年,蓋傳衣缽也。

## 民國二年癸丑　三十三歲

正月,謁劍川趙介龕(藩)師於華興巷寓廬,入門下受業。師謂在大理時,即聞李雪生(印泉號)稱梅嗜古,於滇南文獻鋭意搜羅,特加青眼。以《夢亭公遺集》乞叙之。

四月,昆明勸學員長兼師範校長陳肅安(怡恭,虚齋師之姪)以錢平階先生薦,邀任昆明師範學校學監兼國文教員。時師範兩班,姪軒民在二班肄業。住宿文廟尊經閣後府學教諭署之“不冷堂”,石屏張竹軒(舜琴)先生取杜詩“廣文先生官獨泠”句，反其意而名之。先生道德文章，爲時所稱，改革後殉節，《清史·忠義》有傳。

是年，與昆明華文安（世堯）、何小泉（秉智）兩君訂交。

舊督署前得河陽李瀛仙（發甲）《世恩堂詩文集》、段可石《可石小草》。

**民國三年甲寅　三十四歲**

昆明師範學校任學監兼國文、修身教員。

《方氏族譜》編成，分宗系、宗世、祠宇、墳塋、家傳、榮典、外譜、雜録八門。祈介盦師序。《方氏族譜》雍正間延禮公纂修，咸同兵燹被燬，先君有志未逮。梅詢族長，鈔祖碑，閲數年始成。祈介盦師序，謂：譜宗系則斷自始遷，不旁援顯貴；維宗法則訂立條教，簡易而易行，蓋於古人尊祖敬宗合族之義、譜牒之學，皆深有合焉。雲南世家大族，多未有譜。梅所入目者：新興雷氏，羅平竇氏，昆明周氏，昆陽李氏，通海張氏，吾邑則段氏、黄氏、唐氏。唐氏人才極盛，族譜之善，冠於滇南，昆陽李復齋（文耕）先生亟稱之。編譜一本其例，梅與王紹湯（國銘）姻兄所纂宗系、宗世，皆本唐氏，其他多本靈水吴氏譜。

四吉堆得蒙化彭印古（心符）《松溪集》、張退庵（端亮）《撫松吟》。

五華坊古書店得師荔扉先生畫山水立軸，自題：“前輩作畫，多仿擔師。馬椿樹，薄刀山，遂成滿紙惡嶺。不知此老胸中，别有寄託也。癸丑□月作此，亦用擔法，存篋中者二年，今歲始爲檢出。或謂似倪雲林，質之預兄以爲何如？乙卯六月，荔扉師範寫並識。”先生工畫山水，昔人皆未得知，梅得此狂喜。趙介庵師題七絶二首,陳虚齋師題七絶一首並賀新涼詞,袁樹五先生題五絶四首,周惺庵師題七律一首,趙弢父(式銘)題五律二首。

**民國四年乙卯　三十五歲**

昆明師範附設講習科,兼授博物。七月,率完全科諸生,偕肅安校長到太華山採集植物標本,住華亭寺七日。華亭原係段氏相高智昇别墅,段運告終,高氏賢裔捨而建寺,上樑日有群鶴翔集,詫爲華亭仙翮,故名。楊升庵(慎)先生聯云:“一水抱城西,煙靄有無,拄杖僧歸蒼茫外;群峰朝閣下,雨晴濃淡,倚欄人在畫圖中。”道咸間寺僧岩棲工詩,與林文忠(則徐)、吳和甫(存義)諸公善。呈貢孫銕洲(鑄)寫刻岩棲詩碣,嵌於禪堂。其塔距寺大門外百餘步,有林、吳及戴古邨(淳)、畢星樓(應辰)諸公詩,可爲山川增色。

石屏袁樹五(嘉穀)先生,見梅捐雲南圖書館滇賢書畫多而且精,心相慕久矣,談滇南文獻甚契,自是與先生交。

趙介盦、陳虚齋師,李厚安、袁樹五先生等,發起輯刻《雲南叢書》。省長唐蓂賡(繼堯)聘介庵師爲總纂,虚齋師爲名譽總纂。秦璞安師,李厚安、袁樹五、顧仰山、錢平階諸先生爲編纂審查員。專集照四庫分類,不能刻入專集之詩文,選爲《滇詩叢録》、《滇文叢録》、《滇詞叢録》三種囊括之。梅歷年所得滇先哲著作廿餘種、零篇詩文五巨册送選刊。

**民國五年丙辰　三十六歲**

昆明師範學校任學監,兼國文教授。

九月初二日,李軒民師病殁省垣。師工吟詠,著《偶然吟詩集》。五弟、六弟,同受詩學於門下。前年在家,出廿年前所釀醇酒，邀其甥郭維周（之楨）共飲。師未出山時所釀，書罎上曰“他日致仕歸，邀二三知己共飲”云云。師待梅如父兄之於子弟，山頹木壞，痛也何如。

保山張愈光詩，楊升庵先生亟稱之。升庵選其詩文集，《叢書》中已刻行。梅得石屏許秀山先生選本一册，前有自序。秀山有《賜硯堂詩文集》，觀此選，知於愈光詩亦嗜之篤。

師荔扉先生《金華山樵前後集》、《二餘堂詩稿》，先生後裔師一清（源）及昆明蔣懷若（谷）所得，所闕甚夥。梅於昇平坡古書肆，又得《朝天集》上下，《選人前集》上，《後集》上下，《二餘堂詩稿》，共五卷。介庵師統編爲二十七卷，刊入《叢書》，闕者仍虚其次以待。

趙州谷西阿（際岐）先生，掌教五華書院，夢亭公肄業門下。西阿官給事中時，夢亭公春闈四次未第，將歸滇，先生寫《仙禽圖》以贈。跋云：“夢亭老友舉進士，連不得志於有司。於其歸也，爲寫《仙禽圖》以贈。轉瞬聲聞於天，端卜諸此，尚其養羽修翮，無懈飛鳴之志，是所佇盼也。”咸同兵亂散失。今秋，余得於古肆，喜其合浦珠還，請趙介庵師爲題二絶云：“西阿畫鶴南園馬，自是高人自寫真。相者舉肥驚刮目，怪他愈瘦愈精神。”“鶴是長生松不凋，霜天清唳徹雲霄。寶藏稱餉方三□，閲過滄桑又九朝。”

**民國六年丁巳　三十七歲**

昆明師範甲班畢業，添招丙班新生，續任學監兼國文教授。

昆明某，迷信堪輿，謀買和衲山萬松寺遺址爲塋地。梅以萬松寺爲最古名刹，志載建於唐，元蓮峰祖師至和衲，即卓錫此寺，道光間失慎而燬。幼年先君攜游，即愛其地之勝，蓄志糾合邑衆重建，遂發函聯合四鄉紳耆，出而反抗。吾母首捐多金。四鄉善姓，踴躍輸將，定期興工。梅草募引，開會推舉各鄉村勸捐經理人員，分任其事。

七月，祈介盦師書"愛日堂"額。師跋云："記曰：'孝子愛日'。方希直先生有《愛日堂詩》，傳誦無斁。吾友方君樹梅，與弟樹猷、樹功，孝友能詩，書此詩於其奉母之堂，而囑余以'愛日'牓焉。是時君母葉太孺人壽幾八秩，康强逢吉，有子六，女一，孫十八，曾孫二，怡怡色養，顧而樂之，洵家祥人瑞，萬金不易之日矣。予以鮮民，爲君書此，蓋不勝慨慕交集云。"

**民國七年戊午　三十八歲**

二月二十七日，萬松寺大殿上樑。

懷民兒正月初十日病，至二月終病始痊，因辭昆明師校各職。

會澤魏南金孝廉（錕）來署縣事。《晉寧州志》，自博白朱公肯堂（慶椿）道光壬寅重修後，迄今七十餘年。其間兵燹屢經，人事遷變，更無所紀極。在昔屢議續修，均以款拙而止。攷獻徵文，及今已嫌太遲。恐遲之又久，愈難爲役，與李伯貞（培元）發起，請魏縣長總其事，集各機關人員、各學校管教員，及四鄉紳管開會，以修至宣統辛亥止，爲國體一大段落。衆贊成並決議，撥定本年糧股息銀一千八百餘十元爲的款，於四月朔日開局，先辦採訪，由梅擬採訪條例，印發各機關學校及四鄉紳管，按照所擬採訪。賡續延聘陳虚齋師爲總纂，送修敬六百元。伯貞、郭維周、張伯華（含英）與梅爲分纂。體例照昆明新修所定者，伯貞任政典、物産、官師，維周任戎事、選舉、五行、塚墓，伯華任方輿，梅任人物、藝文、金石、古蹟、襍志，薪金各二百元。

七月，以先君《盤龍山紀要》，祈介庵師序，並祈撰先君墓表，蒙賜序一、表一。

八月望日，邀師游和衲，以有事嶺南不果。

團山王濟川（汝舟）先生以名進士出宰四川蒼溪知縣，因案忤上峰罷官，主講瀘州書院。著有《半園吟草》，身後其子扶櫬歸，稿爲孫女婿昆陽段鶴邨攜去。濟川少子家綦貧，梅給資始往昆陽索回。選詩一百八十七首，編爲二卷，序而印行。先生才雄氣猛，學又足以副之，爲晉寧道咸間一大作手。

**民國八年己未　三十九歲**

修志採訪粗就緒，著手編纂。舊日人物，寥寥數行，多方搜採，臻於翔實。道光以前人物增補不少，道光以後採録尤多。所增採者，皆注明其根據。

先君《盤龍山紀要》刻成。

祠堂建誦芬樓、述德堂，樓額介盦師書，堂額陳虚齋師書。

河西廠何紹先（述祖）家，得何進士魯巖（鍾泰）詩三首。城内趙銘家，得趙太史覺莊（蘧）詩五首。黄誠之（中孚）藏《黄氏族譜》中，得黄性之（敏才）、明賢、明良，黄鵠詩十餘首。金砂王仁齋（澤沛）藏《王氏族譜》中，得王同三（圖一）、王嚴庵（壽運）、王恭庵（壽祚）、王佑勤（肇曾）、王明遠（坦）詩十餘首。

**民國九年庚申　四十歲**

編纂州志藝文、金石各門。梅於滇南文獻，嗜之成癖，時時留心搜採。於晉寧先輩詩文，所獲尤多，隨時録送"輯刻雲南叢書處"，冀多收入，以爲晉寧光。舊志詩文，增補約三倍。

新增金石。舊志州屬各金石文字，雖多採入藝文，然遺漏者不少。如金砂山寶嚴寺之元碑，極爲名貴，皆未之載。此外，西門外法輪寺、大西村西寧寺、和衲山萬松寺皆有元碑，前人不録其文，而文多湮没，最爲可惜。又舊志載梅谷書院，昆明張淑有記；唐氏以敬墓，吏部王九思有碑，亦未録文。梅親至其地，搜訪未得，不勝浩歎。古蹟、禨志均脱稿，繕交總纂。前後領薪金百五十元。餘五十元，因無款項缺領。

八月，大東門張氏古董肆得張溟洲先生《大海觀瀾圖》册。中有阿迷萬南阿（承恩）、昆明文望山（鍾運）、石屏陳海樓（履和）、建水倪懷民（思淳）、吾邑趙覺莊之詩，與夢亭公駢文一跋，鈔收《滇詩文叢》。

《夢亭遺集》刻成。

冬，樹白沙山先君墓碑。

十二月二十九日，刻介盦師撰、書《先農髯府君墓表》成。

**民國十年辛酉　四十一歲**

二月，樹玉案山祖父隱濱公、祖母李太君，及伯父秉忠公、伯母蘇太君墓碑。

介庵師代表唐總裁由粤返滇，函約襄助《叢書》云："航海歸來，晤小泉、允三諸君，詢知道履清嘉，潭府綏吉，至以爲慰。藩衰年遠役，家國兩無所裨，觸目傷心，即應逃世。以平生夙志，闡揚吾滇文獻，所事未完。一息尚存，允當盡力。姑蕆此役，而後褰裳。吾弟雅尚相同，知必有以匡我不逮也。何時得遂良晤，心焉企之。此間同人，皆跂望文旌之蒞止於館中，掃榻以待，希早賁臨也。"赴省謁師，師函教育廳委任叢書處編校員。

## 民國十一年壬戌　四十二歲

萬松寺完全落成，計正殿五，前樓三，東西廂樓十。自六年七月始，至今年十一月止，殿最捐入功德九千七百七十餘元。

土匪嘯聚縣屬永寧鄉，三月二十九日，群持鎗掠去大莊居民三十餘人。又四月五日黑夜，分股掠去觀音山牧羊村、小樸村、三多塘等村五十餘人，於玉溪嚮水，施以種種酷刑。探其富者，勒出贖命銀六七百元至千餘元一人，貧者亦數十元，或一二百元，否則置之死地而後已。被掠之家，産業變賣淨盡者甚夥，甚有銀交而人已死者。每日落未落，村村閉門野宿，以便匪來遠逃。方村近城如是，有詩紀其事。

趙州師荔扉先生，爲夢亭公先友，生平著述等身，《滇繫》一書，表彰滇南文獻，厥功尤偉。梅自幼心儀之，近年搜獲遺著多種，乃發願纂輯年譜。

十月大雪，懇介庵師畫梅，並稟輯其年譜事。師題畫二絶云："窗几通明是雪光，老夫薄醉倚胡牀。梅花寫贈梅居士，滿紙春風滿紙香。""年譜聞編師荔翁，滇南文獻此其宗。飢寒何與君家事，矻矻梅花香影中。"

荔扉先生著作，尚多未搜獲，事蹟亦多遺漏，成此初稿，隨時留心增補之。

縣知事石屏袁笙階（丕鏞）封翁允升孝廉，卒於晉寧官廨，梅往弔。偕樹五先生登景賢樓，覽山川，論人物，談及張溟洲先生之孫乏嗣，相與欷歔太息。適其嗣孫文焕，與其疏戚爭先生故宅遺基涉訟。梅夙有建祠之意，即與其嗣孫夫婦相商：能建祠，願鼎力維持。文焕夫婦欣諾。梅爲樹五先生言之，囑其小阮公判。爭者嘵嘵，控至高等審判廳。樹五先生終設法維持。案定，文煥夫婦籌款興建。

老母明年八十，祈介盦師撰壽序。十九日，蘇文忠公生日，壽蘇，介庵師有七古一篇，梅步韻和之。

縣署前立“漢益州郡滇池縣治故址碑”，梅祈陳虚齋師爲之書，款則縣長袁笙階所捐。

**民國十二年癸亥　四十三歲**

省會女子師範學校創辦女子初級中學，宣威繆季安（爾紓）同學由教育司科長出任校長，約梅任第二班國文教員。

二月初七，老母八十壽誕，袁樹五先生壽長律一首。

九月，第九届全國教育聯合會來滇開會，介庵師與副館長袁樹五先生商開書畫展覽會，聘梅爲徵集員。滇省書畫展覽破天荒，各收藏家送會展覽名貴作品，不下千餘件。閉會後，議擇精品而有關者，照印《滇南書畫集》。介庵師、樹五先生總其成，梅與何小泉、華文安、張雨甘（澍）襄其事。

寧州劉寄庵先生官山左，有“青天”之稱。《清史·循吏》有傳。先生工古文，詩有真性情，以養母告歸，主講五華書院九年，以詩古文倡導後進，選刊及門呈貢戴古村（淳）、昆明戴雲帆（絅孫）、太和李即園（於陽）、雲州楊丹山（國翰）、楚雄池籥廷（生春）之詩爲“五華五子”，外選肄業諸生詩一二首以至數十首者，爲《五華詩存》若干卷。梅得二册，幾近百人，選入《滇詩叢》。

嘉慶間，保山二袁先生選《滇詩略》，不録生存。有以人存詩者，建水張柏軒（履程），與貴州甕安趙質夫（本敭），别成《滇南詩選》，明二卷，清六卷，專以詩存人，生存者亦入選。《滇詩略》著名於世，兵燹後林贊虞（紹年）中丞籌資重刻。《詩選》名不著，兵燹後書亦稀。梅得之，中多可録入《滇詩叢》。前有柏軒詩評一篇，凡入選之家，俱有評語，尤具匠心。先伯曾祖夢亭公詩選四首，評云：摹寫工致，風韻流逸。

**民國十三年甲子　四十四歲**

五月，《滇南書畫集》編成，二十卷，由梅編作者小傳冠於首。在滇崇文印書館印出《楊文襄公致滕危言太守草書手札》、《錢南園先生撰業師王素懷楷書墓誌》兩册，餘擬由滬以珂羅板印行。

八月十七，柬介庵師暨五公子和甫（宗煦），華文安、何小泉兩同門遊盤龍。乘火車至萬灼村，紀青弟先備輿馬俟之。至呈貢，飯於三臺寺。是日滯雨，二鼓始至方村，信宿師齋。介庵師有《贈梅昆弟》詩云："清芬夢亭後，兄弟自相師。掃軌安家食，循陔倚母慈。温醇彭澤酒，真樸道州詩。老屋寒梅樹，天心歲晏知。"《方氏宗祠》云："鶺睢卜築誦先芬，衣德祠堂有紹聞。五百年來成茂族，芸香比户稼連雲。"《方邨》云："煙茗無寮溷肆門，百家耕讀古風存。南中鄉治萌芽始，端合題爲模範村。"十九日，家二兄、三兄、五弟、六弟（惟大兄因病未獲同游），下榻萬松寺門樓。懷兒採得紫芝一本以獻。介庵師喜甚，有七古一篇，以"詠芝"名其樓，題聯云："若有人兮，拜黄石公，揖赤松子；登斯樓也，歌紫芝曲，檢白雲篇。"盤桓三日，由牛戀鄉登舟返省。是游得詩：介庵師五十三首，華文安十首，何小泉九首，二兄一首，三兄一首，五弟二首，六弟十首，懷兒四首，和甫記一篇，梅八首，纂爲《盤龍游詠彙抄》，介庵師叙於首，梅跋於後印行。

十月，宜良馬俊卿（殿選）丈，柬介庵師、華文安、何小泉、五公子和甫及梅，游岩泉、雲泉二寺，所得詩文，小泉纂爲《宜良二泉遊詠彙鈔》印行。

十一月，四吉堆古書肆，得晉寧段七峰先生《鳴鳳堂詩集》十卷，《問斗吟》、《依斗吟》二册，《憶舊詞》一卷。先生少負才名，檀默齋（萃）、邵二雲（晉涵）弟子，與師荔扉、呈貢李芑泉（維新）、南豐譚子受（光祜）、錢唐馮星橋（曾復）、同邑趙覺莊、唐南溪（昺）諸先生契。年三十，卒於南溪太原官廨。無子。嗣子昭文（煜）亦負詩名。集前有默齋叙二，二雲、芑泉、星橋序各一，自序二。昭文爲劉寄庵先生弟子。祈寄庵爲之序。詩前列默齋、二雲及錢南園先生評選，眉有評語，惜未分别注明評人姓氏。昭文亦年三十而卒。此書爲昆明胡仰山（景賢）所得，仰山子寄售，以百金購歸。呈介庵師爲選詩三百二十四首，附昭文詩十一首，並加序收入《叢書二編》。

溟洲先生祠堂落成，十二月朔，舉入祠禮。先生牌位，由昆明船運至新街。張氏親串，以鼓吹綵亭、旗幟香花，迎至西門外鳳凰橋，官紳恭迓，迎祠安位，晉寧數百年未有之盛舉也。梅有文紀其事。

介庵師集蘇詩題聯云："惟存一束書，餘事後來當潤色；永言百世紀，先生舊德在民心。"袁樹五先生聯云："終不讓《橛庵草》、鶴峰文千古獨傳，以立功德言爲鄉望；且藉此滇池水、龍山花一尊同薦，是迤東西南之公心。"唐省長（繼堯）聯云："東魯口碑，與劉寄庵循良同傳；南天靈宇，爲滇池縣山水增輝。"梅題二聯：一、"創講院教施百世，賑水災功活萬家，其他惠閭里、卹交游，美勝書哉，報德祠於鄉，觀禮往來值春社；纂律例稿累千篇，讞訟獄軺馳七省，所至雪冤誣、昭平恕，才未盡也，屬對傳爲讖，策名終始在秋官。”一、“簡在帝心，賜環免繳贖鍰，得主最難遭主聖；碑留人口，載道爭排祖餞，去官愈見蒞官賢。”介庵師爲作家傳。

十七家保正田，先輩齒餘購置，津貼子孫輪充保正者。近來保正易充，且有爭之者，而子孫衆多，恐因爭釀禍，議賣田分金，以杜後患。梅不能阻，惟爭提田五工，永作村中學田，衆贊成，撰《十七家學田碑記》。

吾邑擔當和尚詩，未出家時所作，名《翛園集》，出家後所作，名《橛庵草》，各七卷。叢書處就《滇詩略》、《雞山志》、《雲南府志》、《晉寧州志》，及介庵、虛齋師，厚安、印泉、樹五諸先生所得者，總二百餘首，釐爲二卷刻行。兹梅所得，衹缺卷三、四兩卷，而樂府、五七古、五絶、六絶、七絶均全，僅五七律未完，編爲七卷重刻。介庵師序於前，樹五先生跋於後，梅集句爲傳附於末。

**民國十四年乙丑　四十五歲**

五弟任縣立高小教員。

花朝，偕文安、小泉、澄甫（宗瀚）、和甫，侍介庵師遊古幢公園。

三月初二，又侍游官渡。大理地震，曲靖霜災，皆有詩。

五月十一，滇洲先生冥壽日，邀同志集祠，禮《欣遇圖》。此圖爲先生賜環後重入雲樓時所作，圖端徐元禮題三大字，圖後閩魏笛生（茂林）、浙許滇生（乃普）有題遺照詩。梅又爲乞介庵、虛齋兩師，樹五先生、河陽李燦高（增）各題以詩，梅有七古一首。

先生生乾隆辛巳，梅生光緒辛巳，邑人士謂梅爲滇洲後身。梅文學事功，百不如一，如此過譽，愈使梅汗顔無地矣。

得袁蘇亭遺文一册。蘇亭先生詩有十餘卷，刻入《叢書》，文未知編纂成集否，得此不啻拱璧云。

十二月初六日，翠湖北楊文襄公祠落成，舉公生日祀，有七律二首。

女中二班生畢業，梅教授國文之餘，閒課以詩，命之學作。諸生多有家庭教育，而又得學校以灌溉之，匪第雜作斐然可觀，而小詩亦多秀句天成。梅選不悖於性情之正者，得百餘首，取校徽雲中白鶴之意，名曰《雲鶴詩選》，序印之。

十二月，買省垣啓文街李氏一宅。既卜吉矣，而屋主之婦號泣不願售。梅悉其情，焚券退還，如東坡買宅陽羨故事。介庵師《滌園補壽文忠詩》有云："髯翁竟少屋三椽，君我猶能受一廛。月夜聞啼焚券事，今年佳話又臞仙。"歸里度歲，口占一絶云："魚城荆棘不堪論，卜吉移家護國門。效法東坡焚券事，只留佳話與兒孫。"

道光間，阮文達倡修《雲南通志》，聘浪穹王樂山（崧）先生總其成。文達内調，樂山與繼任意見不協，託嫁女辭歸，後收所纂建置、鹽法、礦務、封建、土司、邊裔諸門，刻入《樂山集》，一名《道光雲南志鈔》。介庵、虚齋兩師，厚安、樹五兩先生，皆未知其書。兹爲梅得之，介庵師狂喜，樹五先生《爨世家》多本之。

昆明黄文潔告終養歸，同鄉京朝官餞於陶然亭。何子緩寫《江亭餞别圖》，雲帆、子緩、張樹堂（樾）、劉韞齋（崐）、倪應觀，共十六之詩，梅抄入《滇詩叢》。

## 民國十五年丙寅　四十六歲

女中任第八班國文教員。

二月，錢平階先生爲序《張溟洲先生祠祀録》。

李印泉先生有《吴郡西山訪古記》，於介庵師頻羅室得見其底本。晉寧有郝太極將軍，在蘇州上津橋賣藥，顧亭林先生贈以詩，橋畔立有豐碑。李鶴峰父子葬蘇州七子山，印泉均未得知。請介庵師函印泉訪之，梅亦附啓申意。印泉於郝將軍，並訪得其墓在石灰弄；鶴峰先生，訪得其五世墓，守冢人竊賣墓石，令其賠還，而於孀孤嘉穀，尤加意撫恤。印泉之於鄉先賢及其後裔，可謂仁至義盡矣。

春，介盦師題祠堂聯云："宗祠三建益恢宏，有樓有堂，勿忘秉德誦芬，鳴琴述德；家塾再開資教育，既耕既種，大好桐陰覓句，梅檻課經。"

遷滇始祖考妣墓碑。乾隆間所建者不豐，族衆節烝嘗之資，改建新碑，並增建華表。介盦師題墓聯云："謝功長揖歸田，佳耦同佳兆；種德卜居成聚，文獻述文孫。"額云"有鹿門風"。華表聯云："由汴浙蜀紀三遷，軍衛布滇圻，鶴睢卜築爲初祖；閲宋元明溯百世，宗祊盛清代，化鶴歸來見萬孫。"

介庵師撰書《張溟洲先生家傳》，袁樹五先生撰書《祠堂碑》，六弟代經理，爲邑中著名石刻。

五月，購平安街三轉灣老屋三椽，價三千二百元。數年蓄積，尚假千元。始立契，既卜吉，入居之。介庵師贈聯云："惟仁里居安且吉，是真修士介而通。"同鄉同門，踵而有贈。宋鏡澄先生聯云："編輯詩文存國粹，收藏書畫重鄉賢。"華文安聯云："閲世都成黄髮叟，卜居原爲素心人。"何小泉聯云："一廛天與詩人住，四壁香隨書卷生。”梅名堂曰“滇雅”，作文以記之。

八月，高等師範學校校長鄒子彦（世俊）聘授詩學，講歷代詩學源流派别。諸生所作，爲之削正，年終得《雙塔詩選》一卷，以校在雙塔寺而名。

十月十九日，柬介庵、惺庵兩師，澄甫、和甫兩公子，文安、小泉兩同門，重游盤龍。登火車至萬灼村，二兄先備輿馬俟之，至呈貢城内早餐，黄昏抵方村，下榻誦芬樓。二十一日，大兄、二兄、三兄，五弟、六弟，兒懷民，同游山，姪子輩喜炊爨。二十四日下山，入城謁張滇洲先生祠，由梁王山渡登舟返省。是游所得詩：介庵師四十首，惺庵師十七首，文安十二首，小泉二十首，澄甫十三首，和甫四首、文一首，大兄三首，二兄四首，三兄五首，五弟七首，六弟十五首，姪子天民四首，兒懷民六首，釋湛美二首，梅四十二首，合前游彙爲《盤龍兩游詩鈔》，介庵師序於前，梅跋於後印行。

介庵師《贈方氏六昆弟詩》云：“書儲萬卷田連頃，圃雜瓜蔬徑繞花。壽母康强兄弟翕，天將全福予君家。”“陶室師齋勵景行，老臞面目本書生。時賢馳騖原分道，不重修名重噉名。”

惺庵師贈詩云：“一夕鶺睢宿，祠堂夜氣清。楹書先世澤，雞黍故人情。風義兼師友，天倫樂弟兄。村居澄萬慮，款話欲三更。”

澄甫贈詩云：“各安本分了無事，心折方村六弟昆。澤守詩書承母訓，勞甘稼穡勵躬行。酒篘浮蟻由家釀，茶品團龍爲客烹。孝友一門雍睦甚，令人增重友於情。”

小泉《宿宗祠柬梅昆仲詩》云：“百家煙户半清門，水木崇祠遠市喧。龍鶴环山增氣象，梅桐依檻兆昌蕃。最難雍睦輝珠樹，尤喜康强慶瑞萱。尊酒小樓風雨夕，年來游事苦相煩。”

十一月初十，跋印泉先生《謁郝將軍李中丞父子祖孫墓記》。

二十三日，介庵師有事於碧嶢，與華文安、何小泉、黄竹君（守義）侍宿升庵祠一夕。次日買小舟，繫纜董家村上岸，至石□村，訪康熙間武舉守備游晉侯允康筇山諸勝，梅有詩一、文一。晉侯有像刻雲窩旁，自題聯，書法亦工。外有徐翔鵾撰《事略》一文，因多模糊未抄。

十二月，懷民兒聯合中學畢業。

歲暮回家，迎母至省寓度歲，一家皆大歡喜。

蒙化陳把總翼叔（佐才），滇西奇人也。明亡，從擔當學詩，多驚人語，叢書處就《滇詩略》及印泉所得者編刊二卷。梅從蒙化王肇岐所，得全部抄補編刊，然非本來面目，欲復舊觀，非重刊不可。舊刻後附翼叔畫魚藍大士像，又知翼叔並工畫，梅摹二幀，祈介庵師署款分藏。

**民國十六年丁卯　四十七歲**

人日，壽介庵師於龍泉觀，抄觀中詩文成册，擬編《龍泉觀志》。

新正初二三日，租人力車奉母游翠湖、昆華圖書館、金碧公園諸處。母老眼昏花，所至稟其勝概，喜形於色。省中親故見之，甚爲豔羨。母以在省局促，不若故鄉之寬舒，不樂久居。初十日，二兄以肩輿來迎，梅隨侍返里，一家大喜。

十六日返省，大兄依依，話盡手足之誼，誰知旋省即永訣於二月十八日。兄生同治丙寅八月初七，年六十二。聞耗即趨視,已含斂,棺尚未蓋,千呼而不一應,大痛幾絶。母八十有三,每泣,一家皆泣,介庵師以詩慰之並當挽歌云:"倉卒鴒原急難行,可知悽絶附棺情。去冬始識元方面,不道回頭便隔生。""六株嘉樹一株枯,慈蔭依然庇室廬。爲語君家好兄弟,團欒補作奉觴圖。"又輓長律一首云:"盤龍游處數朝昏,改歲悲生哭寢門。長服先疇田舍樂,絶無遺行布衣尊。母猶系慕康强祝,弟可抒懷友愛敦。六十二齡非算促,向平願了已添孫。"梅有詩四首,六弟有詩六首哭之。

圖書博物館庶務長兼叢書處文牘何君小泉,出長阿陋井鹾政。介庵師函教育廳,委梅繼其任。

三月,偕文安、小泉,侍介庵師至華亭寺,瘞"漢並天下"破硯於黄文潔嗣音詩冢旁,增西山一段韻事。

四月,於太和街楊氏,得師荔扉先生《二餘堂文稿》五卷。介庵師謂,昔曾見於同邑唐簡齋(廉)家,借閲數旬還之,五十餘年不可復得。梅搜訪廿餘年,即殘本亦未得見。今雖未得全,同人皆狂喜。介庵師序之,收入《叢書》中,謂:"先生之文,無所不能,析理也精,紀事也核,致用也切實,敷情也摯婉。長篇鉅製,固精力彌滿;小文短札,亦機趣别生。正不必曰學某派、仿某篇,要自成爲荔扉之文。無他,一真而已矣。"先生之文,介庵師此數語道盡。梅於滇賢中最崇拜先生,非僅爲先友也。前得其畫山水立軸,嚴子陵像,望江縣小停雲館紅白桃花圖,及詩集數卷,名其齋曰"師齋"。今得文稿,適得端石一,名"師硯",介庵師以"得端人集名端硯,取師取友理一貫,我亦微名附合傳"銘之。

五月,得張愈光《太白詩選》,明季朱墨本,前有楊升庵序,眉有升庵評，及明季人評語。介庵師謂，太白詩全集僞者不鮮。龔定庵選本不得見，愈山此選甚當，删去明季人評語，收入《叢書》。《叢書》初編、二編，皆收本省人著作。梅商之介庵師，當收外省人著作有關滇事者爲三編，庶考究滇南文獻掌故乃無遺憾，介師深以爲然。囑梅擬其目，得三十餘種。《夢亭公遺集》前刻詩分體，今依作詩歲月編刊，十二月工竣。

七月，省政局變亂戒嚴。介庵師爲保重滇南文獻計，將編纂未竟之《滇詩文叢録》稿，抱而住於昆華圖書館。贈梅詩云："住瑯環地亦前因，君我都爲世棄身。喜玩庭花新沐雨，漸看簷雀下親人。謏聞過耳難爲學，生意盈懷總是春。抱殘守缺應有事，天公不易與清貧。"未幾病。調治初痊，回家度中秋。閱數日復病，梅日常問候。

二十八，偕華文安往問，介庵師略道家務外，謂梅與文安曰："時局至此，老病不復言矣。數十年抱殘守缺，所汲汲者滇中文獻耳。近十餘年來，編刊雖千餘卷，兹一病纏綿廿餘日，而《叢書》二編、三編，及《詩文叢》未訂之稿尚夥。與吾同抱斯志、負斯責，爲吾所心折者，陳虚齋耳。萬一不起，二子爲吾表其意，重託虚齋，竟吾未竟之志，吾死瞑目矣。"梅與文安一再寬慰而别。二十八、九兩日，起坐成《病述事》長律八首。滇南一老，天不憖遺，九月朔日而遽歸道山，滇南文獻最大喪失也。三迤人士，私謚文懿。梅有五古八首，六弟有用師《病述》韻八首哭之。圖書博物館館長，省府先聘陳虚齋師，而以秦璞安師副之。虚齋師辭，省府專任璞安師主其事。

自二六政變後，迤南匪首吳學顯、蔣世英等，糾集黨羽龍恩皮中和等十餘人,應某氏之招,以圖死灰復燃。此來彼往,供應不堪其擾。至九月初,欲大舉犯省,衆匪聚晉寧,大受其害。某住高嶢,不得逞。孟友聞一師,由迤東撤回,星夜赴晉寧,可圍城殲滅。二十四日夕,向南城逃逸一空,其詳見紀事文。

雲南叢書處介庵師所存詩文册,及選入《詩叢》、《文叢》各稿,趙澄甫開單,由周惺庵師證明移交,介庵父子之慎重滇南文獻如是。

五弟任陸良馬街高小教員,十二月放學返省,留數日,同游名勝境。

**民國十七年戊辰　四十八歲**

正月二十一日,五弟因長子天民投身戎伍,凱旋染疾,赴省謀脱軍籍。於二十六日夕,父子登舟還里。是日,梅與陳虚齋、秦璞安兩師,袁樹五先生,議續趙文懿師纂集《滇詩文叢》事。議定,《文叢》歸璞安師,《詩叢》歸樹五先生總其成。梅襄助於二者之間。趙澄甫移交之稿,《文叢》撿交璞安師,《詩叢》存梅所,偕樹五先生同纂。午後六時,辦畢返寓,五弟父子,先二時已登舟,不獲送别,心甚歉然。二鼓後,天大雪。弟因冒寒返家後,扶疾籌備縣高小開學事,勞不得息。疾已沉重,醫藥無效,二月十一日酉時歿。六弟十四日來報,余臂若斷、心若碎矣。弟生光緒癸未正月十八日,年四十有六。老母昏花老眼,至是全失其明。母哭,一家皆哭。梅有詩六首、文一篇,六弟有詩四首哭之。

爲弟倩昆明畫師寫遺照,惺庵師爲題贊曰:"惇篤之姿,孝友之行,安布衣韋帶之風,而不與時競。當學絶道喪之時,而養蒙以正，此當世之所迂也，而實爲吾黨之所敬。往同游山，從容觴詠。曾幾何時，遽罹斯病，讀遺稿而欷歔，瞻遺容而淚迸。”弟有《稻香書屋詩文鈔》，璞安師選文三篇入《文叢》，樹五先生選詩二十五首入《詩叢》。

三月，秦璞安師函教育廳，聘專任叢書編審員。

五月，省立師範學校校長顧子正（品端），聘充國文教員。七月二十日，始編《錢南園先生年譜》，至九月廿日脱稿。材料爲十餘年來所搜集。十月，虚齋師爲之序。

十一月十三日，老母壽終。生道光甲辰二月初七日，年八十有五。女中及師範兩校，於初八日休課放寒假，初十日返里省母，母念懷兒婚事，稟告已聘定昆明陳氏女，婚期十二月初六日，母大喜，謂吾老不能到省矣。十三日午後未時，無疾而終。時梅與六弟，到長坡禮佛，下山心跳不止，殆母念兒也。速抵家，氣將絶，呼不應，欲哭而不敢哭。哭恐傷母心，迨含斂畢，哭倒於地，梅最傷心之時也。母治家嚴，家之興也，全得力於母教。先兄六十，髮半白，梅亦兩鬢蒼蒼，常爲母責之。梅詩有“白頭母責白頭兒”之句，今求母責而不可得矣，嗚呼慟哉。

祈虚齋師題像贊，有序云：“余以孤貧，賴母教成立，今年七十矣。回憶數十載中，不爲鄉人所棄，往往以文相屬。故贊人賢母之行，不勝縷指。計唯秦瑞堂之母朱太夫人，苦節撫孤，其訓子與吾母大同，余極不忘。今方臛仙之母葉太夫人，四德純備，賢且能。遭亂，家賴以興，天錫之福。子婦孫曾，多至五十餘人，各授以職，且督察之，老而不倦，無一敢坐食者，余心折焉。此尤賢母中絶無僅有者。瑞堂、臛仙，與余方共事圖書館，三人皆得力於母教，故叙其厓略，爲之贊曰：唯太夫人，年八十五。粤稽生平，卓絶堅苦。方其稚歲，乃遭回亂。逮於晚年，又遭時變。里之仁人，家之賢婦。令範考終，一堂四世。全受全歸，謀貽後嗣。”

又祈師爲撰家傳，祈袁樹五先生爲撰墓誌銘。

十二月初六日，爲懷民兒完婚。前半年即定期，且母亦得知之，故從吉不改，兒媳陳芝馥，昆明陳漱泉（興廉）孝廉長女。

鎮南郭理初（燮熙）賃余屋，同居五年，十二月歸里，以詩留别。余次韻餞之，有“兩樹梅花共五春，最歡梅主得梅賓”之句。理初喜畫梅，號梅雪老人。

**民國十八年己巳　四十九歲**

女中任十二班國文教授。

同學王孟懷，爲先母撰墓表，吴江金松岑（天羽）先生爲撰墓誌銘，李印泉先生，以八分書書之，並爲懇張仲仁（一麐）先生篆蓋，高誼感不能盡。

十月，印泉爲跋《張溟洲先生祠祀録》。

十一月，又爲跋《錢南園先生年譜》。

晉寧唐少嶼（堯官）解元，七上春官不第，歸而閉户著書，有《五龍山人全集》三十三卷。樂府得漢魏之遺，古文雅潔，於明代可稱一大家。全集不得見，梅歷年輯得文二卷，共二十七篇，擬刊爲專集。

浙江朱逷先（希祖）先生，以梅門人鹽豐甘金石（銘）、蒙化陳時策（際良），丐爲購雲南各府廳州縣志。梅以先生文學負重名，願代盡力，轉託代搜雲南文獻。逷先於琉璃廠肆，物色得楊文襄公明嘉靖刻本《石淙詩鈔》全部，由叢書處出資購歸。

較雲南嘉慶刻本，詩多三百數十首，文多柬札一卷。嘉慶刻本，石屏陳海樓先生由江西抄回，司授梓者，移《砥柱行》一首於前，以爲此括文襄一生功業，又移《致仕詩》殿於後，不知文襄致仕數次皆復出，而各詩中各卷子目，亦未照刊，大失原本面目。《叢書》應照原本重刻，能由滬影印尤佳。

省府開全省諮詢會議，每縣舉議員一人至二人，晉寧舉梅與錢平階先生。提議四件，一趕修鐵路；二剿匪；三停止彩票，籌辦貯蓄、勸業兩銀行；四停止公路徵工，改行兵工。存案備採。

同鄉唐簡齋家得師荔扉先生刻《南園詩存》二本，一板心寬大，一板心較小，詩相同。寬大本中，有先生手批"某當移某處"者三四首。然後知較小本乃改刻也。荔扉先生刻書之慎重如是。

# 臞仙年録卷三

## 民國十九年庚午　五十歲

正月，得《李即園文抄》一卷、《詞鈔》一卷。文有劉寄庵先生評語，甚推挹。即園詩名噪甚，前輩未曾道及能文、能詞，《詞叢》已刊，交于乃義保存，將來編入續集。文共十餘篇，收入《文叢》中。

三月二十二日寅時，孫繼祖生，未彌月殤。

五月，任省立博物院藝術館主任。

閏六月，陳虛齋師爲題祠堂聯云："三千年典數周京，赫矣元戎，受姓本從方叔始；十七世居臨滇海，敻哉初祖，立功曾共沐侯來。"

秋，袁樹五先生爲撰祠堂聯云："天特眷儒學世家，有漢孝廉，晉刺史，唐宋詞章，合爲祖廟輝光，霞蔚雲蒸廿一代；我曾游滇池古縣，喜北望鶴，東盤龍，西南林壑，都向方村拱抱，地靈人傑萬斯年。"滇南茶花甲天下，編《小志》三卷刻成。一志評隲，録群書關於滇南茶花之紀載三十則；二志品類，攷得七十二種，合昔賢所稱之數；三志題詠，得詩百一十八首，詞三首，賦兩篇，補遺詩十六首。惺庵師、郭理初、趙弢父（式銘）、趙樂池（芹）有題詞，梅自序。

中央内政部十八年頒發《修志事例概要》，令各省纂修《通志》。本年十二月，省府開會決議，聘惺庵師爲館長，撥翠湖北舊博物館爲館址，委梅與何君小泉爲籌備幹事。館長函省府，聘浪穹馬直坡（金墀），文山陳性圃（价），南寧孫少元，晉寧錢平階、宋鏡澄，呈貢秦璞安，石屏袁樹五，昆明顧仰山（視高）、吳石生（琨）、熊種青（廷權），昭通蕭石齋，姚安由夔舉，河陽李燦咼（增）爲顧問。籌備就緒，開會商討一切，由梅擬《編纂綱目》及《採訪條例》。窮十餘晝夜之力，兼採江蘇、安徽新例，將二者初稿擬就，逐一討論修改、付印。先辦採訪，令各縣各設治局，照採訪呈報。各屬因人才關係，採訪詳備者，不逮十之三四。此次纂修，仿安徽分爲兩部：由開滇至宣統辛亥止，名《雲南通志》爲一部；自民國始至二十年以後，名《雲南通志長編》，又爲一部。《通志分類綱目草案》，定首爲總叙、凡例、目録；第一記；第二圖；第三表；第四考，分天文、地理、物産、禮俗、藝文、金石、方言、宗教、技術、邊裔、族姓、學制、軍制、農務、賦役、工務、商務、鹽法、礦物、關榷、荒政、交通、外交、庶政；第五傳，分列傳、叢傳、軼聞、辨證、補遺；編纂始末，本届編纂諸人略歷殿之。《續長編目録》：第一記，第二節候，第三地理，第四行政區域，第五内政，第六外交，第七財政，第八教育，第九司法，第十軍務，第十一交通，第十二農政，第十三工政，第十四商政，第十五水利，第十六物産，第十七社會，第十八藝文、金石，第十九人物，第二十雜録。《長編》與正編各門細目，不備録。綱目既定，不可無凡例説明之，又由梅擬《凡例》二十九條，經惺庵師核正，開會商討始定。各屬採訪，呈報省府，轉至館中，經梅審核。不能如法及重要遺漏者，仍批令補辦。不能辦理盡善者,約十之四五,大抵因人才缺乏之故,故此次徵集材料,殊多缺憾。

十二月,葬先母與大兄、五弟於白沙山先君墓右。先君與先母墓碑已先立,今改刻墓聯。袁樹五先生題先君墓云:"高風去栗里鹿門不遠,卓行樹松山龍壑之間。"題先母墓云:"佐讀來世書,名山同壽;補編列女傳,煒管增輝。"又題五弟墓云:"慧業文章,一卷篋中録元結;名山風雨,三唐史上表方干。"六弟題大兄墓云:"人鑑常留鄉里式,經畬敦示子孫耕。"先母墓誌銘二,袁樹五先生撰文者,梅書,趙澄甫爲篆蓋,葬時已埋。

三櫜巷古書肆,得師荔扉先生《抱甕軒詩稿》一册,爲先生卒前兩年之作。據序尚有《文稿》一册,未得,此爲道光以來《通志》所未著録者,《叢書》當補刻入全集。

**民國二十年辛未　五十一歲**

《通志》籌備期一年將滿,各縣材料屢催而未呈報者有十之三四,一面嚴催,一面正式成立志館。八月,周館長函省府,委梅與小泉爲志館編查幹事。又聘趙弢父爲副館長,李印泉、金松岑、秦璞安、袁樹五、錢平階、宋鏡澄、熊仲青、蕭石齋、顧仰山、吳石生、由夔舉、張芷江(華瀾)、張希庵(士麟)、張君翔(鴻翼)、徐保權(之琛)、華晉三(封祝)、金仲陶(在鎔)、王小秋(楨)爲編纂。繆寄庵、陳一得(彝德)、李子廉(永清)、解仲延(永年)、何遜江(作楫)、李松如(毓茂)、何小泉、曹子肩(恆鈞)與梅爲分纂。所任如左,弢父兼方言、庶政,印泉金石,松岑列傳,璞安名宦,樹五大事、族姓,平階、石生財政,鏡澄、小秋禮俗,仲青邊裔,石齋土司,仰山荒政,夔舉鹽務,芷江地理,希庵宗教，君翔物產、礦物、地質、交通，保權外交，晉三工務、商務，仲陶庶政，季安學制、社會，一得天文、地理，子肩地理沿革圖表、《長編》地理，仲延賦役、關榷、圜法，遜江教育，松如農務、水利，小泉表、技術，子肩地圖、沿革圖，梅藝文。各縣呈報材料尚未齊全，由各編纂分纂，注意所任材料。

季秋，《張溟洲先生祠祀録》上下二卷印成。上卷序、遺像、像贊、題遺像詩、家傳、墓誌銘、《通志》《州志》《滇繫》傳、濟南十六屬公呈、甘棠遺愛詩序、祠記、公祭文、後人題詩、祠堂聯額、入祠公呈。下卷先生交契投贈詩文，《大海觀瀾圖》、《欣遇圖》題詞、書册跋，附遺文、遺詩。

編《天女城志》一卷成。

舊督署前，得浪穹何稚玄(蔚文)先生自編年譜一卷，附録友朋贈答詩一卷。先生著《浪槎稿》，擔當有評語，僅選若干首入《詩叢》，不知何人審查。梅細讀，可刻爲專集，將年譜列於前，附録置於後，論世知人，明季遺民如先生者，不可多得。

己巳、庚午、辛未三年，持服未作詩。

**民國二十一年壬申　五十二歲**

女中任十八班國文教授。

各屬《通志》材料催齊，各門各目，按舊志府廳州縣彙送編纂、分纂各員，着手纂修。嶺南蔡寒瓊(守)、談月色(溶)伉儷，索滇南大樹觀音像。三櫜巷古玩舖，得明刻一尊郵去。月色以女兒香、女兒花、女兒茶，供養牟軒，發願寫梅花萬本，消卻人間萬劫，以第一幀見餉。

偕弢父同門訪永曆帝陵，在北門外西北，距孫清愍(繼魯)公墓約百餘武，俗呼陳圓圓之梳粧臺也。老濞弑帝葬此，稱王反清,曾叩陵建享殿,率其黨徒哭之。明季遺老,當大清平滇後,懼爲官平燬,乃托名梳粧臺。清愍墓相距匪遥可證。與弢父各有詩弔之。

昆明謝昆皋(履忠)司業,爲明季忠義謝保正天禎之孫,著有《碧梧堂藏稿》,鈔本。昆皋詩文集,保山二袁先生未得,兹一旦得之,亦一大快事。

朱逷先先生爲代鈔北平圖書館藏《景泰圖經》,此次新修《通志》,賴以增添不少。此書爲海内孤本,當設法重印流播。

四吉堆蒙化范甘亭古書肆,得景東程月川(含章)先生《月川未是稿》全部,並其子撰《月川行述》。先生由知縣歷官至巡撫,所至汲汲於農田水利、風俗教化諸大端。此書先生畢生服官之措施皆具,錢平階先生物色數年,始得初刻全部重刊之。舊標《明一官一集》,平階更名《程月川先生遺集》。兹得乃晚年致仕後分類重編之刻,統名《月川未是稿》,墨口下側,仍刻舊名。叢書處當設法另刊,並將遺像、行述列前,乃成善本。

先後捐贈晉寧縣立圖書館經史子集共百十餘種。

嶺南蔡寒瓊、談月色伉儷,爲作《梅林覓句圖》。陳虚齋、宋鏡澄、秦璞安、金松岑、趙弢父、周惺庵、袁樹圃、由夔舉、王惕山、劉夢澤諸先生爲題詞。

七月,昆明楊榆村(應選)茂才,爲寫《龍池校書圖》。龍池一名九龍池,即省城内之翠湖,因出水有九處,故名。省立昆華圖書館位於北,舊日之經正書院改爲之,風景絶佳,輯刻雲南叢書處附其中。余癖於滇中文獻,襄佐趙介庵、陳虚齋、秦璞安、袁樹圃諸先生,編校《叢書》垂十年,作斯圖,將來遨遊南北各省,祈名流題詠,以爲余生平一大紀念。

**民國二十二年癸酉　五十三歲**

三月，金松岑先生應撰《通志》人物列傳聘，來游滇垣，下榻惺師滌園，與志館同人游大觀樓、黑龍潭、太華諸勝，皆有詩。

二十八日，約松岑、惺師、小泉遊盤龍，下榻詠芝樓，二兄、三兄、六弟、兒懷民欣然從之。松岑游蹤所至，詩名動一時，贈紀青弟二絶云："亂頭粗服是山農，經訓菑畬有古風。日把犁鋤且著作，晉寧城外一詩翁。""山翁覓得句蕭疏，自信天涯道不孤。扶我山行吟我句，萬松岡下識君初。"贈梅詩云："方子淵雅人，古貌又古心。晉寧盤龍山，瀑布如龍吟。驅車導我游，把臂欣入林。書囊更無底，談諧開素襟。"松岑謂盤龍元梅，較超山宋梅大，有詩以章之。

江蘇任振采（鳳苞），因松岑託購雲南各府廳州縣志，示已有書目，中有明李中溪（元陽）修《雲南通志》。函振采願盡力代搜，請以此讓之。振采弗割愛，贈晒藍一部。通志館同人見之狂喜，咸謂清初修《通志》，及荔扉、樂山諸先生皆不得見者，茲幸而得見，不可不設法重印。惺庵師言於當路，出資印五百部，梅爲振采購各府廳州縣志以報之。

七月，顧子正任女中校長，續聘梅任二十一班國文教授。

二十二日，邀趙弢父、宋鏡澄兩先生游盤龍、萬松諸勝，下榻萬松寺詠芝樓三夕，下山住樂耕堂二夕。弢父以詩酬梅昆弟云："鶺䳭村在縣城西，款段衝寒踏赭泥。下馬入門童稚喜，烹鮮酌酒弟兄齊。西頭新屋東頭舊（藝五、紀青新卜築於村西，舊屋則老臞所居），前輩宗祠後輩題（老臞刻夢亭先生所書楹句與石禪師聯榜於祠中）。信是君家風義古，不容一宿便分攜。”鏡澄宿方村，贈梅昆仲詩云：“再踐鶺睢約，扶笻冒雨行。升堂懷舊德（宅爲夢亭先生舊居），入座話鄉情。歲熟懽賓主，家肥睦弟兄。諸君高義重，肝膽許相傾。”

《錢南園先生年譜》上下二卷刻成，梅搜采南園先生生平事實，最難得者，先生乾隆辛卯會試硃卷。是科先生中進士，房師桐城姚姬傳先生，總批其卷云：胎息古文，步趨先正，語語具見本色，立心不苟可知。後場尤原原本本，博奥沉雄，益徵積學功深。榜發，知爲滇知名士，愈信文章自有定價。無謂世無碧眼人，盡皆買櫝還珠。此評如王應麟之識文天祥，姬傳自負碧眼人，宜哉。梅編先生年譜，搜采之勤，先生有知，當含笑於泉下。

《滇南書畫集》刻成。滇南書畫家，明以前兵燹屢經，絹楮多不見，已見金石者不論。明清兩代，可傳者甚衆，而中原書畫專集，滇南人之著録者甚少。梅留省任教，襄助《叢書》十餘年，又性嗜書畫，滇先賢嗜之尤篤，收藏書畫數百件，梅寶重滇南書畫，實寶重滇南文獻也。前介庵師與樹五先生，倡印《滇南書畫集》，小傳由梅編，近年旁搜博采，壹以學行詣力爲準，彙成四卷，明四十二人，清二百十八人；方外明六人，清五人；閨秀六人；流寓明十六人，清六人，總三百有九人。陳虚齋師爲之序。趙弢父、郭理初爲題詞，梅此書出，滇南書畫價值因之大增。

**民國二十三年甲戌　五十四歲**

正月，錢南園先生撰《錢氏族譜》，收入《和衲山人叢書》刻成。是書昆華圖書館先得《言行紀略》十二篇、序一篇，後大理嚴子珍得序略一，暨世系圖、世次表如干篇，梅編爲二卷。《言行紀略》尤可寶貴，先生家教，以王母父母爲主，王母謂"苟得志，萬勿爲朝廷造一兵端"。父謂"不可得一官而盡斬先澤"。母謂"子孫雖寒飢，不許喫六扇門内飯"。皆名言也，梅嘗舉以詔其子姪。

女中校長楊履端（楷）續聘任國文教員。

五月初七日寅時，孫女儀昭生。

安寧楊文襄公，爲明代滇中第一人物。近數年來，搜得公生平事蹟甚夥，聞丹徒陳善餘（慶年）先生編公年譜，未脱稿已作古。梅爲鄉後學，就目前所得資料，編爲初稿，以後隨得隨增。自三月始，至十月終，初稿寫就，約三四萬言。

梅在女子中學任教，繼續十二年。教育廳以任教滿十年者，得津貼赴省外參觀。又兼任輯刻《叢書》事，亦繼續十二年，遂援例得津貼國幣陸百元。通志館於滇南文獻，南北各省圖書館、各書坊，不可不再搜訪。惺庵師函省府，得由財政廳津貼六百元。又歷年節約得八百元，梅廿餘年來出游南北各省之願始償。定期十一月出省。叢書處虚齋、璞安兩師，樹五先生設席圖書館之自在香室餞行，皆贈以詩歌。石齋、惺庵、夔舉、弢父、鏡澄、維周、小泉、季安、孟懷諸師友，亦踵而有贈。虚齋師《長歌行贈别方臞仙》云："吾友方臞仙，本爲滇産知愛滇。生世六十年，一心表襮鄉先賢。摭拾詩文作珍玩，網羅書畫揮金錢。經營越十稔，采訪窮三邊。送歸宏文館，裒輯成叢編。六詔零珠碎玉都搜盡，或者猶有麟毛鳳角飄零散落天地間。平生足蹟未嘗出閭里，而今老矣方思一着祖生鞭。問君此行將安往？君爲屈指一一言：發軔先經桂管道，探梅直上羅浮顛。便從珠江之流域，乘輪衝破海中天。東望泰嶽入齊魯，北渡桑乾走幽燕。閒訪故宫弔禾黍，只恐沾衣涕淚難爲湔。回車奔馳向南去，看盡江南江北好山川。一尊夜酹瓜步月，一棹晨泛秣陵煙。京口楊相曾營浣花宅，望江師令曾奏武城弦。不獨錢塘明聖湖，玉峰祠宇孤山前。前輩流風餘韻之所庇，寧無世家舊族收遺編。惜哉洪楊亂後幾兵燹，幾番滄海變桑田。藏楹藏壁之書子孫且不守，誰復守爾萬里邊徼彩雲箋。吾曹癡人説癡夢，安知皇天不假緣。汲冢遺文古固有，敦煌故籍今方傳。古今奇逢往往出意表，況復先哲陰相理或然。安排鄴侯架，料理米家船。待子歸來解裝出瓌寶，定有文章光燄輝星躔。”

十日還家，與六弟和衲山禮大慧禪師，各祖塋拜祖。於和衲下山時，見朱鳥一，飛繞林端。半生來往游數十次，皆未得見，而此次獨得見者，蓋文明之預兆，亦大慧禪師有所陰相而使之歡送也。

十二月十四日，登滇越鐵路火車，晚宿開遠，次日抵河口，車中得“游興飛騰千里外，詩心摇碎萬峰中”之句。河口驗護照，過河投棧後，又至法檢查處驗護照，對相片。月色皎潔，橋南橋北，略事游覽，早寐。次日抵河内，沿路見插秧者，滇中已届飛霜之時，而此地尚暖若春天，平原萬里，産米最豐，而淪棄於法，大爲可惜。晚餐後，匆匆游公園，歸即寐。次日登火車，抵諒山，游覽一周，風景尚佳，弔楊武愍公。次日乘汽車，經鎮南關，一路峭壁嶙峋，形勢險要。抵龍州。各處游覽，中山公園中有小獨秀峰，高三丈許，上建小閣，眼界一新。由小汽輪，越二日，抵南寧。訪通志館長封鶴君（祝祁）先生，遇故雨黄雲生（誠沅），游狄武襄、王文成、永曆帝諸古蹟。由南寧，復乘小汽船，而梧州，而三水，入廣州，住長堤。訪蔡寒瓊、談月色夫婦，月色爲刻“晉寧方樹梅萬里搜訪雲南文獻印記”，寒瓊贈聯云：“專管圖書無忌地，狂臚文獻耗中年。”訪鄧爾雅，不遇，贈聯云：“茶於草木爲靈最，月與梅花竟不分。”六榕寺訪鐵禪和尚，出賞收藏書畫，觀介庵師補種六榕，瞻重刻東坡笠屐像。小憩水哉軒，仰望花塔，無梯可登。游粵秀山、鎮海閣、圖書博物館、古書肆，購書十餘種。南華謁八祖，宿蘇程盦一夕。返廣州，由廣九車抵香港，信宿，乘輪舶，停馬江。先擬游鼓山，緣同艙客願爲紹介者語不詳，未果。

抵滬，留三日，樹五先生函介謁孫踽盦（樹禮）先生於靜安路，年九十，伏案著書，爲題《龍池校書圖》四絶。古書肆購書數十種。李印泉先生未出省，即函告出游。抵蘇州。闊别廿餘年，相見殷殷若手足。適邀章太炎（炳麟）先生早餐，印公爲道南北各省搜訪文獻，謬蒙稱許。其後復拜謁，垂詢永曆帝、吳三桂歷史甚詳。金松岑先生枉顧招飲。李鶴峰先生六世孫繼鶴（嘉穀）來見，梅曾設法籌款補助學費，高中畢業，任教高等小學，導往石灰弄謁郝將軍太極墓，上津橋訪其賣藥處，復導往七子山謁鶴峰、雲華、衣山父子墓。又陪至小王山，謁印公母闕太夫人及其從兄希白（學詩）墓。游松海，由穹窿山寺、上真觀、寧邦寺，繞道至鄧尉訪梅。時舊曆十二月二十三日，往年梅正含苞，今年天候較暖，梅已半開。乘驢游司徒廟、香雪海、銅井銅坑、石壁諸處，千萬樹梅花含苞者，半開者，已開者，滿身皆香矣。覽太湖，風聲濤聲，奔來眼底。自午至暮色蒼茫而歸，宿聖恩寺還元閣一夕，復與千萬樹梅花告别，登光福鎮小輪船返蘇州。

購長途卧車，兩日夜抵故都正陽門外，同車山東某君，雇汽車送至宣武門外之雲南北館。昭通張希魯，先游歷至此，同寓一舍。女中諸生留學北平者，聞梅至，多來見。訪雲南流寓同鄉吴子和（煦）、朱伯勛（崇蔭）、丁衡三（槐）、許雲亭諸先生，霸縣高閬仙（步瀛），國立北平圖書館長袁守和（同禮），館員李翰章諸先生。祈閬仙爲題《龍池校書圖》。守和送善本書室長期閲覽券及書目數種。琉璃廠各書肆見《晨報》載余到此搜訪文獻，多贈送書目。

**民國二十四年乙亥　五十五歲**

琉璃廠舊例，每歲正月朔日至望日古書數百攤，供游春閒客採購，名"趕廠甸"。獲康熙刻趙玉峰（士麟）《讀書堂集》全部，師荔扉《二餘堂文稿》四册，吴鼎堂（樹聲）《詩小學》一部，周立厓（於禮）《遺詩》一册，朱樧堂（嶟）《奏稿》一册、《秀麓山房試帖》二册，陸稼堂（應穀）《地理心得》一册，趙蓉舫（光）《年譜》二册，嚴秋槎（廷中）《紅蕉吟館詩餘》一册，《明湖四客詞選》一册，皆在滇所未易得者。其他數十人零篇詩文，明代如唐池南（錡）、段德夫（承恩）、李東儒、張衡如（橋）、趙忠愍（譔）、王昆華（錫袞）之詩文，袁陶村昆仲所未得者，此來得之，私衷頗自喜。别選購四部百餘種。吴子和（煦）先生處，得見《歌麻古韻考》兩種，一初稿本，與《畿輔叢書》本全同，一自刻本，較初稿增改不少。鼎堂先生此書，與苗先麓頗涉嫌疑。高閬仙先生招飲，在座多精小學者，梅舉曾滌生撰苗先麓墓誌，歷舉先麓著作獨無此書，又《畿輔叢書》本苗夔名下，有"補注"二字，既曰"補注"，已明明非先麓所著二層。衆皆云，殆先麓先有此説，鼎堂書成以初稿就正，先麓身故未還，王灝搜其遺書,即以爲其所著而誤收之。鼎堂先生未刻遺著,有《六書微》、《論語尊經論》、《孟子小學》、《兩漢書小學》、《合音輯略》、《經傳釋詞續》諸書。子和云,其兄子清(炯),清宣統三年攜赴甘涼道任,行抵潼關,被匪並其遺像劫去。經師心血,不知尚在人間否。子和授所藏鼎堂業師保山盛明經(雯)《適所性齋詩集》,爲題《龍池校書圖》長律二首,贈刻本《歌麻古韻考》一部,又繪贈牡丹一幅。梅在故都兩月餘,逐日到北平圖書館搜雲南文獻,鈔明憲宗、孝宗、武宗、世宗四朝《實録》中楊文襄公事蹟,將來增入年譜。又得公《密諭録》、《閣諭録》、《吏部獻納稿》、《邃庵集》,爲到北平第一快事。每星期日,偕希魯遊故宫三大殿、太廟、文廟、雍和宫、社稷壇、先農壇、三海、景山、十刹海、陶然亭、法源寺、文文山祠、松筠庵、畿輔先賢祠、護國寺、隆福寺、天橋、萬生園、萬壽山、翠微山,參觀清華、燕京、女師各大學。由平綏鐵路經南口觀八達嶺長城。經綏遠至山西大同,訪雲岡造像,復還故都。景忠祠謁鄉賢趙忠愍公墓,英光灝氣,猶可想見,祠與謝疊山相鄰。

新城王晉卿(樹枏)先生,河北老名士,年八十五,曾充清史總纂,同鄉倪君紹介往謁,談甚暢,爲題《龍池校書圖》長律一首。先生纂《清季遺民録》,託搜雲南遺民,贈自著《陶廬古文百篇》,檢未刻《新疆省長蒙自楊鼎臣(增新)神道碑》、《墓誌銘》稿,鈔之,備《通志長編》人物資料。

同鄉會、同學會以梅兩鬢蒼蒼,爲滇中文獻萬里跋涉,於初至開會歡迎,於其别也又歡送之,其誼至可感。

丁衡三將軍,日夜紀録生平戰功,揖梅攜回。未幾即下世,殆託身後事。

三月三日，偕希魯離北平至天津，訪王豹君（人文）先生，贈詩聯，復招飲，令公子眉午（恕）爲遊長安介紹函二。昭通謝履莊觀察子仲奇（名鈞）在座，悉梅搜訪文獻，鈔履莊《兩漢洗齋詩文》各一卷。訪任振采，適回故鄉掃墓。振采曾疆印李中溪《雲南通志》也，訪定海方藥雨（若），寫贈《龍山著書圖》。

至濟南，訪圖書館長王獻唐先生。贈《嚴秋槎啓事》一册，並鈔贈秋槎《秋聲譜傳奇》，又爲題《龍池校書圖》。訪倪育仙（德馨）、徐静芳（葆珍）夫婦，静芳爲余女弟子，情意尤纏綿。訪張蔚堂，導游珍珠泉，飲泉品茗。訪蕭馨庵，蔭椿（紹庭）觀察嗣子。詢觀察遺著，爲其寡嫂攜往天津未得。偕希魯游大明湖兩次，千佛山兩時，趵突泉、柳絮泉，訪易安居士故宅，尤愛慕流連。

雲南鄉賢，服官山東多名宦。劉寄庵、張溟洲、李復齋、吳鼎堂、蕭質齋，至今口碑載道。過舊濟南府署與濟南書院，慨想溟洲先生不置。古書肆搜訪《東山吟草》未得，查《濟南府志・循吏》有傳，抄歸備修州志之採。

至泰安，偕希魯徒步游泰山，抵五大夫松處，足幾不能拔，對松亭小憩。其松高丈許，大合抱，枝横挺，亦約丈許，不似滇松之直上，狀極蒼古，雖非秦皇所封者，亦必漢唐時所植。至十八盤，月色來相照。入南天門，已七時。

舊曆三月望晨四時，持燭至觀日亭候日出。罡風刺骨，冷不可支。北平孔德學校師生，亦聯翩至。未幾，茫茫滄海濱，發淡黄紅色，未幾發深黄紅色，又未幾日露一綫，群懽呼曰：日出矣。目不交睫。日漸露漸昇，半露半没，以至全形初露，嫩紅若水初浴。其妙不可以言語形容。於是漸高而嫩紅漸深，漸濃漸老，又漸高而紅帶淡黄、深黄以至蒼黄，而光芒刺目，則與平地等觀矣。時天色已明，循舊途，有“孔子小天下處”。登玉皇頂、封禪臺，游碧霞元君祠、東嶽廟諸處。下山觀經石峪《金剛經》。

至曲阜，乘馬車入縣城。讀書半生，親謁至聖像，實人生至榮幸事。穿陋巷，謁顔廟，均徘徊良久。出城，謁周公廟。經洙水，謁孔林，啜茗楷亭前，流連一時許。衍聖公孔德成，孔子七十七世孫，投刺往謁，年幼聰俊，有中西文教師。

至鄒縣，謁孟廟，經斷機堂，尤足動人者，崇聖殿後聖母像旁亞聖之跪像耳。

至徐州，舊試院有李鶴峰先生小楷招鶴樓七古石刻。游雲龍山，登放鶴亭，想見東坡高致。

由隴海鐵路至開封，訪圖書館長井偉丞（俊啓）、博物館長關百益、古物研究院長張仲甫（嘉謀）、河南大學教授蔣恢吾（藩）。井、張留飲拳石齋，食黄河鯉魚。恢吾爲題《龍池校書圖》。仲甫先生藏東陂居士（陸）【睦】㰅《萬卷（樓）【堂】書目》，有楊文襄《通家雜述》，爲向所未知。

昭通姜亮夫（寅清）任教河南大學，印泉先生先函告，余與希魯至，殷殷招待，時撰《中國歷代名人碑傳年里總表》，余以《滇南學者生卒考》贈之，轉載甚多。游吹臺、繁塔、鐵塔、龍亭、夷門諸古蹟。游古書肆，得《趙州谷恭人詩》一册。

至洛陽，過天津橋，游邵祠、安樂窩、關帝陵，伊闕觀造像。渡伊川，遊香山九老寺，謁香山墓，游白馬寺，觀唐塑像，謁狄梁公墓，皆動人景慕。而北邙山漢唐名賢墓，都未一存，惟篡逆之司馬懿墓，巍然如小阜，反足以章其臭。金谷園一片荒涼,昔日之繁華,而今安在。城内圖書館,觀魏三體石經。城外周公廟,唐墓誌千數百石,可謂大觀。出洛陽,經函谷,抵潼關,見黄河之大且深,實天生一大險要。

至西安,訪通志館長宋菊隖(聯奎)先生,適入故都相左。副館長王卓庭(健)、編纂吳敬之(廷錫)兩先生,談甚契。卓庭爲題《龍池校書圖》,贈新修《陜西通志》一部、《關中叢書》數種。敬老贈家友石《鴻濛室詩集》一部。游開元寺、卧龍寺、下馬陵、董仲舒祠、薦福寺,觀小雁塔、大興善寺,瞻玄奘法師卓錫處,慈恩寺登大雁塔,望終南山。游碑林,拓尹楚珍(壯圖)先生圍屏數堂。游唐故宫,摩挱唐肺石。游清真寺,鄭和曾六次重修。西安古蹟,夥不勝數,所游百中之一二而已。游古書肆,得家友石臨《石鼓文》一册、鐘鼎屏四幅,其價值甚昂,不購歸,寐不成。東歸,車中見灞橋,長約半里,詩思在驢子背上,可想詩人風雪之樂。

至臨潼,浴華清池,猶覺水膩而香。覩烽火臺,知幽王之所以敗。至華陰玉清院,謁希夷高卧像。

游華山,廿里至青柯坪,雖崎嶇,尚寬平。由迴心石,而千尺幢、百尺峽,而老君犁溝,而猢猻愁,擦耳崖,至北峰。折南行日月崖,而閻王碥,而蒼龍嶺,而昌黎投書處,而鷂子翻身,至中峰。再南行四五里,經避詔崖,至南峰金天宫,宫後最高處曰落雁峰,頂有仰天池,至此無路可行。千峰萬嶺間,若有群仙聚於此。其東仙掌崖,可望而不可即。西行經老子鍊丹處,登西峰,折中峰,循故道歸。華山之奇,奇於石。山不石不奇,不純石不大奇,華山純石而險,奇之奇者也。

至鄭州,隴海、平漢鐵路之交,頗繁盛,有子産祠,古遺愛

猶存。由平漢路至漢口，中惟武勝關尚險要。黃河以北皆種麥黍稷膏粱等。至孝感，始見蠶豆。

抵漢口，訪傅子餘（善慶），昆明傅士珍之孫，士珍死難山東冠縣，有《殉節録》，子餘存一孤本。子餘云：其祖有《雪樵詩存》，其父培基有《念堂詩草》，其姑培真有《[illegible]翠軒詩稿》，與蒙化藩安國之《借竹居詩集》，皆寄存濟南，日後抄寄。過江，訪圖書館長談君訥先生，爲題《龍池校書圖》。古書肆無所得。登黃鶴樓三次，鸚鵡洲、漢陽樹，徒深弔古之思。誦先夢亭公詩，詩懷一闊。

下長江，抵潯陽，由蓮花洞，登廬山，住牯嶺，遊蘆林、黃龍寺、黃龍潭、天池寺、仙人洞、景白亭、大林寺、女兒城、三疊泉、五老峰、白鹿洞、陸羽泉、慈航寺、棲賢寺、白鶴間、玉簾泉、歡喜亭。折牯嶺，閱《廬山志》，得王疇五（思訓）、釋超淵詩。下山，游東林寺，小憩三笑橋，至沙河鎮，登南潯火車。

入南昌，滕王閣已圮，百花洲無一花。圖書館中藏谷西阿（際歧）先生《大儒詩鈔》，鈔西阿自序，及吴穀人（錫麒）序，並提要紀録。

至安慶，訪通志副館長余幼泉（炳成）先生，爲題《龍池校書圖》，約遊菱塘，論通志編纂甚長，贈新編《安徽通志》之《大事記》、《人物列傳》、《藝文考》三種。訪圖書館長陳東原先生，爲於古書肆、舊藏書家搜師荔扉先生詩文未得，派館員望江吴蔭黎君導至望江搜訪。教育局爲登報，周君幼堂爲購得《二餘堂叢書》，《小停雲館芝言》、《雷音集》各一部。荔扉先生有長生禄位在舊雷陽書院。望江人士每歲清明致祭，至今弗替。文廟、城隍廟、迴龍宫、華陽鎮，皆有撰書碑記，而書法亦佳。

訪小停雲館，荒蔓無可尋。夢亭公曾至望江訪先生，先生約游迴龍宫，詩存集中。夢亭公詩今不存，僅存訪先生長律二首。大雷岸，百年前夢亭公訪友而到，百年後梅訪先友遺著而來，不可謂非大幸。來風去雨，此爲梅北遊最苦亦最樂之一次也。折安慶，游大觀亭，謁余忠宣墓，登江心塔，得周眉亭（樽）先生記一篇，惜斷爛不全。望集賢關，弔完白山人。幼泉云，其裔輯其遺詩。梅以在滇所輯一册，由幼泉轉贈之。

順流而下，經蕪湖，至南京。由下關登陸，乘馬車入城，投成賢街旅舍。訪方國瑜、王愓山（燦）、周淦、尹澤新（明德）、閻旦生（旭），門人陳時策、甘銘，同鄉吳廷標來訪，相與往還甚密。訪浙江朱逷先、鄭萼村（鶴聲）兩先生，贈自著書數種。訪江蘇國學圖書館長柳翼謀（詒徵）先生，爲題《龍池校書圖》，抄贈簡西嵒編《楊升庵年譜》。館中購書十餘種，古書肆購數十種。游清涼山，啜茗掃葉樓，小倉山謁袁隨園（枚）墓，雞鳴寺憩豁蒙樓，訪臙脂井。玄武湖乘小舟，莫愁湖品茶。雨花臺謁正學公祠墓，禮行四拜。飲第六泉。明故宫觀血蹟石。秦淮河、烏衣巷，略事流覽。燕子磯瞰長江。明孝陵、中山陵，憑弔興亡，作半日閒。棲霞山觀造像，得李鶴峰先生《駕幸攝山賦》。

至鎮江，游金山，觀東坡玉帶。焦山觀文襄玉帶。北固山憩甘露寺，王太守（仁堪）祠品泉，白先公園看夕照。雨中丁卯橋訪文襄別墅遺址，大峴山謁公墓，低徊久之，始歸。

與希魯乘火車，復至蘇州，下榻李印老葑上草堂。謁太炎、松岑兩先生，訪諸介夫、徐澐秋（澂）兩君，澐秋爲寫《龍池校書第二圖》。印老五公子季鄴（希泌）導遊寒山寺，支硎山謁蒼雪法師塔，飯於南來堂，歸游戒幢寺，游虎丘，謁五人墓。滄浪亭觀五百名賢像。獅子林拓“聽雨樓法帖”。古書肆得李鶴峰先生評選《唐詩觀瀾集》，别購古書數十種。

於其别也，印老餽梅與希魯矑甚厚，松岑先生筵餞並爲題《校書圖》七古一篇，起云“晉寧城中一老拙，頭項不爲時貴屈”，其知梅也深。李繼鶴世兄，出授所藏其祖彭《十二吟樓詩鈔》，其姑應綬《晚香室詩鈔》，梅並影鶴峰、衣山、雲華、篆卿遺像，備摹入《滇賢像傳》。

由蘇州乘火車，經上海，直達杭州。宿渴想之西子湖畔，而白堤，而孤山，登放鶴亭，謁林處士墓、趙玉峰先生祠，游文瀾閣、西泠印社，渡西泠橋，觀蘇小、秋瑾墓，謁岳忠武祠墓。次游浙江先賢祠，而三潭印月，而高莊、劉園，而蘇堤、趙堤。次寶石塔，下山而黄龍潭，而清漣禪院，而靈隱、韜光，登北高峰，出山謁張文烈、牛皋墓。次泛舟錢武肅廟，觀雷峰塔，憩淨慈寺。次買舟繫岸，游石屋洞、水樂洞、龍井，折南高峰，游煙霞洞，至定慧寺，飲虎跑泉，重游白蘇堤，謁于忠肅祠墓、張蒼水墓。而孤山游三次，樓外樓飽嘗蓴菜，飲黄酒大醉。趙祠得張澐卿修祠記，古書肆得蘇霈芬、嘉淦父子詩鈔本各一册，劉景韓（樹堂）《師竹齋詩》一册。官書局、古書肆，各購書十餘種。

訪圖書館長陳訓慈，贈書數種，託搜李蘭貞太夫人《蘗香草》。訪戴鶴皋（振聲）先生，爲題《龍池校書圖》。童仲華（振藻）在滇廿餘年舊友，聞鶴皋言來訪，極惓惓。斯游快甚，惜未遇錢江潮期也。

折滬，重游古書肆，得檀白石（萃）《草堂詩話》，中多滇賢詩,别購古籍廿餘種。訪張鎔西(耀曾)先生,得張氏詩文選。萬里搜訪雲南文獻,至此告結束。

與希魯買日本皇后船票,直達香港,欲稍事流連,適逢海防船開,朝登岸,夕又入舟。抵海防,乘車入河内。雇人力車,遊公園及各勝地。歸心如矢,由此而老街,而開遠,而昆明歸家。家人喜出望外。總籌國幣貳千貳百元用將罄,除旅費、購書外,衣料未購一襲,殊失家人之望。然余在省常病痧,去時買利濟堂痧藥一瓶,歸時依舊攜回,於此則又大喜。飯後沐浴,一夢天明。謁見諸師友,皆懽欣逾常。

關於雲南文獻,一一分别收入《詩文叢録》及《通志》。閲時半載,先賢陰相,採獲出諸意外,梅自上年十二月十四日起程,至今年七月十一日返家,逐日皆有日記,得《北遊搜訪文獻日記》四卷,詩一百十首。摘述梗概,其詳見日記。《歸來》一首云:"南北搜羅願不違,一肩文獻盡珠璣。平生最大快心事,多少先賢伴我歸。"

九月二十日,陳虚齋師病故,生咸豐庚申六月十四日,年七十六,門人私謚文貞,梅有詩四首哭之。

中央令各省編輯鄉賢事略,以作模範。省府函通志館編纂,以三十人爲限。周惺庵師囑梅擬出六十人,邀集馬直坡、孫少元、陳性甫、錢平階、秦璞安、宋鏡澄、袁樹五、由夔舉、熊仲青、蕭石齋、趙弢父、丁又秋、龔仲鈞、繆季安、何小泉與梅開會,決議先印出名單,分送各人圈選,以圈多者當選。選出莊蹻、張叔、盛覽、李恢、吕凱、爨龍顔、異牟尋、高昇泰、段實、蘭茂、鄭和、蕭崇業、楊一清、孫繼魯、嚴清、王元翰、薛大觀、文祖堯、趙士麟、王思訓、張漢、錢灃、谷際歧、師範、袁文典、文揆、劉大紳、王崧、程含章、吳樹聲、方玉潤、楊玉科、許印芳、趙藩、陳榮昌。最後決議莊蹻、張叔（附盛覽）、吕凱、李恢、爨龍顔、異牟尋、高昇泰、段實、蘭茂、鄭和、楊一清、嚴清、孫繼魯、王元翰、傅宗龍、王錫袞、薛大觀、文祖堯、趙士麟（附李發甲）、張漢（附王思訓）、錢灃（附谷際歧）、陳榮昌、師範（附袁文典、文揆）、黄琮、許印芳、趙藩、劉大紳、吳樹聲（附王崧）、程含章、方玉潤、楊玉科。由梅編纂，惺師、彊父、樹圃定稿。由省府送教育部審定後，再分令全省各師範、中學講授示範。

歷年購書約三萬卷。

**民國二十五年丙子　五十六歲**

《通志》總纂、分纂各員所編之稿，交十之七八，惺師囑梅審查。如列傳分合尚未盡善；自漢至元尚缺；明清兩代重要人物當補撰；叢傳尚無人擔任；大事記注、引用書目，有註子而未註母者，且有極小事而列入者；清咸同兵事，亦嫌過略；地理引用書目未改正，材料亦當補充；邊裔、土司、兵制、外交、農工商諸門草率，須再加搜採重編。有此種種情形，惺師酌送酬金，暫告結束。

撰吳鼎堂先生《歌麻古韻考》跋。

晉寧李鶴峰（因培）先生才名滿天下，著有《鶴峰集》，其孫篆卿（浩）學使，合其治民《稜翁集》，翃《雲華集》，翊《衣山集》、翽《蘭溪集》，名《李氏詩存》，已收入《雲南叢書》，鶴峰詩遺珠尚往往而有，梅得四十五首，編爲《補遺》一卷，又文八篇，收入《滇文叢》。

昆明黄文潔公，詩工甚深，駢文入唐人之室，有《知疏味齋詩文集》，以少司馬告終養歸，主講五華書院，以詩古文裁成後進。有《五華課藝》數卷，詩文、試帖、律賦已刊行，古近體詩數十人，寫成宋體字待刊，爲梅所得，又得文八篇，收入《滇文叢》。茲得知蔬味齋詩二百餘首，又選評唐宋人五七律一本，石屏許印山爲文潔入室弟子，有《律髓輯要》等述作，知淵源於文潔也。文潔工小真書，梅得手鈔趙秋谷《聲調譜》，不亞戴文節（熙），可影印。

得師荔扉先生贈錢芷汀先生詩幅，樹五先生爲題云："荔扉前身滇王莊，荔扉再世滇縣方。聞者笑我歌荒唐，此中奇理我能詳。闢滇要鑿雲開張，扶滇要染雲煇煌。乾嘉群驥爭騰驤，芷汀逸足馳河漳。爪印留得詩三章，桃新漁老山水長（臞仙曾得荔翁小停雲館《紅白桃花圖》、《歸釣圖》並《山水》立軸）。合貯一笈千瓊琊，滇池山水靈皇皇。荔扉游釣客爲鄉，賓懽主愉本尋常。合浦含笑歸孟嘗，一心之誠通明光，我欲追逐參鶬翔。"

倩昆明楊榆村（應選），樵夢亭公《桐陰覓句圖》。宋鏡澄、趙㢴父、郭理初爲題詞，余補鈔黄文潔所題七古於前。

**民國二十六年丁丑　五十七歲**

惺師裁減志館人員，改梅與小泉爲編審員。梅削各屬採訪人物稿爲叢傳。

《滇詩文叢録》編成，各一百卷。趙介庵師歸道山後，總纂推陳虚齋師，稿由澄甫交來，《文叢》歸璞安師主編，《詩叢》歸樹五先生主編，而詩實由梅纂輯。甲戌北遊之先，始交樹五先生，虚齋師年高而兼賣文賣字爲活，於此不暇過問。《文叢》初議仿《古文辭類纂》，璞安師改兼《經史百家雜鈔》例，併爲三門九類：一曰論著類，一曰辭賦類，一曰序跋類，爲著述門；一曰告令類,一曰陳議類,一曰書牘類,一曰哀祭類,爲告語門;一曰傳誌類,一曰雜記類,爲記載門。尤爲簡括。《詩叢》初議不加評語,仿《滇詩重光集》,在梅處即仿爲之。交樹五先生後,改仿朱竹垞《明詩綜》,藩衍桐、阮元《兩浙輶軒録》。初議詩文已收專集者不再複,專集外搜得佳篇乃録之,璞安師與樹五先生,詩文專集仍選入。書成,原擬《文叢》署名昆明陳某鑒定,呈貢秦某編輯,石屏袁某參訂,晉寧方某同輯。《詩叢》鑒定同,袁某編輯,秦某參訂,方某同輯。梅以《詩》《文叢》鑒定,應加趙介庵師,樹五先生默然。後則概不列名。璞安師《文叢》序,尚有"梅襄助於二者之間"語。樹五先生《詩叢》,收《卧雪詩話》,介庵、虚齋兩師,與李厚安先生等,若如樹五先生意,各抒所見,多所評跋,《詩叢》不愈美乎。《詩叢》之得以如此大成者,許五塘先生選《重光集》後,尚有百數十人之稿(成家者五塘已選刻,餘百數十人之稿只可披沙撿金),遺囑交介庵師續選;介庵師數十年之搜輯,擬編《滇詩燼餘録》者,俱選入之;虚齋師選《滇詩拾遺》,明代自刻行世,清代選得數十人,亦交歸合併;又厚安先生選《滇詩拾遺補》,已收入《叢書》,亦並采入;此外,李印泉先生,華文安、何小泉兩君,搜訪不少。

梅寓省前後廿餘年,無日不涉足古書肆,省垣書估,無人不相往還,書估有時窘迫,余常以資接濟,所得滇賢遺著必留售與梅,故梅得滇南文獻獨夥。省垣業書籍字畫者,稱余爲方古董,樂受之而不辭。

《方氏族譜》分宗系、宗世、祠宇、墳塋、家傳、榮典、外譜、出繼(入繼)、雜録八門,於民國三年甲寅編成排印,分發族人。以半同靈水吴氏,改爲圖、表、傳、志,一曰宗系圖,二曰宗世表，三曰先德傳，四曰祠堂志(附坊表園亭)，五曰墳塋志，六曰藝文志。收著述目録提要。附録三：一碑傳集，二誦芬集，三光寵集。附録三種刊成。

舊曆十一月二十一日，樹五先生病歿，年六十有六。梅有《昆華圖書館懷樹五先生》詩二首。

十二月二十二日寅時，次孫學海生，唇兔缺甚深。

**民國二十七年戊寅　五十八歲**

削各屬採訪人物稿爲叢傳。

五月，次孫學海殤。

《晉寧詩文徵》印成。民國戊午，梅倡修州志，任纂人物、藝文、金石、古蹟、雜志等，於藝文以著述提要爲主，别纂《詩文徵》附後，亦可别爲一書。梅與郭維周稿辦訖，交總纂陳虚齋師，惟李伯貞、張伯華(含英)所任未交，總纂俟稿交齊而後命筆。乙亥九月虚齋師歸道山，志書難望有成，梅將稿收回。晉寧文獻數十載之搜采，收入《滇詩文叢録》外，復纂成此書，總得二十卷，分内、外兩編。内編收本屬人之詩文，外編收其外有關本屬之詩文。内編採輯較寬，外編采輯較嚴。《詩徵》以人爲主，作者之下，繫以傳略。内編：明四十二家，詩二百餘首；清一百又七家，詩五百餘首；清季迄現代三十二家，詩二百餘首；附詩餘三家六首。外編：明二十八家，詩六十餘首；清六十三家，詩二百餘首；清季迄現代二十二家，詩九十餘首。《文徵》依《滇文叢》例，曰論著、辭賦、序跋、陳議、誥令、書牘、哀啓、傳誌、雜記，内、外編元明迄近代，凡文二百四十餘首。作者傳略，總編卷首，已見《詩徵》者不再複。繆季安先生爲之序，梅亦自序之。以時局日危，保存不易，託開智公司排印二百部,以資流播,每部滇幣三十五元,共七千元。四區各村保、各學校與寓省諸同鄉,購去一半。

九月二十八日,舊曆八月五日,晨八時許,聞警報,奔小西門外苗圃潛避。九時許,敵機九架,侵入市空,倏降低於拓邊樓外(大西門),擲彈百餘枚。苗圃、長耳街、昆華師範學校,房屋炸倒甚夥,死傷人民二百餘。梅距被機關槍掃射處,不及百步。膽慄心驚,半生來第一之人危機也。成七絶二首云:“忘餐奔命出西門,苗圃十圍樹下蹲。一彈拓邊樓外擲,天教不死也消魂。”“轟然雷似使人顛,滾滾煙塵起半天。樹禿毛枯地深陷,縱横身首最堪憐。”兒懷民,侍其母,挈其妻子,於前五日登舟還里,否則全家皆大吃一驚。

十一月,政府冀《通志》完成,以三年爲限。惺師函省府,聘梅與何小泉、繆季安、方國瑜爲編纂審查員,呈貢覃玉生(寶珖)爲校對員。杜人事之煩擾,避敵機之空襲,館移海源寺旁靈源别墅。省府派人司炊爨,所有開支由財政廳支領。梅任漢至元耆舊傳、地理、藝文、詩文録、人物列傳,而叢傳與季安合作,十五日移入編纂。

今年,初落齒一。

**民國二十八年己卯　五十九歲**

五月,惺庵師出長内政部,小泉隨充秘書。志館惺師遥領,仍邀彂父復職副館長,主持一切,彂父未到前,由梅代行拆。雲南漢至元人物,清康熙、雍正、道光、光緒諸《通志》,遺漏甚夥,且寥寥數語,稱引亦多歧誤。近年《景泰圖經》、正德(周季鳳纂修)、萬曆(李元陽纂修)、天啓(劉文徵纂修)諸志相繼出現,得一一流覽,加參考《漢書》、《晉書》、《唐書》、《華陽國志》、《南中志》，明清《一統志》、《南詔野史》、《滇繫》、各府廳州縣志、《桂海虞衡志》、《蜀中廣記》、《全唐詩》、李源道文集、《宏簡録》、《姚安高氏家譜》、《滇略》、《滇小記》、《蒙兀兒史記》、《劍川趙氏族譜》、孟孝琚、爨寶子、爨龍顔、高生福、杜昌海諸碑，共成三卷。漢得張叔、盛覽、許淑、仁果、傅寶、隗相、孟琁、鹵承、張祐那、爨習、李恢（附其弟之子球）、吕凱（附子祥、王伉二人），孟琰、孟獲、爨谷（附董元、孟幹、孟通、爨熊、李松、王素、孟岳七人）、毛炅、爨雲。晉得毛孟、董敏、麗遺、爨琛、爨寶子；南北朝得爨龍顔、爨瓚。爲上卷。唐得張樂進求（附細奴羅），王仁求（附子善寶）、蒙歸義（附蒙伽異）、張建成、異牟尋、楊興、段宗牓、張志誠、閑珊居集、阿啊、董成、楊奇鯤（附趙眉隆、段義宗二人）、段赤城、羅時。宋得高智昇、高昇泰、高泰運、高量成、高泰祥、高生福、李紫琮、王夢璽、李觀音得。爲中卷。元得段福、段實（附弟忠、子阿慶、忠子正、正子隆、隆子俊、俊族弟義、義子光七人），麥宗（附子麥良）、趙順、王惠（附子明、慶、忠、益四人），王昇、段文瑞、杜昌海、刀代、高惠直、段阿堅、寒賽、楊立義、楊惠、高明、董文彦（附子茂春時中、茂春子思平二人），亨祐（附朱寶翼、王帑二人），蘇隆（附子仁壽）、張友直、趙和、張景雲、楊昇（附子寶）、陳惠、段功（附子寶、寶子仁、義三人），楊勝、高蓬、楊智、楊保（附弟名）。爲下卷。參引諸書，各側注於其末，别加案語於後，闕者補之，誤者正之，自信尚非苟作，名曰《漢至元耆舊傳》。擬再加列女、方外，編爲四卷，更名《古滇人物攷》，與《滇南碑傳集》附印問世。

清代錢衎石（儀吉）、繆藝風（荃孫）、閔爾昌（葆之）三家《碑傳集》，以萬里邊省，搜采不易，所録不過二十餘人。梅讀之不無遺憾，發願專輯滇南明清兩代碑傳，纂爲一書，補三家之不及，備清史之甄采。體例一本三家，而斟酌損益，經二十餘年之歲月。明十二卷，清十八卷，總得三十二卷。明宰輔二人，部院大臣四人，九卿三人，科道七人，曹司三人，使臣一人，巡撫二人，司道七人，守令十一人，校官四人，佐雜三人，武臣四人，忠義十六人，孝友五人，儒林二人，文苑三人，卓行九人，隱逸三人，遺民八人，列女賢明七人，節烈四人，女俠一人，方外五人，共一百十四人，文一百四十篇，附録十篇。清部院大臣五人，内閣九卿四人，科道五人，曹司七人，巡撫二人，司道五人，守令三十六人，鹺尹一人，校官十五人，佐雜二人，武臣十一人，忠義十六人，孝友十四人，儒林十人，文苑三十九人，卓行四十九人，列女賢明十九人，節孝二十人，貞烈十七人，才智四人，方外五人，共二百八十五人，文四百八十篇，附十三篇。撰者二百七十八人，編略歷於其前，已收入集者，注明見本集某卷，不再叙略歷，文後注明采自何書。趙弢父、秦璞安、朱逷先、徐旭生爲之序，自有序一，凡例十則，繆季安題詞一首，合總目撰者略歷爲卷首。滇中特出人物，盡力求其碑傳而不得，或得而事多遺漏者，擬撰郝太極，王思訓、李因培（其祖典、父治民、子翊、翻、翃、女含章、姪舟、孫浩）、袁文典、文揆、黄琮、吴樹聲、吴尚賢、宫裏雁、繆嘉蕙、釋普荷、釋元位傳十二篇爲附録一卷，不羼入正集。雲大教授吴縣顧頡剛先生聞之，謂雲南文獻攸關之書，《雲南叢書》中尚無此鉅製，願由北平研究院紹介商務印書館出版，尚未商洽，之成都，主講齊魯大學，函余寄出，由齊魯大學付印。北平圖書館長袁守和（同禮）先生聞之，函商頡剛，讓由北平館交開明書店印行。民國以來碑傳，輯爲續集，擬加漢至元人物攷以相銜接，攷雲南歷代重要人物，於此可問津焉。

六月初五日，約顧頡剛、南陽徐旭生（炳昶）、麗江同宗方國瑜，游盤龍諸勝。訪天女城、滇池縣遺址，發現漢磚，旭生以紋同西安漢磚定之，旭生有《晉寧訪古記》。頡剛爲題《龍池校書圖》四絶，又題紀青弟《耕餘吟》二絶。盤桓三日返省。

清代錢（大昕）、吳（修）、錢（椒）、陸（心源）、張（鳴珂）、閔（葆之）諸家《疑年録》，與孫（師鄭）、梁（廷燦）兩家《名人生卒年表》，滇有全無一人者，有所收一二人，以至四五人者，大抵因邊省不易搜采之故，梅得《滇南學者生卒考》百二十一人，已付梓，今年力加搜訪，總得一百八十餘人。

九月，弢父到志館復職。

《通志》列傳，分合增補，與季庵合作，粗告結束，然應增者不少，才力棉薄，無能爲役，書此以志過。

梅右目生雲翳，中西醫皆無效。

**民國二十九年庚辰　六十歲**

正月初三日，邀北平圖書館長袁守和、館員萬稼軒（斯年）兩先生，遊盤龍、萬松諸勝，榻下舊廬三夕。

編審文學、武功、列女、方外諸門，於列女各屬採訪稿幾盈尺，而節婦尤多。婦女守節，爲人生最苦事，或孝翁姑，或撫孤子，居孀持節，矢志不二，凡有事蹟者，皆不忍湮没。以數月之光陰，削存千數百人之小傳，爲世道風化計，敢云苦哉。文學、武功、方外，悉心搜採，亦增加數百人。地理本非梅所長，就所知者，增加數十條，於引用書目，一一攷證注明之。

三月，袁守和先生擬影印《景泰圖經》，囑爲之跋。

六月初三日，六十初度，還里一來復，得長律二首。契友趙弢父、李印泉、王惕山、覃玉生、繆季安、何小泉、郭理初、無錫諸介夫、浙江張處芳，以詩歌介雅，紀青弟亦和余韻，擬自今年至六十九初度而作編爲《壽梅集》卷一。余自此留鬚。

印老詩云："五華同學百餘輩，著作如君有幾人。收拾南天文獻盡，故應松長老龍鱗。"印老知余也深，余盡瘁鄉邦文獻，近雖有述作廿餘種，覆瓿物耳。百尺竿頭，再進一步，努力勿懈是勗。

六月十七，姊病故。生同治辛未十月十三日，年七十，子一麟，東陸大學畢業。女三，俱適人。余有詩三十韻，紀青弟有詩四十韻哭之，余並撰墓誌銘。

八月，惺庵師通志館長函省府以弢父充之，縮限半年書成。

# 臞仙年録卷四

## 民國三十年辛巳　一九四一　六十一歲

二月二十六日，舊曆二月朔日，敵機兩批來襲。一批十八架，一批二十五架。正義路、景星街、護國路等處，被炸千餘棟。有詩紀其事。

三月二十九日，敵機轟炸省城之文廟大成殿、尊經閣，名宦祠蕩平，敵本炸五華山省政府，而文廟距五華山甚近，空中投彈未準耳。三牌坊亦同時被炸毁。

余在海源寺纂修《通志》，將所任各稿殺青，交趙弢父館長鑒核。辭歸。《通志》結束，在事各員有保獎，余辭不受。

懷民兒上年回鄉，建築學山樓，今夏落成。中秋樓上賞月放歌，二兄、三兄、六弟同聚談。

弢父回劍川，八月二十九日病故，有詩哭之。

余任《通志・藝文考》，自幼癖滇雲文獻，又襄助趙、陳、袁、秦諸先生，從事《雲南叢書》先後廿餘年，於此竭心力而爲之。照四庫分類，提要考訂，勒成十卷，較道光、光緒《通志》增加數百種。

雲大聘充教授，因回家不便授課，辭。十一月三日，熊迪之校長來函云：大函奉悉，先生對於吾滇文化，著作宏富，研究深刻,素所欽仰。本學期未荷俞允蒞校賜教,深爲失望。下學期敬希惠臨,俾承教益,無任翹企。履歷著作,已以滇省耆宿名義,轉呈教育部,並以奉聞。

## 民國三十一年壬午　一九四二　六十二歲

昆明張子俊(偉)來任晉寧縣長,余提議續修州志,子俊極贊成,聘余總其成。民國七年,會澤魏南金(錕)來任縣長,余與李伯貞(培元)倡修,聘昆明陳虚齋先生爲總纂,書未成。今提議續纂,仍截至宣統辛亥止,體例改照《新纂雲南通志》,分記、圖、表、略、傳、録六目。錢平階已先避空襲,還灣村築屋,時相過從。張愚若(學智)太史,就養縣廨,鄉前輩宋鏡澄先生(嘉俊),與愚若同譜,約鏡澄來任經理。鏡澄年髦,纂修事不敢勞,月送薪金二十元,鏡澄欣然允之,藉此全家遷於城内。余與愚若、鏡澄、平階時相聚談爲樂。

雲大聘任雲南文化史教授,去年已面談,未諾。今楚方鵬(圖南)、方國瑜,一再促之,始允。約定兩星期於五六兩日下午,每日講授兩小時。

五月十三,於呈貢道中,跌馬臂傷,有詩示諸生。教授終歲,以來往困難辭,未許,暫停授課,專任文化研究,月薪照舊送。

《滇王莊蹻攷》、《雲南省名攷》二篇印行。

## 民國三十二年癸未　一九四三　六十三歲

晉寧張縣長調霑益,昆明楊用和(正禮)繼任。

西河村掘得晉碑,河泊所樹蔡漁莊(瓊)都轉故里碑,皆盡力贊助。

州志(一)記:大事記;(二)圖;(三)表:職官、選舉;(四)

略:天文、氣象,輿地上:疆域、沿革、形勢、山脈、水系,輿地中:城池、官署、村屯、關隘、橋樑、津渡,輿地下:古蹟、塚墓,此外祠祀、禮俗、族姓、宗教、方言、農工商、賦役、學制、庶政、金石、藝文;(五)傳:宦蹟、列傳、忠義、孝友、文學、武功、藝術、釋道、寓賢;(六)録:遺聞軼事。總三十卷,皆余一手編成;天文、氣象,鹽津陳一得代編;大事記郭之楨初稿,余補正,以識不忘。

志成,錢平階、宋鏡澄兩先生,請楊縣長籌款酬勞,余力辭不敢受。後錢、宋兩先生商之楊縣長,送余和衲山名勝地一塊,以爲余百年後埋骨之所,亦辭。後送余象山山神廟後閤縣公地數丈,立契交余,始受之。按:此地解放已將券繳縣政府退還,以此地可生産。

宋鏡澄二月初一日,錢平階四月初八日,壽俱八十。次詩壽之。

同學王孟懷(用予)病故,少一老知己,詩以悼之。

**民國三十三年甲申　一九四四　六十四歲**

正月初四日,五月初三日,鏡澄、平階兩先生,八十一壽終,有詩悼之。兩先生皆晉寧增光人物,余親炙數十年,德業相勸,過失相規,老輩中不多得。鏡澄臨終前二日,執余手曰:吾逝,臞仙孤矣。平階臨終前三日,猶殷殷以改造社會相勗。二老之於余,親切若是,終身不能忘。

二月初七日,先慈百歲冥壽,與紀青弟各有五古一篇,述先慈治家處世嘉言懿行,以詒誡子孫輩遵守無違。

中秋,紹先二胞兄八十,以長律壽之,有“家雖貧困能知命,性本孤高不愛錢”之句。

雲南大學以余所纂《通志・藝文考》滇人著述部分,名曰

《明清滇人著述書目》,收爲西南研究叢書之四,十一月印行。

同門李印泉(根源)將返騰衝,由重慶歸滇。余家居閉户著書,贈著書資金元券貳百元,於何小泉所託轉交,即返騰衝。余赴省攜歸,時幣值日漸低落,買鍾貴田四工,節儉而不浪費,有負良友矣。

介庵師次子澄甫(宗瀚),於三月十六日病故,悼以四絶句。介庵師生平著作,一時無人整理。余心甚悲慟,輓詩有"樾師見面門牆問,爲報編書右目盲"之句。

余所藏書畫,擇數十件,請王惕山(燦)轉託其姪壻姚蓬心,出售與同嗜者,三百餘十元,添印《學山樓詩集》。有詩云:"愛女嬌癡數十年,深閨待字重良緣。聘金敝帚災梨棗,感念媒賢壻亦賢。"

九月二十九亥時,孫若孫生。

**民國三十四年乙酉　一九四五　六十五歲**

《滇文叢録》,襄助趙介庵師纂輯,已成七十餘卷。介庵師歸道山,陳虚齋師繼任總纂。《文叢》以秦璞安師主編,《詩叢》以袁屏山先生主編。余則贊襄於二者之間,北遊搜訪所得亦加入,刻專集者亦選入,合總目撰者小傳,共百卷印訖,璞安師序於前,余序於後。《詩叢》百卷待印。

同學平彝謝琅書(顯琳),長曲靖中學師範三十年,造就人才甚夥,新舊肄業諸生,發起印紀念專刊徵序,余爲贈序一,以志欣慕。

紀青弟終身一農夫,嗜吟詠,著《樂耕堂詩鈔》,事先慈極盡孝道,於諸兄極盡弟道,六月初八日六十初度,有詩壽之。

抗戰以來,敵機時來轟炸。我滇近省會機場,已有昆明、呈貢兩處，力量尚覺單薄，軍政當局，欲於晉寧西鄉自新街西至河泊所一帶，闢爲機場。以其地近滇池，中有小山四五，好躲藏飛機。美空軍總司令部已派工程處副處長王祖光、副工程師馬海雲，率隊前來測勘，業已測定，將動工。余邀集四鄉紳耆開會，擬呈文，舉出八害，請丁伯剛縣長呈省府轉令另擇地。余與議長趙光裕，赴省面懇丁又秋、張西林、楊文清等，面省主席詳陳其害。

**民國三十五年丙戌　一九四六　六十六歲**

城内趙益齋（長增）九十，周子貞（懷忠）八十七，宋星陔（廷輝）八十六，李聘三（有珍）八十四，李繼之八十三，吕香圃（桂清）、曾岐山（鳳）、劉德昌（潤）八十二，張盡臣（起忠）、唐品卿（應鑫）八十，合之得八百三十六，以今歲抗戰勝利，醵金置酒，踵香山洛下故事於關岳廟，邀余陪末座。余年六十六，不敢援狄兼謨諸賢例，以佳釀祝之，成十老人長歌，以紀其盛。

嶺南蔡寒瓊，函託搜訪滇中紅豆。一日遇北平静生植物研究員俞德浚，曾走滇邊徧，語以順寧産。適友人騰衝張訒庵（問德）出宰順寧，託訪，下車不數月，訪得距縣治百餘里之錫臘有此樹，郵數十粒來。純紅，珊瑚色，形扁圓，比黄豆大，愛不釋手。作攷一文，以二粒種學圃，餘分贈知交，徵題表揚滇産，佳作聯翩而至。

**民國三十六年丁亥　一九四七　六十七歲**

吾邑宋鏡澄、錢平階兩先生，非一鄉一邑人物，乃全國人物也。道德文章，生平最景仰。兩先生歸道山後，爲之立傳，王漸逵亦深景仰，市石，余命懷民兒端書之，漸逵出資，倩昆明石工畢忠，刻立文廟前景賢樓下，俾後生則效焉。

牛戀鄉趙岐山（鳳鳴），與余莫逆交，垂四十年，任教鄉中三十餘載，學不厭，教不倦，成就甚衆，居鄉排難解紛，人服其公，老年逝世，有若喪其親者。余往弔之，不禁老淚横流。今八月五日，有友約食金綫魚，登海騷閣，良友不見，成長律懷之。

昆陽海口，爲滇池水出口巨浸，兩岸之山，雨水沙石並下壅塞。自元張立道疏濬後，四周露出田數萬畝。自明以來，昆明、呈貢、晉寧、昆陽四州縣擔任修濬，其經費由四縣田糧每升糧收制錢一文，由省善後局存儲，以備歲修開支。四州縣志書，具載擔任修挖地點，官紳極爲重視，碑文記載甚多，余搜采百數十件，擬編《海口河志》，亦四州縣水利最大之一要件也。

**民國三十七年戊子　一九四八　六十八歲**

呈貢秦璞安師，終身服務雲南文化教育，經師人師，三迤人士無異辭，年八十有一，於十一月十八日歸道山，余有五律二首悼之。

余性喜吟詠。光緒三十年甲辰，年二十四作詩始存稿，至今年戊子止，四十五年中，得詩千三百餘十首，删存七百餘十首。生平性情趣尚，以及出處交遊，藉以考見，繆季安、王惕山爲之序，謬蒙稱許。懷民兒請付印以示子孫，在官印局以仿宋聚珍版印二百三十部，擇要分送就正，非敢問世也。自有序。

縣長宋嘉晉，本屬人，思有所表見，鋭意築水塘外，拆毁城隍廟。舊州署太朽，遷於文昌宫。余請以舊州署改爲滇王莊蹻廟，圖書館附其中。因交卸，事遂寢。

《新纂雲南通志》出版，余自籌備至書成，俱在事，得一部，總二百六十六卷，一百四十册，《通志》編纂各情詳前。

## 民國三十八年己丑　一九四九　六十九歲

全國解放。吾滇亦樹赤幟。新縣政府成立，各界食翻身飯慶祝，余亦竭誠參加。中國數千年封建，至清中葉以後，英、美、法、日諸邦，野心勃勃，頻來侵略。辛亥革命，帝制推翻，軍閥政客，互相内訌，日甚一日。至蔣政府，愈不堪問，我中華半封建半殖民地，國幾不國。共産黨艱苦奮鬥，全國解放，以勞動工人爲領導，工農聯盟爲基礎，建立新民主主義，順天應人，全國額手稱慶矣。

李印老由騰衝乘飛機返昆明，住安寧溫泉别業。余函約到晉寧盤龍過新年，以事不能來，轉期我到溫泉，亦未去。除夕印老有詩云："約我盤龍去過年，轉期杖履到溫泉。老梅香滿蔥山館，空待仙人對月眠。"意味極深長。

## 一九五零年　庚寅　七十歲

任縣政府協商委員。

減租退押，依法完成。

玉溪專署唐專員用九，以事至晉寧，約新縣長王雲到方村訪余，余進城相左。唐專員先未嘗有交往，而知余之爲人，當此之時，而約縣長訪之，用心良厚，余聞而深感之。

七十攬揆，有感懷長律四首。姚安趙松泉（鶴清）老人，繪《雲中白鶴圖》爲壽，並題二截句，張愚若、由定庵、周惺庵、李儀廷、鄭鏡若（永清）、繆季安、何小泉、袁靄耕（丕佑）、馬竹禪（潔）、孫樂齋（樂）、趙鶴年、覃玉生、梁書農（之相）、于仲直（乃義）、劉夢澤、李印泉、何遜江（作楫）、周治平（均）、夏淑華，釋湛美題贈爲壽。松泉詩云："爲君寫照祝君嘏，當代滇池第一人。"慚何敢當。紀青弟、南樓甥，亦各有題圖詩。余以感懷四律,並以自七一至七九初度所作,編爲《壽梅集》卷二。

九月二十八日,紀青弟病故。生丙戌六月初八日,年六十有五。弟終身一老農,嗜吟詠,帶經而鋤,數十年如一日,著有《樂耕堂詩鈔》。趙石禪、錢平階、趙弢父、王惕山諸老爲之序,盛稱其有陶靖節風。詩品人品,在滇詩人中絕無僅有者。余通志役畢歸里,偕遊名山水,弟唱兄酬以爲樂,不意先余而逝也。手其遺著,能不痛心。弟與諸兄極友愛,事母尤孝,邦人稱之,生平事詳余所爲《事略》。

《師荔扉先生年譜》修補粗成,自爲序。荔扉先生,吾滇大文獻學家,著述等身。《滇繫》一書,尤關重要。官望江知縣,廉俸所入,悉以之刻書。子早喪,孤孫遠在故鄉。年六十一,以耳疾勒令休致,終於望江。其骨賴吾邑張溟洲太守歸葬彌渡。鄉賢中吾最崇拜,爲先生編輯年譜,搜輯生平著述數十年。民國壬戌着手編譜,北遊搜訪雲南文獻,得著述多種,近數年時時增補,粗告完成。窮愁著書,自勉實以自慰。

**一九五一年　辛卯　七十一歲**

正月初八日,三兄藝五,以殷憂過慮,早起家無一飱粟,遂於村前水井死。生光緒戊寅十一月某日,年七十五,兄沉默寡言,喜醫,研究頗有心得,凡男婦老幼諸症,經診即沉疴頓起。患病之家,無貧富貴賤,每延必往。世俗醫士,先治不愈,中延他醫士,亦不愈,再延即不往。有與病家相熟者,約參加意見,不惟不容納,而反唇相譏。兄於醫葯會中,常勉同道,務破除此俗見。余多病,得兄爲愈之。聞耗,則心若碎、臂若斷矣。

文山楚方鵬,任西南文教部副部長,關懷余之生活。雲大教授方國瑜,主任秦縝略,赴部開會,方鵬提議,以余曾在雲大任教授，即聘余在雲大終身。縝略回校，召集會議通過，尚未發表，省府委余文物保管委員會委員。

三月三十日，校補無名氏《梅花百詠》殺青，自爲序。詩用神、真、人、塵、春五韻，共九十七首。楊升庵有用此韻百首。阿迷王鈍庵和以五律。升庵詩從未見著録，疑爲僞託。余得此詩九十七首，吾鄉凌牧事有《梅花百韻》，未見傳本，倪蜕翁有序，師範收《滇繫》中。序稱詩九十七首，云百韻，舉成數也。序未云用升庵韻，此未署名，亦不敢定爲牧事作。詩多佳句，漫漶不少，竭十餘晝夜之力爲之校補，而存於《叢書》中。才力棉薄，所不顧也。

先考農髯公，一生以耕讀爲本，授經鄉塾卅餘年，受祖先之遺産，與先伯析居，各分田三十餘工。先伯乏嗣，歸吾家承繼。農髯公逝世後，母葉太孺人，撫吾兄弟六人，婚娶畢，各分田十二工自立。母輪流奉養。吾赴省入優師選科，内子李冬卉在家耕田，助費用。吾畢業後，留省服務教育文化卅餘載，薄有收入，喜收書籍字畫，猶有赢餘。辛亥改革後，滇票日落一日，遂於故鄉購田，以爲老年退歸(什)【計】。同學李曲石，抗戰還滇，贈著書資金元券弍百元，又買田四工。先後合祖遺共有田六十餘工，自耕十餘工外，餘出租剥削。

土改，懷民兒認繳罰金三千元，多蒙照顧，任縣政治協商委員，罰款由余在省籌繳。

**一九五二年　壬辰　七十二歲**

元日，大家歡過新年。余則孤棲省寓，阮囊羞澀，幾斷炊。早起洗面後，倏有客款門，啓之則趙君鶴年也，邀余至其家食飯。在此窮途中，得良友如此關懷，不禁悲喜交集，與鶴年歡聚一日。

城鄉聯絡委員會傳余繳認罰金，請求陸續籌交。賣四維巷住房、《百衲本廿四史》、大板九種《紀事本末》、《百子全書》、《正續資治通鑑》等，共先後繳二千三百元餘，無力再繳。家中子若孫，冬季衣服單薄，李星槎惠棉襖，夏淑華惠長衫，繆英和惠兒童衣服數件，寄回以禦寒。

余孤處滇稚堂，被服無多，和衣而卧。老友張鏡川、宋紹賢聞之，各贈一被。諸契友高誼，將何以圖報。

八月十二日，三孫女儀文生。

十一月初一日，懷民兒卒。生戊申十月十三日，年四十有三。兒十一縣聯合中學畢業，工書，爲余鈔所編書，速而不誤，十餘年來，鈔數十卷。敵機襲昆明，攜妻子侍其母回里耕田。嗜讀書，暇與諸伯叔喜遊名山水。余通志役畢歸，侍奉惟謹。余所作詩文，竊讀之，婉言某處請再酌，所見均不謬，余恆另改之。間爲小詩，吐詞清雅。余赴省任文物保管委員，家務兒一身是任，父子竟不得一面而永别。余聞耗，痛幾絶，其子女余當輔育之，所遺小詩，收附集末。余所編書付印，兒爲鈔録校讎，自今以後，何處覓兒鈔録校讎耶。余有事略見文集。

**一九五三年　癸巳　七十三歲**

捐獻數十年搜得雲南文獻圖書一百七十一册計一千餘卷於省立圖書館。圖書館給清册一本，目繁不備録。

自上年至今年，任省文物保管委員，贊助主委丁又秋、副主委李星槎，搶救及收購圖書。如《四部叢刊》、《四部備要》、《萬有文庫》等書外，名貴古籍，不可勝數。分别交圖書、博物兩館，二三萬卷留會中（按：此宗圖書後移交文史館）。懷兒五一年所認罰金，未繳七百元，城鄉聯絡委員會傳示：寬大免繳，解除任務。

内子李冬卉，十一月二十五日病故。生光緒壬午十一月初六日，年七十二。余聞耗，不禁老淚涔涔也。一别三載，竟不得一言而遽永别，豈不痛哉。室如懸罄，幸得諸姪各出數元，始買棺送葬於白沙山先考妣之墓次。冬卉歸我五十載，始而余赴省求學，在家耕田供余資用。中而余畢業後，在省服務文化教育，亦在家耕作如故。民國十二年，買宅四維巷，始來同居，生活如鄉大嫫。抗日軍興，敵機轟炸，仍回故里，率領兒媳輩耕田十工，艱苦備嘗，竟不得與余面别，反爲余增百憂也。

十月，任文史研究館籌備委員，主委姚安由定庵先生。

十二月二十五日回家，二十六日，白沙山掃内冬卉墓，有長律一首悼之。

二十七日，攜孫緩，玉案山視懷兒墓，前一夕，夢兒面黄瘦，衣服破舊。問何在，答在南山中。一抔黄土，兒不得見，若癡若迷，頻頻拭淚。望兒自南山中來，半晌無影，日將夕始歸，成長律一首，以發余痛。

滇賢詩有《詩略》、《嗣音》、《重光》、《拾遺》、《詩叢録》，纂輯可云大備。凡省外人之仕宦、幕客、謫戍、經商以及閒遊者之於滇之山川名勝、古蹟，風俗及與滇人酬和之古近體詩，尚無人搜采而彙纂之。余於滇賢所作外，注意網羅，數十年來，所得甚夥。於滇有關者，按時代而分編之。隨得隨録，至近代生存者亦採入，總得二十三卷，於滇之文化關係匪淺，李印泉爲之序，趙弢父、繆寄安、劉夢澤有題詞，自有序。

## 一九五四年　甲午　七十四歲

元日，遊和衲山長律一首，呈葯師殿通慶上人。

一月三十日，省人民政府主席陳賡，聘爲文史研究館館員。七月二十日，正式成立。館在龍井街華陽巷。館員無宿舍，余孤身在昆明，得照顧耳房一小間，以"住住"名之，取擔當爲仙陀書額之意，二字含意甚深，人生宇宙數十寒暑，無非住住而已，有文闡發其意。

二兄紹先，正月初六日病故。生光緒乙亥八月十五日，年八十。兄性剛介，好爲人鳴不平。喜看説部書，於俠義尤津津道之。嗜杯中物，有酒必醉，交友極誠懇，衣服器具與共敝無憾。研究草葯，入山采集，療不計資。每日赴城市，歸家必取垃圾一挑歸，堆村隙地，腐化爲肥料，所耕田稼穡倍豐收。處同懷極友愛，余弟兄六人、姊一，今獨余存，嗚呼痛矣。

余介紹省博物館，晉寧鯨魚山曾多次發現古物，可派員伐掘。於是博物館注意，在昆明購得出土古銅器數件。三月，派孫太初、蔡佑芬，到鯨魚山調查，山中確有古物，並撿獲古代陶片。

昆明王明霞（鋐），與余交有年，性情篤厚。師端木氏貨殖爲生，暇則讀書不倦，收藏絹楮甚富。嗜吟詠，請列門下學詩。相與結爲吟侶。識途老馬，則吾豈敢。

滇賢詩多於文。文有袁氏陶村、蘇亭昆季之《文略》，後無人纂輯。辛亥改革後，趙介庵、陳虚齋諸先生輯刻《雲南叢書》，專集外所得詩文，或多或少者，則選爲《詩叢》、《文叢》。介庵先生歸道山，虚齋先生繼任總纂，以《文叢》付秦璞安先生主編，余襄贊於二者之間，各得百卷。文已印行。余復繼續搜采，二十年來，又得四十卷。體例沿前，將來隨得隨增。一息尚存，此志不容稍懈。

吾滇安寧楊文襄公一清，螳川石淙人。少舉神童，登甲乙科，由翰林歷官至大學士。出將入相，爲明名臣。利用張永誅劉瑾，厥功最偉，老死於鎮江。著《石淙詩文鈔》、《關中奏議》、《吏部獻納稿》、《密諭録》、《閣諭録》等。鎮江陳慶年編公年譜，書未成而逝世。余北遊搜訪文獻，於北平圖書館得見宏治、成化、正德、嘉靖四朝《實録》，鈔公史實，得百餘條。合夙昔所采史料，編公年譜，至今年整理完成，分上下二册，無歲月不能列譜者，爲附録一册，自有序。

**一九五五年　乙未　七十五歲**

省立圖書館派人到方村，將余學山樓藏書，搬運十馬車來省。余一生心血所得，悉萃於此。

擔當大師，大詩家、大書畫家。晚年出家雞足山爲僧，故國故主之思，時時流露於吟詠間，非僅吾滇增光也。余纂輯大師年譜，二十餘年來，搜采其生平行實，今年編成二卷。大師詩《翛園集》、《橛菴草》，叢書館歷次搜刻未全。余於詩得康熙初刻本，又《罔措齋聯語》一卷，於鳳儀彭嘉霖家得《拈花頌百韻》一卷，又雜采得文二十餘首，題畫若干條，加關於大師詩文爲附録，統編爲十八卷。以年譜冠於首，大師精神面目畢見矣。《年譜》文史館、博物館，各抄存一份。

三月三日，博物館員孫太初、熊瑛、馬蔭柯，到鯨魚山伐掘古物。馬靖華、馬月仙、顧品端，先後參加工作二十一日。掘得古代陶器、銅器千餘件，尤有研究必要者屈體屍骨一具。

三月初六日，周惺庵師逝世。生光緒二年丙子十月十七日，年八十。師於同學中特偉余，以余於方志學有寸長，師長通志館，於籌備期薦任爲幹事，囑擬《通志》、《縣志》兩《綱目》及《採訪條例》，皆余一手擬成。召開會决定正式編纂，薦任分纂《藝文考》。各分纂稿交齊，到海源寺總核，薦任爲編審。又余北遊搜訪資料，請財廳給旅費六百元，皆師所關照。

張訒庵書來，望得一在籍館員，余盡力推薦而不得。

十二月二十五日，回家度歲。

**一九五六年　丙申　七十六歲**

元日，觀盤龍堰塘。慶祝擴建高級合作社。

家鄉建高級合作社，兒媳陳芝馥，一九五一年即入互助組，參加各種勞作。幼年雖未從事農業，自抗日敵機轟炸回家耕田，今已熟習，如自幼爲農業者。

余纂《明清滇南碑傳集》三十卷，上海開明書局業已出版，所收人物斷至宣統辛亥以前止。兹取辛亥以後至解放初已故人物，體例弗能沿舊，分政治、軍事、教育、文學、科學、藝術、卓行諸目。此時期政體已更，國家多故，從事各種政治學術等，於時代之關係劇重。此時代著名人物碑傳，稽攷此時代之政治學術等，皆親身經過詳確，余故裒纂以備史料之徵，有其人可傳而無碑傳者，破例而僭擬之。不苟不濫，一皆斷之於心。

**一九五七年　丁酉　七十七歲**

四月十八日，中國人民政治協商委員會第十六次常務會議，決定余爲中國人民政治協商會議雲南省第一届委員會委員。

臨滄丘悟莊（廷和），來省開政協會，贈余臨滄所産紅豆數百枚，不禁喜出望外。悟莊品端嗜學，尤關心地方文獻，編纂

《臨滄縣志》,邊疆人才,不可多得。

秋,與李廣平、羅峰南交。廣平滇督李仲仙從孫,文采風流,詩詞書畫,近日流寓所罕覯。峰南近代石屏翹楚,儒將之子,駕昆明夏毓秀子瑞庚、楚雄李維述子楷材而上之。

省府開反右大會,余首發言,新舊一一對比,侃侃而談。領導謂其高年頭腦如此清晰,不愧統戰成員。

博物館到鯨魚山伐掘古物,有石器時代者,而銅器尤較多。兵器且無論,而銅鼓二面上,酋長監督奴隸工作諸狀,爲海内所僅見。而"滇王之印",黄金蛇紐,逼真漢篆。晉寧爲莊蹻開滇國都。漢武帝元封二年,置郡縣曰益州郡滇池縣,賜常羌王印,仍長其民。此王印關係雲南歷史最大,不出之於他縣,而出之於晉寧。《漢書》所載益州郡滇池縣,蓋沿莊蹻國都而來。晉爲寧州,即滇省中心地。鯨魚山古物,余以爲自莊蹻積累而來,至晉,李特五苓夷寇寧州,刺史李敦病故,其女秀殆恐因亂而瘞之於兹山也。此次古物,海内考者數十家,余有長歌載集中。

友人湖南溆浦向覺明(達)來訪余,前請序《擔當年譜》,爲後叙一文,稱余熱愛鄉邦文獻,至老不倦,數十年如一日。覺明爲余海内知己之良友,論其學問,余抱慚多矣。

《南詔野史》,明清有數種,於史法未謹嚴。南詔限唐宋兩代,元置行省,已不合稱"南詔"。前人撰野史者,不惟涉及元代,而明代亦多叙及。清乾隆間,武陵胡蔚假託楊慎本而增訂之,紀事至清初。楊慎之《月節詞》亦收入。名宦古蹟,唐以前亦攙入,圖書館刻行於世,省内外人士多購閲之,鮮不爲其所誤。余病是書之疵謬百出,纂《南詔備徵録》七卷。各門皆唐以前不收,宋以後不録。内分稱始、官制、世紀、南詔世系、大理世家、段世家、蒙段三十七蠻部、種人、名宦、耆舊、列女、釋道、宗教、美術、音樂、古蹟、金石、藝文、雜録,皆采前人所纂而注明之。稽攷南詔史,可知其梗概。自有序。

兒媳陳芝馥,解放後在家鄉參加互助組、高級社,直到現公社化,對國家政策法令,一致遵行,於一九五七年,經群衆討論調整,改變成爲社員稱號。

**一九五八年　戊戌　七十八歲**

合肥劉叔雅(文典),章太炎弟子,學博,校勘尤擅長。抗日期間,隨聯大至滇,任雲大教授。與余談藝論文雅相契,爲題紅豆四絶甚佳,《師荔扉先生年譜》爲之序。□月□日病故,有七律一首悼之。

曩於華文安(世堯)同門處,得楊升庵《滇諺集聯》一册,自四言、五言、六七言,以至十餘言,對仗極工。皆世俗諺俗,非錬達人情、世故嫻熟者不能爲。余取秦璞安師之《滇諺》,並范嘯風(寅)《越諺》中滇所相同者,纂爲《滇諺彙鈔》三卷,補三種所不及者若干條附後。現在建立社會主義,有當法者,當戒者,語淺意深,於世道人心,不無小補。

滇先賢詩多於文,有《詩略》、《嗣音》、《重光》、《拾遺》、暨叢書館所纂之《詩叢録》,而專集亦不少。數千人、數萬首之多,閲讀有嫌其浩繁者。袁樹五先生欲仿《唐文粹》選一書而未果,趙亦陶、王惕山同有志而未成。余數十年來披覽,所見稍廣,不以人存詩,專以詩存人,取於政治風俗教化有關者,得二千餘百首,編爲《歷代滇詩選》二十卷。自有序。

十月十七日,同學陳一得病故。生光緒丙戌十月二十六日,年七十六。余爲之立傳。

七月,孫女儀昭,重慶大學採礦系畢業,十二月回滇,省視老幼。工作分配河北,在省歡聚十餘日别去,余心甚繫念,有詩五首。到北京報到後,分井陘煤礦局服務。

兒媳陳芝馥,在晉寧大河水庫,十二月二十五日夜間,因工棚失慎,燒三十餘間,芝馥在工棚宿,火勢甚猛,奔跑不及,將顔面及兩手臂、兩腿部燒糊,氣息奄奄。送昆市人民醫院療治,剜肉補創,起死回生。

昆明明季王來儀,禄豐王錫袞業師,死沙賊之難。工書善詩,書法名尤著。余喜收滇賢書翰,以重值得自作《游林屋洞》長律一首,數十年未見第二幅,捐省博物館寶之。

**一九五九年　己亥　七十九歲**

自製壽具,成長律一首,有"飯蔬飲水精神健,攷獻徵文歲月寬"句,又結句"期頤自古終難免,晚節尤當保蓋棺"。

兒媳芝馥,醫院送回大河水庫。余心焦灼,往水庫,仍接回同余居住調理。觀水庫有五律一首,慶厥成功。

芝馥因公受災,得遷移到昆明,同住龍井街華陽巷文史館宿舍。

國慶十周年,獻省政協長律一首,有"邦交正義聯翩賀(大小八十三國),政帥膚公接踵來"之句。

禄豐王錫袞,崇禎間以侍郎予告家居。思宗殉國後,福王任東閣大學士,錫袞起義,起兵至省,被沙定洲迫害於貢院風節亭。錫袞字龍藻,號昆華,著有《昆華集》。朱竹垞《明詩綜》收《臨雍講學》二首,盛稱之。文多散失,曲石同門《五名臣遺集》中,尚有遺漏。余補輯得文七篇、詩七首,楹聯三,爲《王昆華遺集》。

石禪三子宗培(堯甫),家境困難,無工作。余每月補助伙食費五元,抄師遺著《向湖村舍二集》二十五卷、《三集》十四卷,《文集》十七卷,《鷦巢識小録》十卷,他日送北京圖書館保藏,而堯甫於九月十四日病故。自一九五六年起至今年,雖鈔訖尚有脱誤未校,一時尚未能送去。

七月二日,雲南省第一届委員常務委員會第二十三次會議,決定我第二届雲南省委員會委員。

余於市攤,得石屏張月槎先生蕉葉大端硯,寬四寸長六寸,側刻"石屏張漢月槎先生在詞館時春衣典盡獨寶存此硯"。其詩文即以"留硯"名其集。三百年來,爲余所得,不忍私秘,捐省博物館,與滇人共寶之。

昭通張希魯、謝飲澗兩君,博雅嗜古,昭通出土古物,考證劇精確。與余交甚契,余《北遊搜訪文獻日記》,各鈔存一份,並爲之序其後。

**一九六零年　庚午　八十歲**

八十初度,感懷成長律四首。李廣平、羅峰南、謝琅書、王明霞、秦縝略次韻和之,由定庵、李儀廷、王香譜、馬竹禪諸老,以長律介雅。族弟梓材、甥蘇二南,亦有詩爲壽。並以後初度所作,編爲《壽梅集》卷三。

福建陳石遺《近代詩抄》,吾滇無一人。滇中近代,如朱小園、趙樾村、陳小圃、李厚安、袁樹五諸老,在海内亦不可多得。其餘可收者甚夥。余發憤盡力搜采,依其例生存者亦録,得二十卷。《詩叢録》已收者不複,名《滇南近代詩鈔》。

五月,孫女儀昭在北京與彭家武結婚。家武,西疇人,陸軍少尉,在福建防敵。

九月一日,同學繆爾紓逝世。生光緒癸未九月十七日,年七十有八。有五律一首哭之。

余與孟懷、寄庵,結爲歲寒三友,孟懷嗜竹,寄庵嗜松,今松竹已萎化,僅老梅獨存矣。吾師石禪趙老,生平喜金石書畫,精鑒定,所見多題跋。辛亥改革後,長省立圖書博物館,總纂《雲南叢書》,入門下肄業,亦嗜緗楮,尤篤喜滇賢所作,每有所得,袛呈鑒賞,必留齋頭,隨時爲題之。凡友人所得者,亦復如是。師所綴墨,或長或短,皆極精要,余隨見而隨録之。師於滇中掌故極熟,其所題者匪僅可供海内談藝者之參稽,多足以補滇中各志乘之所不及,余先後所録,總編爲六卷,自有序。

**一九六一年　辛丑　八十一歲**

人日,石禪師冥壽。余於住住小室,以香花酒果,展拜遺像,成長律一首云:"坡仙壽後猨仙壽,選勝連年樂主賓。賭酒由人都量盡,談詩於我最情親。叢書續纂音誰嗣,遺著搜編願未泯。金碧英靈文獻重,白頭弟子許傳薪。"

吾滇前賢,詩多於詞,趙介庵師一手成《滇詞叢録》四卷,極矜慎,出版後海内多購之。乾嘉以來,尚有遺者,介庵師歸道山,余繼續搜采。介庵師之《小鷗波館詞鈔》,陳小圃師之《虚齋詞》,陳琴禪之《泡影詞》,在海内亦可抗衡,其他未成集者亦不尠。照《近代詩鈔》例,生存者亦録,總得四卷,共三十餘人。

三月初八日,由定庵師逝世。生光緒三年丁丑七月十六日,年八十五。師著書十餘種,近代所罕覯。吾《錢南園年譜》刻成,呈請鑒正,師激賞之,謂吾:謝(全)【金】甫云"吾於容甫,所高者爵耳,以學問言,吾於容甫北面矣”,僅以移贈。師譽之太過。

辛亥革命五十周年紀念,成長律一首,有“北洋楓葉蕭蕭下,南國菊花色色鮮”之句。

十二月二十四日,儀昭生一子,名小牛。余得報,喜成詩一首寄去,以爲紀念。

擔當上人詩翰,昆明朱子眉山水,河陽趙玉峰、李瀛仙,元江馬宣臣,石屏張月槎,吾邑李鶴峰諸先生書翰立軸,捐文史館保存。

滇省太華山,爲省會名勝第一,前人未有志,僅昆明徐勉齋(敏)有《詩紀》數卷,而於山之寺觀、古蹟、物産以及釋道、耆舊、寓賢、金石等闕焉,即有亦多遺漏。余於茲山,百游而不厭。數十年搜訪滇南文獻,凡關於其山之紀載,即隨時綴輯,歷有年所矣。今馬齒八十有一,不於此時編纂成書,不重可惜乎。年雖衰邁,竭力爲之。歷時將一載,成志十二卷。滇之文化,關係匪淺。自有序。

一九六二年　壬寅　八十二歲

寄《紅豆考》上、下,《紅豆賦》三文,向浙江、江蘇、北京各文史館徵詩,賜題多名作。馬蠲叟(浮)、朱師轍、吴朋壽諸先生詩詞,於卷帙有光。

郭影秋同志,解放後爲雲南省長,常聆政治報告,甚宏達,未面談。一九五二年,調長南京大學,方國瑜、高藴華,赴北京開會相見,影秋向兩君問余近狀,並託回滇代候。淺學如余,乃蒙垂念,且感且愧,寄函致謝,並寄紅豆數十粒,《紅豆考》、《賦》三篇,請分贈代徵。

《紅豆考》、《賦》爲排印，徵得名作十餘首，賜題五律二首甚佳。

昭通姜亮夫，滇中博洽士，解放後任浙江大學文史系主任，與余最投分，寄紅豆數十粒，並《考》二、《賦》一，請分贈同嗜徵題，得教授十餘人之佳製。其賢閨陶秋英，工倚聲，有《調寄南歌子》一首，頗雅切。

《滇南紅豆集》，自張訒庵宰順寧，寄來錫臘所産後，余撰《紅豆考》(上)徵詩後，又得丘悟莊寄來臨滄所産一大包，又撰《考》(下)、《賦》一，向各省名流徵題，至今年總得詩詞二百三十餘首，編成二卷，賜題者多稱余爲“紅老人”。

太和周榮卿工小真書，自宣統二年在《雲南日報》，即爲余鈔書。今年五月，一病不起。無子，有女二。爲人誠篤，與余尤相契，每披所鈔稿，心感不能忘。

陳松年以文壽我，述我解放前在督署書攤收書情況，歷歷如繪，誦之浮一大白。

昆明劉漱泉(道源)，與余交有年，爲人正直，喜畫山水，工小真書。解放後清貧有操守，余編書，爲鈔稿，樂不疲。

十月十日，李定國逝世三百週年紀念，成七古一篇。定國之傳，在晚節能終，余於篇末暢發此意，寄語臺灣被迫將士，及早歸回祖國。

省政協開全省大會，余提議翠湖南畔錢南【園】先生祠，請設紀念館。晉寧舊州署，請改建滇王莊蹻紀念堂，附擔當紀念館，此地頗幽曠，與文廟中學相鄰，圖書博物文化均可統設其中。鯨魚山省博物館發掘古物數千件，晉寧爲莊蹻開滇國都，“滇王之印”已證實。其它古物之複者，當索一份儲藏之，以引起邑人愛鄉心。

昆明市人委會,聘充市志編纂委員會委員。市志主任河北孫崇甫,分纂蒙化陳賡雅諸同志,所發表匯輯資料,皆極關重要。

九月二十一日,友人向覺明由北京寄贈《蠻書校注》,披覽不釋手,精博詳慎,益我良多矣。

雲南文化教育人士,組成歷史學會在雲大,方國瑜主其事。余喜研究雲南歷史,亦濫竽參加,行年八十有二,會員七八十人,以余爲最老。

每星期日,爲博物館鑒定書畫,余於滇先賢作品,尤注意分別保存。

**一九六三年　癸卯　八十三歲**

元日,杜工部生日。詩境小墅,約馬竹禪、李廣平、羅峰南諸吟侶,賦詩爲壽。余先成七古,竹禪、峰南長古,渾括抉要;廣平長律,格高雅切。

二月花朝,省政協招螺山看海棠,得五律一首,有"半天噴紫霧,大地滿春光"之句。

舊曆中秋,先一日國慶。省政協招勝利堂賞月,即席成五律,中四云:"天上無私照,人間望大同。歡聲騰薄海,正義扣洪鐘。"時反修正伸大義於天下。

十二月十八日,政協委員會第二十六次會議,決定余爲第三届委員會委員。

十二月二十日,同門何秉智逝世。生光緒丙戌□月□日,年七十有八,有七律一首輓之。

石禪師六子念甫(宗樸),多年在外歸來,學有根柢,足繼澄甫整理師之遺著。堯甫多年所鈔詩文雜著，交念甫校一過後，送北京圖書館，以償余願，並將所收藏師之年譜資料交念甫，望繼師自訂四十年後續成之。

同學謝琅書，因病三年未來省開政協商會。今歲將暮，抱病赴召，喜出望外，互有詩酬答。會中又病，幕閉速返，彼此依依，幸回曲靖，天相平安。

滇南名勝古蹟、祠廟園林，明清以來，不少佳聯，余搜羅文獻於此，亦注意及之，加以題贈哀輓，數十年來，所得甚夥，擇其名作而有關者，得三百數十聯，分滇賢、滇宦，按時代編爲四卷，名曰《滇聯叢録》，玉溪李儀廷老友見而悦之，出資倩李載庵書，印五拾部。

嶺南友人蔡寒瓊，抗日期間卒於南京。其賢儷談月色女史，善畫梅，並工刻石，寫人物，解放後任南京文史館館員，年七十有三。余函祈寫《梅林覓句圖》。二十年前，兩伉儷在羊城，曾爲合作斯圖長卷，見者亟稱之。陳虚齋、秦璞安、金松岑、周惺庵、趙弢父、王愓山諸師友有題詞。

《擔當書畫集》，博物館從北京文化首長倡印出版，余在滇參加意見，得一册。

陳虚齋師，辛亥改革，由山東提學使歸滇，遯安寧之明夷河，著《明夷子》，言性十篇、言倫十篇，余得其手稿，全二册，不忍私秘，歸省圖書館保存，以爲研究哲學之參稽。師當日著書，其心良苦矣。

**一九六四年　甲辰　八十四歲**

翠湖爲省會名勝，何小泉同學編《小志》，未收詩。昔日之風光與今日之景象，各有妙處，讀其詩，可知今昔之不同。凡一名勝，僅記其寺觀祠宇、亭臺樓閣等，而不録古今名人之題詠，終未足饜遊人之心情。余於五六月抱病家中，常思翠湖之勝。造化難宣秘，文人詞客，以幽逸曠遠之思，表達於詩文中，俾人讀之，愈深其愛慕之心。於是就所知關於翠湖名作，得□百□十首，編爲二卷，時時披誦，不知病之從何去。

余不能文，喜爲文。數十年來，得百五十餘篇。分類編爲十卷。十而七八，於滇中文獻有關。要無他長，一真而已矣。真則存，不真則不存，存之質後之閱吾文者。王惕山爲之序，自有序。

七月二十日，文史館成立十周年紀念，是日上午九時，全體齊集會議室，領導報告十年來工作後，參觀館員書畫著作，余數十年來，編著三十六種，擇近十年來編就十種陳列，蒙領導表揚。所編就者，皆滇中文獻，無他新創作。參觀畢，全體撮影。午後三時，齊集勝利堂開會。邀請省政府、省黨部、文化局各首長座談，撮影聚餐，二十二、三兩日，游碧玉泉。二十五日，游龍泉觀。余病方愈，未參加。

十月十六日，我國第一顆原子彈在新疆地區試驗成功，喜□……

（完）

# 索 引

E



F



G

## M



## N



## P



## Q

R



S

## Z

**圖書在版編目(CIP)數據**

北遊搜訪文獻日記/方樹梅著;戴群整理;吳格審定. —上海:上海人民出版社,2020
(中國近現代日記叢刊)
ISBN 978-7-208-16699-8

Ⅰ.①北… Ⅱ.①方… ②戴… ③吳… Ⅲ.①日記-作品集-中國-民國 Ⅳ.①I266.5

中國版本圖書館 CIP 數據核字(2020)第 179825 號

**責任編輯** 崔燕南
**封面設計** 汪 昊

中國近現代日記叢刊
**北遊搜訪文獻日記**
方樹梅 著 戴 群 整理 吳 格 審定

**出 版** 上海人民出版社
(200001 上海福建中路 193 號)
**發 行** 上海人民出版社發行中心
**印 刷** 江陰金馬印刷有限公司
**開 本** 890×1240 1/32
**印 張** 8.5
**插 頁** 5
**字 數** 173,000
**版 次** 2020 年 12 月第 1 版
**印 次** 2020 年 12 月第 1 次印刷
ISBN 978-7-208-16699-8/K・2997
**定 價** 48.00 圓